J

J(2권)
- 알람브라 궁전의 석주

© 김웅수 2012

초판 1쇄 | 2012년 10월 15일

지은이 | 김웅수
아트디렉터 | 정정호
디자인 | 써네스트 디자인실
펴낸이 | 강완구
펴낸곳 | 도서출판 써네스트
출판등록 | 2005년 7월 13일 제313-2005-000149호
주 소 | 서울시 마포구 동교동 165-8 엘지팰리스 빌딩 925호
전 화 | 02-332-9384   **팩 스** | 0303-0006-9384
이메일 | sunestbooks@yahoo.co.kr
홈페이지 | www.sunest.co.kr
ISBN | 978-89-91958-58-6   03810   값 13,500원
         978-89-91958-56-2   (전2권)

이 책은 신저작권법에 따라 보호받는 저작물이므로 무단 전재와 복제를 금하며, 내용의 전부 또는 일부를 재사용하려면 반드시 저작권자와 도서출판 써네스트 양측의 동의를 받아야 합니다.
정성을 다해 만들었습니다만, 간혹 잘못된 책이 있습니다. 연락주시면 바꾸어 드리겠습니다.

이 도서의 국립중앙도서관 출판사도서목록(CIP)은 e-CIP 홈페이지 (http://www.nl.go.kr/ecip)에서 이용하실 수 있습니다. (CIP제어번호 : CIP2012004336)

알람브라 궁전의 석주

그들이 한 명씩 사라지고 있다
그녀는 무엇을 더 잃어야 할까

제 2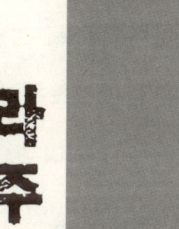

김웅수 장편소설

씨네스트

저자의말

잊히지 않는 하나의 이미지가 있다. 뜨거운 여름이었다. 광화문 근처의 세종문화회관 뒤 계단에서 쉬고 있었다. 12시가 되자 갑자기 직장인들이 흰 와이셔츠에 넥타이를 매고, 감색 치마에 흰 블라우스를 통일적으로 입은 채 거리로 쏟아져 나왔다. 그들은 작은 공원마저 점령하고 샌드위치를 먹고 있었다. 온통 하얀 색채의 향연이었다. 찢어진 청바지를 입고 청색 라운드티를 걸친 채 앉아 담배를 피우던 나는 갑자기 이방인이 되었다. 그때 한 여자가 들어왔다. 그녀는 나보다 훨씬 이질적이었다. 그녀는 빨간색 원피스를 입고 흰색 사이를 무심히 걷더니 가운데 분수대에 털썩 앉아 빨간 샌들을 벗어 옆에 툭 던졌다. 햇볕이 쏟아지는 곳이었다. 그녀는 뜨거워 갈증을 참을 수 없는지 누군가 놓고 간 페트병을 분수대에 푹 담가 그 물을 받아 벌컥벌컥 마셨다. 그리고 그 병을 옆으로 휙 던지더니 얼굴을 들고 태양을 바라보았다. 아주 청순하고 고혹적인 모습이었다. 사랑스러웠다. 나는 당혹감으로 멍했다. 그녀는 한동안 그대로 있었다. 아무도 의식하지 않았고, 담배를 피웠으며, 전화를 꺼내 무엇을 확인하였고, 심각한 생각에 잠겼다가, 다시 태양을 바라보았다. 다른 이들은 그녀의 풍경이었다.

누군가 이 책을 읽는다면 그녀를 누구라고 생각할까 하는 것이 나의 물음이다. 어떤 단어들을 떠올릴지도 상상이 간다. 나도 그 단어를 떠올렸다. 그러나 딱 한 가지 말해주고 싶은 것이 있다. 우리가 여자의 외로움을 이야기 할 때 남자와의 관계 속에서만 너무 많은 의미를 찾는다는 것이다. 예쁘게만 보이려고 노력하는 자들! 그녀는 세상과의 관계 속에서 외롭다는 것이 나의 생각이다. 그녀가 여자라고 해서 여자들은 모두 그녀를 이해하고, 그녀가 여자라고 해서 남자들은 모두 그녀를 이해하지 못하는 것도 아니다. 이것은 성별의 문제가 아니라 사는 태도의 문제이다. 스스로 한번쯤 숨 막히는 세계의 견고함에 대해 소리를 질러보고 싶은 충동을 느꼈던 남녀라면 모두, 그녀의 그 반항적 인상으로부터 출발한 J의 피, 살, 뼈, 몸, 사랑, 성격, 마음, 영혼, 역사를 받아들일 수 있을 것이다. 그리고 이 세상이 이대로 좋다고 생각하는 사람은 이 책을 굳이 읽을 필요가 없을 것이다. 그러나 역설적으로 이 책은 전자가 행복한 인간이고, 후자가 불행한 인간임을 문학적으로 정확히 증명한다. 뒤집는 것이 나의 목표다. 빈대떡을 뒤집어야 맛이 있듯이 삶도 뒤집어야 윤기가 자르르 흐른다. 삶의 뒷면에 달라붙어 탈 뻔했던 우리들의 육질, 부정적이라 생각해 뒤로 치워 놓은 단어들, 두려워 숨긴 우리의 비밀이 미소 지으며 맛있게 먹어달라고 할 것이다. 그러나 삶을 뒤집는 것은 인내가 필요하니 빈대떡처럼 빨리 구워지기를 바라지는 말자. 다소 지루한 독서는 삶을 다른 길로 인도한다. 이 책을 읽을 분께!

선배 윤정규, 친구 강병구에게 감사한다.

2012년 9월 김웅수

차례

J

여정
·
9

진실
·
187

1부 여정

J는 동네입구로 들어섰다. 어떻게 집을 찾아왔는지 신기할 정도였다. 공포와 의심이 머리에 가득했다. 어지러웠다. 건우에 대한 의심도 생겼다.

'은수는 보호자인가 감시자인가? 아니면 그 문제와는 상관없는 단지 의처증 환자인가?'

'그에게 뭘 물어봐야 하나? 아무 것도 말하지 않는데.'

'어디까지 나를 알려야 하나? 그가 정말 순수한 남자라면. 단지 내가 고아라는 것만을 알고 있다면 그가 이 현실을 감당할 수 있을까?'

'어디까지가 한 통속이고 어디까지가 외부인인가?'

'정말 이것은 사랑만의 문제인가?'

복잡한 생각이 머릿속에 뒤섞였다.

정작 J는 자신이 한 남자의 아내로서 건우와 불륜의 성교행위 직전까지 갔었다는 것에 대한 심각성을 인식하지는 못했다. 그것은 통념을 벗어난 위험한 자유였는데, J가 진정 그것을 원했는지도 분명치 않았다. 그렇다면 그녀는 왜 다시 안전한 통념 속으로 돌아왔는가? 그토록 자유분방했던 그녀가.

결혼은 두 사람의 사랑의 약속이라는 것 이외에 다른 의미를 함축했다. 법이었다. 남편 은수의 소유로서의 아내 J. 하나의 덩어리. 한 명의 피해를 한 명이 연대하여 책임지는, 법으로 규정된 하나. 소속 없는 J는 그 안에서만 안전할 수 있었다. 건우의 혀가 자신의 혀를 찾아내고 산낙지의 발처럼 완전히 흡착한 후 그녀를 그에게로 쭉 빨아들이는 느낌은 황홀했다. 자신을 잊고 그에게 먹히는 것 같았다. 그의 손이 유방을 만질 때에야 J는 자신의 몸이 있음을 다시 느꼈다. 그 무아의 느낌은 자신을 미행하는 눈의 공포에 의해 끝났다. 그 눈은 보호와 감시를 넘어선 금지의 신호였기에, J는 이 미행은 은수와 관련이 있을 거라는 생각이 들었다. 이제 모든 문제의 실마리를 풀어야 한다는 강렬한 욕구가 그녀를 집으로 이끌고 왔다. 문제의 처음과 끝에 있는 은수를 만나야 하는 것이었다. 매일 보는 남편이었지만, 그리고 잘 곳을 찾아 자연히 집으로 돌아올 남편이었지만, 이상하게도 영영 그를 보지 못할 것 같은 절실한 마음이 들었다. 오늘은 은수에게 말해볼 참이었다. 만약 은수의 행동이 단지 사랑의 질투에 관한 것이라면 자신도 모르는 일이라고 말할 생각이었다. 골프장의 남자들도, 꽃을 보낸 남자도, 은수의 흐릿한 질투의 미소, 강에서 만난 그 남자도, 자신의 의지와는 무관하게 엮인 일이라고. 그것을 오해한다면 결별하자고. 그러면 은수는 J의 과거에서 자유로운 인간이 되어, 더 이상 같이 두려움 속을 헤매지 않아도 될 것 같았다. 그러나 J는 아직도 꽃을 보낸 남자가 은수가 아니라 건우라는 확신을 갖고 있었다. 은수는 성격상 그런 유치한 복수는 하지 않을 사람이었다. 그러나 모를 일이었다. 공부만 해서 심약하고 올곧은 것처럼 보이는 자들이 세상의 진짜 고통은 모른 채 불타는 복수심에 사로잡혀 평범한 사람들을 경악시키는 지성적 범죄를 저지르는 것도 사실이었다. J는 차라리 모든 것이 건우가 말한 바대로 남편, 은수의 음모이기를 바랐다. 그 오해는 풀면 되는 것이었다. 그렇지 않은 상황이 J에게는 더 두려운 일이었다.

'만약 그가 나를 오해한다면 놓아주자. 그리고 나는 영원히 누구인가를 숨기고 살면 되는 것이다. 이 상태. 보호와 감시의 시선이 힘의 균형을 이루는 긴장 속에서.'

J는 정문으로 들어갔다. 카페에 앉아 두 시간 동안 커피를 마시며 신문을 보고 있던 남자가 J의 차를 보았다. 그는 어딘가에 전화를 했다.

"지금 오셨습니다."

J는 그 남자를 보지 못했다.

위층의 남자는 아직 J의 집 안에 있었다. 그는 전화에 대고 대답했다.

"알았다."

알람브라 궁전의 석주 | 11

그는 볼일을 끝내고 위로 올라가려던 참이었다. 그는 집 안을 둘러보았다. 모든 것은 깨끗이 정리되어 사람이 들어온 흔적을 찾을 수 없었다. 그는 다용도실의 창문을 닫고 걸쇠를 걸었다. 밧줄이 그대로 매달려 있었다. 그는 출입문으로 다가가 복도의 소리를 들었다. 아무 소리도 들리지 않았다. 그는 문의 녹색버튼을 눌렀다. 스르륵 걸쇠가 벗겨졌다. 그는 맨발로 복도로 나갔다. 문을 닫으니 걸쇠가 자동으로 잠겼다. 잠시 후 다용도실의 창문에 매달린 줄이 위로 올라갔다.

J는 두 번째 광장으로 들어섰다. 위층 청년이 등나무 아래의 하얀 벤치에 앉아 있었다. 그의 얼굴에 저녁의 빛이 은은히 감돌았다. 금발의 나르시스처럼 보일 정도로 아름다웠다. J는 지하로 들어가려다가 청년을 오랜만에 보는 것 같아 노변에 차를 세웠다. 이 빌라는 미관을 위해 별일이 없으면 지하에 차를 주차하는 것이 관례였다. 그러나 J가 차를 밖에 세운 진짜 이유는 지하로 들어가는 것이 무섭기 때문이었다. 등록된 차의 번호를 인식해야 문을 열어주고, 카메라가 안의 상황을 경비실로 시시각각 전송하고, 외부의 사람이 들어올 수 있는 방법도 없었지만, 가능하면 밀폐된 곳에 혼자 있는 시간을 줄이는 것이 좋겠다고 생각했다. J는 청년에게로 다가갔다. 청년과 같이 복도를 올라갈 생각이었다. 청년이 인사를 했다.

"안녕하세요."

"안녕. 오랜만이에요."

"네. 어디 다녀오세요?"

"친구를 만났어요. 왜 나와 있어요? 고민이라도 있는 얼굴인데……."

"그럴 일이 있어서요."

그때 청년의 휴대전화가 울렸다. 전화를 보며 청년이 말했다.

"이제 들어가도 돼요."

"부모님이랑 싸웠어요?"

"아뇨."

"그럼?"

"모르겠어요. 아빠가 전화할 때까지 산책을 하고 오래서요. 전 운동을 싫어하지만."

"엄격하시군요. 피아노는 체력으로 치는 거 맞아."

"권위주의적이죠."

청년은 입을 씰룩거렸다. 요즘 남자아이들은 계집애 같은 행동을 했다. J는 살짝 웃었다. 청년은 곧바로 일어나지 않고 J와 이야기를 나누고 싶어 했다. 그는 옆자리를 손바닥으로 닦았다.

"아줌마, 앉으세요."

"오늘은 너무 피곤해요. 그냥 인사하고 싶었을 뿐이예요."

"그럼 들어갈까요? 저도 들어가야 해요."

"그럴까요?"

청년은 J와 같이 있는 것을 좋아하는 것 같았다. J와 청년은 걸어서 빌라의 현관에 닿았다. J가 말했다.

"참 번호 알아요? 새 달이야."

"네."

청년은 번호를 눌렀다. J는 그 번호를 새로 머리에 넣었다. 문이 열리고 J와 청년은 안으로 들어갔다. 엘리베이터가 있었지만 두 사람은 계단을 걸어 올라갔다. 매일 걷던 계단이었지만 음습한 공포가 느껴졌다. 흰 대리석 계단은 하얀 조명을 받아 반짝반짝 빛났다. 하얀 벽은 더 창백했다. 오르는 시간이 길게 느껴졌다. J의 집 앞에서 청년이 말했다.

"아줌마, 기운 내세요."

"내가 그렇게 보여요?"

"네. 슬퍼 보여요."

"고마워요."

"그럼 쉬세요."

청년은 위로 올라갔다. J는 아무 것도 아닌 일에 눈이 짠했다. J는 청년을 이용했지만 청년은 J에게 따뜻한 마음을 베풀고 있었다. J는 문을 열고 안으로 들어갔다.

J는 자동문이 닫히는 것을 보고 있었다. 그리고 다시 밖에서는 열리지 않도록 잠금장치의 단추를 눌렀다. 그리고 평소에 쓰지 않던 보조키를 걸었다. 그러고 나니 기운이 쭉 빠졌다. 이제는 안심해도 되었다. 집 안에만 있다면 별다른 위험은 없을 것 같았다. J는 마루에 떨어진 꽃가루와 보랏빛 꽃잎을 주워 작은 손바닥 안에 담았다. 그것을 버리려고

안으로 발을 옮기던 J는 은수가 들어왔다는 것을 직감으로 느꼈다. 평소와 다른 실내의 온도, 집안 고유의 향이 환기되어 바뀐 것 같은 공기, 그리고 바깥에서 묻혀 들어온 낯선 냄새가 간간이 남아있었다. J는 천천히 안으로 들어갔다. 서재에도, 음악을 듣는 방에도, 안방에도, 욕실에도 은수는 없었다. J는 그가 들어왔다가 나갔다고 생각했다. 그러다가 J는 손바닥에 들고 있었던 꽃가루와 꽃잎을 바닥에 떨어뜨리고 말았다. 은수는 들어오지 않았다는 생각이 들었다. 그의 버릇이 있었다. 아무리 급해도 집에 들어왔다면, 목욕할 시간은 없더라도 땀에 젖은 옷과 양말은 어떤 상황에서도 갈아입을 사람이었다. 그런 흔적이 어디에도 없었다. 안방의 침대 위나 세탁기 안에도 그의 옷자락이나 양말은 없었다. 단지 J는 침대보의 결이 조금 이상하다고는 생각했다. 곧게 펴 놓은 이불에 약간의 주름이 잡혀 있었다. 그리고 자신이 양쪽에서 끌어당겨 쳐 놓은 커튼은 좌우의 균형이 조금씩 맞지 않았다. 그러나 창문들은 굳게 닫혀 있었다. J는 다시 은수일 거라고 생각했다. 오늘 아침에 서로 끔찍하게도 냉랭했던 공기가 마음에 걸려 J의 마음을 풀어주려고 일찍 들어왔으나, J가 없자 울적하고 화도 나서 금방 나가버린 것이라고.

  밖은 어두워졌다. J는 불을 켜지 않았다. J는 불안했다. J는 은수에게 전화를 걸었다. 전화는 꺼져 있었다. J는 지원의 이름을 검색했다. 그 번호를 보며 한참을 망설였다. J의 손가락은 통화단추 위에서 서성이고 있었다. J는 용기를 내어 단추를 눌렀다. 그러나 지원의 전화도 꺼져 있었다. J의 불안은 더해갔다. 공포조차 잊게 만드는 외로움이 몰려왔다.

도저히 존재의 의미를 알 수 없는 이 세상의 나.

J는 갑자기 편지 생각이 났다. 그녀는 안방으로 급히 들어갔다. 어두운 탁자 위에는 흰 메모지가 있었다. 그것은 J가 건우에게 쓴 것이었다. J는 그 편지를 집었다. 그리고 주머니에서 은수에게 쓴 편지를 꺼내 그 자리에 놓았다. 은수가 들어와 이 메모를 이미 봤다면 모두 쓸데없는 행동이었다. 그러나 J는 그렇게 해야 할 것 같았다. 절망 속에서라도. 그렇게 읽기를 원했건만 그는 왜 이제야 내 비밀을 볼 생각을 했는가? 탄식하며. J는 화장을 하던 화장대에 엎드렸다. 그녀가 화장을 지울 때 은수가 침대에 누워 그녀를 바라보고 있었으나, 싫건 좋건, 이제는 모욕의 덩어리가 그의 몸을 대체하여 그의 자리에서 J를 바라보고 있는 듯했다. J는 화장품 아래에 끼워진 종이를 보았다. J는 등불을 밝혔다. 은수가 남겼을 것이라고 생각하며 J는 그 종이를 펼쳤다. 그것은 예상을 뒤엎는, 아니 두려움이 아니라 모욕이 폭발하여 몸을 조각내는 쾌감마저 느끼게 하는 정부의 글이었다.

정숙아. 놀라지 마. 낮 동안 기다리다 간다. 은수가 너에게 할 말이 있다고 '터번'에서 기다리고 있겠다는구나. 내가 너를 찾아온 이유는 설명하기 복잡해. 오늘 필드에서 '그 남자'에 대해 이야기 하더라. 우연한 기회에 뉴욕에서 '그 남자'를 만났다는 거야. 은수는 '그 남자'를 피하고 '그'가 너를 모르도록 하라고 하는데, 나는 무슨 말인지 모르겠어. 네가 '그 남자' 때문에 고민 중이었다는 걸 은수가 알더라. 너 그 남자 때문에 골프모임 피하지? 은수는 오늘 그걸 알고 패닉이야. 이렇게만 이야기해도 너는 알 거라고 했어. 더 이상의 자세한 얘기는 모르겠어. 네가 나를 싫어한다는 것은 알고 있어. 그래도 마지막 우정의 이름으로 집까지 오게 된 거야. 은수는 너를 만나는 걸 두려워 해. 언제쯤 서로를 이해할 수 있을까. 예전의 너를 보고 싶어. 예기치 않은 사건들이 우리를 괴롭히고 때로는 사랑이 우정조차 거역해도. '과거'가 현재를 집어 삼킨다 해도. 내가 '터번'에 있을지는 모르겠어. 그건 너희 둘의 문제니까. 왜 내가 너를 만나러 와야 했는지, 왜 은수는 직접 올 수 없었는지, 그건 그가 거기서 이야기해 줄거야. 제발 글의 행간을 잘 읽어 줘. 지원.

J는 속으로 말했다.
'행간을 읽어달라고? 꺼져달라는 얘기겠지. 그래 꺼져줄게. 당돌하고 천박한 년. 너 다 가져. 내 자리에서 미니 시리즈를 쓰지 그래? 아예 여기 앉아서 화장을 해.'
처음에는 애매모호한 일들이 명확해져서 어이없었지만 시원한 기분이 들었다. 그렇게 깨끗한 상태도 잠시, 자존심과 은수에 대한 애착, 고독이 엄습해왔다. 여러 가지가 혼합된 형언할 수 없는 감정이었다. 은수가 지원을 내 집에 들이다니. 그것이 가장 가슴을 아리게 했다.
J는 부엌으로 갔다. 싱크대 밑에 이 빠진 접시가 포개져 있었다. J는 손을 안으로 들이밀어 턱이 깨진 접시 안쪽을 만졌다. 그곳에 계단에서

주운 권총을 놓아두었다. 밖에서 보면 접시가 가지런히 쌓여있는 것처럼 보였고 그 안에 공간이 있을 거라고는 아무도 생각하지 못하는 장소였다. 아무 것도 손에 잡히지 않았다. J는 포개진 접시들을 꺼냈다. 사이는 비어있었다. J는 고개를 가로저었다. 눈물이 쏟아졌다. 은수가 총을 치운 것이라고 생각했다.

'끔찍하게 고맙군.'

J는 하염없이 눈물을 흘리며 바닥에 꿇어앉았다. 그리고 화를 내거나 때리는 남자보다 섬세한 남자가 여자를 더 고통스럽게 만든다는 것을 알았다. J는 꺽, 하고 고통을 토했다.

월요일 아침, J는 마루에서 옷을 입은 채로 쓰러져 잠이 들어 있었다. 해는 떠 있었으나 커튼을 친 실내는 어두웠다. J는 전화벨 소리에 잠이 깼다. J는 지난 밤의 일을 생각할 겨를도 없이 전화기로 다가가 수화기를 들었다. 지난 일들이 실감이 나지 않았다. 안방에서 은수가 곧 출근 준비를 하고 나올 것 같았다. 여자의 목소리가 들렸다.

"변호사님 댁이죠?"

"누구세요?"

"사모님, 저 데스크 이미래예요."

"전화 잘못 걸었어요."

"김은수 변호사님 댁 아니에요? 사모님."

"맞아요."

"선생님께서 출근을 안 하셨어요."

"난 몰라요."

"휴대전화도 받지 않으세요. 나가셨나요? 아홉시 중요한 회의에 나오질 않으셨어요. 외국 손님들이 기다리고 계시는데요."

"난 정말 몰라요. 그 사람에게 물어보세요."

J는 전화를 끊었다. 직원의 전화로 인해 지난 밤의 일이 상기되었다. 은수는 집에 돌아오지 않았다. 그는 온화한 표정 뒤에서 모범생 사회인의 짜릿한 반란을 꿈꾸고 있었다. 그녀가 그에게 늦게 배운 도둑질이 더 무섭다고 말했듯이. 사랑의 문제도 그럴 것이라고 말했듯이.

J는 이제 혼자 견뎌야 하는 자신의 남은 인생을 생각했다. 그녀가 옆으로 누웠던 마루에는 지난 밤 강가에서 묻혀 온 풀잎 몇 개와 모래가 떨어져 있었다. J는 하늘색의 그 옷을 벗었다. 옆구리와 팔뚝에 도깨비풀 가시가 박혀 있었다. 등에는 떨어지지 않는 진흙이 묻어 있었다. 추했다. J는 옷을 들고 다용도실로 갔다. 그녀는 옷의 질감을 손으로 만져보았다. 부드러웠다. 옷을 뒤집어 꼬리표의 뒷면을 보니 물세탁을 하지 말라는 표시가 되어 있었다. J는 망설이다가 옷을 세탁기에 집어넣었다. 단추를 누르자 물이 쏟아졌다.

J는 앞으로 살 일을 생각하며 베란다에 서 있었다.

'잘 됐다. 비밀을 간직한 채 혼자 살다 저 세상으로 가는 것이다.'

질투도 집착도 없는 편안한 상태가 찾아왔다.

'모든 것이 이 결론을 위한 전주곡이었던가?'

전주곡치고는 참 복잡했다. 다사다난했던 지난 시간이 아쉽기도 했다.

'결론을 염두에 두고 사는 인간이 얼마나 되겠는가? 단호한 결정을 쉽게 하는 인간이 얼마나 되겠는가? 다들 그렇게 살지 않는가? 나라고 예외일 수 없지 않아? 이렇게 버둥거리다가 결론에 도달할 즈음 지난 시간을 아쉬워하는 것이 삶이라면 사는 거 우습네.'

J는 기쁨에 겨워 웃었다. 그러나 그 기쁨이 자포자기의 심정인지, 애착이 사라진 것인지는 밝혀내지 못했다. 기쁨과 공허의 쌍두마차는 J를 싣고 달렸다. J는 스치는 풍경을 보았다. 눈물이 나도록 기쁘고 공허감으로 숨이 막혀 죽을 지경이었다.

'생에 주어진 호흡의 양은 일정하다. 기질에 따라 숨을 다르게 쉴 뿐이다. 빠르게. 느리게.'

J가 이런 생각에 빠져 있을 때 갑자기 음악이 울렸다. 그것은 슈베르트의 숭어였다.

'거울 같은 강물 위에 숭어가 뛰노네.'

J는 위층을 바라보았다. 그것은 위층 아들이 치는 피아노 소리처럼 들렸다. 그런데 그것은 피아노 소리가 아니었다. J는 건우와의 추억을 생각하며 흥얼거렸다.

'이렇게 맑은 강물에 숭어가 잡힐까.'

그것은 세탁기에서 들리는 소리였다. J는 다용도실로 갔다. 배수구로 물이 빨려 들어가고 있었다. J는 세탁기를 열었다. 전 날 입었던 옷은 탈수되어 꽈배기를 틀고 있었다. J는 옷을 집어 흔들었다. 그 옷은 입을 수 없을 것 같았다.

날씨가 흐렸다. 건우는 동네 외과에 들렀다. 이마에 상처가 남아 있었지만 별다른 외상은 없었다. 장마전선이 남부지방에 도달했다는 예보가 어디선가 들렸다. 건우는 거리를 걷다가 전화를 받았다. J의 목소리였다.

"저. 김정숙이에요. 기억하세요?"

건우는 J의 이름을 기억하지 못했다. J가 자신의 이름을 알려주었는지도 기억하지 못했다. 건우에게 그녀는 이미지로만 남아 있었다. 건우는 목소리의 주인공이 J라는 것을 알았지만 이름을 모른다는 사실을 알려주고 싶었다. 건우는 물었다.

"누구요?"

J는 당황한 목소리로 말했다.

"김정숙."

건우는 말했다.

"전화 잘못 걸었습니다."

건우는 정중하게 전화를 끊었다. J는 구구절절 자신을 설명하지 않았다. 건우더러 단박에 자신을 알아보라고 채근했다. 건우가 공포로 느낀 것은 바로 그 당돌함이었다. 건우는 J가 자신을 감추기만 하다가, 갑자기 자신을 확연히 드러내는 그 순간에 이상한 음모가 도사리고 있음을 느꼈다. 다시 전화가 걸려왔다. 건우는 자신의 결심을 설명하는 것이 낫다고 생각했다. 그리고 그녀의 의도를 알기 위해 일단 말을 적게 하기로 했다. 건우는 길에 섰다. 심호흡을 한 번 하고 자연스럽게 말했다.

"네."

J의 목소리가 들렸다.

"저는 당신의 반대편 가게에 있어요. 쳐다보지 마세요. 그냥 왼쪽을 보세요. 왼쪽 가게에 벽거울이 있죠?"

건우는 자신도 모르게 몸을 돌려 뒤, 오른쪽, 왼쪽을 번갈아 보다가 왼쪽 가게 안에 거울이 걸려 있는 것을 발견했다. 그곳은 구제 옷을 파는 상점이었다. 그러다가 불현듯 J가 자신을 보고 있다는 사실을 깨닫고 이상한 여자가 파 놓은 함정에 또 빠졌다고 생각했다. 비정상적이고 질긴 집착이 진행되고 있다는 불안한 생각이 머리를 스치고, 어떻게 하면 아무 일 없이 이 상황에서 벗어날 수 있을 것인가를 생각하고 있었다. 비록 아무 일도 없었던 세 번의 만남이었지만 헤어지는 것을 잘해야 뒤탈이 없을 것 같은 불길한 생각이 들었다.

'충격적이지 않고 완만한 방식으로. 그녀 스스로 나를 포기하도록.'

건우는 이런 생각을 하며 길에 우뚝 서 있었다. 사람들이 지나갔다. 자신이 한 장의 사진 속에 있고 길의 풍경이 그 사진에 중첩되어 지나가는 것 같았다. J의 목소리는 낮고 강했다. 그리고 문장의 중간 중간 다급한 느낌을 절묘하게 실었다.

"거기에 내가 비칠 거예요. 잘 들어요. 먼저 해명해야 할 일이 있어요. 나는 덫에 걸렸어요."

건우는 J의 상황을 이해한다는 식으로 자상하게 물었다.
"도대체 그 남자가 누군데요?"
"몰라요."
서로 맞지 않는 이야기가 오고갔다. 건우는 그 남자가 남편이라면 너와 나 둘 사이에는 아무런 문제가 없는데 왜 전화를 했는가를 물었고, J는 그 남자가 자신도 모르는 남자라는 것을 말하고 있었다. 건우가 뒤를 돌아보며 물었다.
"그럼 왜?"
그러자 J가 아주 다급하게 외쳤다.
"돌아보지 마!"
건우는 몸을 움찔했다. 자신이 길에 서서 하는 짓이 이상했다. 그러나 이상한 일일지언정 J의 목소리에는 항상 일말의 진정성이 있었다. 그것은 유혹이었고 거부할 수 없는 성적인 매력이었다. 건우는 반쯤 돌렸던 몸을 제자리로 돌렸다. 그때 거울 속에 언뜻 그 남자가 보였다가 사라졌다. 강가에서 그들의 애정행위를 보던 남자였다. 그리고 경춘가도에서 그들을 검문했던 자칭 경찰이라는 남자였다. 건우는 검은 하늘에 별이 쏟아지는 현기증을 느꼈다. J 덕에 피를 흘리고, 그 후유증으로 대낮의 은하수, 아름다운 풍경을 덤으로 보게 된 것이었다. J가 말했다.
"한 가지 묻겠어요. 왜 나한테 접근했죠?"
"내가요?"
"네."

건우는 말문이 닫혔다.

"자리를 조금씩 옮겨 보세요. 어느 각도에서 내가 보일 거예요. 나는 당신을 보고 있어요."

건우는 J가 시키는 대로 옆으로 걸음을 옮겼다. J가 보였다. 그녀는 반대편 카페에 앉아 있었다. 그러나 창가가 아니라 안쪽으로 깊이 앉아 있었다. 밖에서는 그녀를 발견할 수 없었다.

"이렇게 해야만 하는 이유가 있나요?"

"내가 묻고 싶은 거예요. 지금 당신이 놀란 그 남자는 당신을 따라 온 거예요. 집에서부터, 병원을 거쳐, 여기까지. 몰랐나요?"

"그럴 이유가 없어요."

"그럼 내가 당신을 따라온 이유가 궁금하겠군요?"

"네."

"대면하고 싶었어요."

"무슨 이유로요?"

"전화를 받지 않을 것 같아서요. 사과를 하려고요."

"그런 거라면 안 받아도 됩니다."

"들어봐요. 그러다가 당신을 따라가는 그 남자를 본 거예요. 놀란 건 나예요."

"그만 하시죠."

"믿지 않는군요?"

"그만 하세요. 극도로 심신이 피곤하니. 만약 제가 뭘 잘못했다면 사과드립니다. 그리고 앞으로는 대면하거나 전화하는 일이 없으면 좋겠습니다. 그럼."

건우는 전화를 끊으려 했다. J가 웃었다. 그녀의 목소리에는 애착이 없었다.

"나 그런 사람 아니에요. 미친 여자 아니에요."

"그런 뜻은 아닙니다. 오해하지 마세요."

"후훗. 당신이 날 통해서 원했던 게 뭐에요? 난 그것이 알고 싶어요. 왜냐하면 난 뒤통수를 얻어맞은 것처럼 마음이 아파요. 아시겠어요? 당신이 그럴 사람이라고 전혀 생각하지 못했어요. 저를 이해해주려고 한 최초의 사람이었어요. 착하고 따뜻하고 타인을 있는 그대로 보려고 했어요. 제 말이 틀렸나요?"

"그렇게 보셨다면 고맙습니다."

"그날 묘지에서 돌아오던 날, 그 남자와 당신이 주고받았던 눈빛이 생각나요. 그때 눈치를 챘어야 했어요. 뭘 원하죠? 다 드릴게요."

"뭐요?"

"그리고 차에 악보를 놓았어요. 우연처럼."

"왜요?"

"나를 알죠? 내가 성재 이야기를 했을 때, 당신은 하나도 놀라지 않았어요. 대부분 나를 이상하게 쳐다봤죠."

"그럴 수도 있는 일이라 생각했죠."

"그럴 수도 있는 일?"

"가능한 일이요."

"김현우에 관한 이야기도 그냥 가능한 일인가요?"

"솔직히 그건 반신반의 했습니다."

"들어줬나요?"

"네."

"나와 자고 싶어서?"

"당신이 원한 만큼."

"그런 말은 비겁해요. 스스로에 대해서만 말하세요."

"네."

"나를 만난 이유가 뭔가요? 솔직히."

"좋았어요."

"이제 두렵나요?"

"네."

"역사는 욕정 아래에 있군요."

"마음대로 생각하십시오."

"꽃은."

"내가 보냈고요?"

"아니에요."

"그럼?"

"내가 보냈어요. 그래야만 했어요."

"네?"

건우는 J의 말을 도무지 이해할 수 없었다. 건우는 그 이유라도 알고 싶어서 물었다.

"왜?"

"누군가 나를 좋아한다는 것을 증명해야만 했어요. 완벽한 고립 속에서."

J가 외롭게 말했다. 건우는 고개를 숙였다. 미친 상투성의 극치였다. 그는 말했다.

"무슨 말인지 모르겠습니다."

"나는 갇혀 있어요."

J의 목소리는 우수에 찼다. 그녀의 목소리는 건우에게 무엇을 바라는 것보다는 자신의 응어리를 조용히 토해내는 것 같았다. J가 말했다.

"그 남자가 당신을 미행하는 것이든, 당신이 그 남자와 하나이든, 아니면 나 때문에 당신 주변을 서성거리든, 그건 문제되지 않아요. 나는 삶에 애착이 없으니까요. 될 대로 되면 그것에 따를 거예요."

"죄송합니다. 저는 당신의 인생에 관심이 없습니다."

"좋아요. 거울로 가까이 다가와요."

건우는 망설였다. J가 말했다.

"나쁜 의도 같은 건 없어요. 당신에게 하고 싶은 말이 있어요. 가까이서."

건우는 거울 속의 정숙에게 다가갔다. 그녀의 얼굴이 더 또렷하게 보였다. 그것도 미친 짓이었다. 그것은 그녀에게서 더 멀어진 것이지 가까이 간 것이 아니었다. 건우는 자신이 바보 같았다.

"내 목소리가 더 크게 들리죠? 난 움직이지 않았어요. 거울은 그 자리에 있을 뿐이에요."

건우는 대답하지 않았다. 그녀의 목소리가 크게 들렸다. 그러나 J가 말을 크게 하는 것인지, 자신이 그렇게 생각하는 것인지는 알 수 없었다.

"물리적으로는 설명이 안 되는 일이 있어요."

"있겠지요."

"가세요. 이제 그 사람들이 당신을 죽일지도 몰라요. 나도."

"그 사람, 그 사람들이 누구입니까?"

"말해도 믿지 않았어요."

그때 거울 속에서 사라졌던 남자가 멀리 정면에서 다가왔다. 그러나 그 남자가 자신을 향해 오는 것인지 J를 향해 가는 것인지 분간할 수 없었다. 건우는 이 상황에서 빨리 빠져나가야겠다고 생각했다. 건우는 몸을 돌려 오른쪽 횡단보도를 건너려했다.

"그대로! 내 쪽으로 오지 마세요."

건우는 자신도 모르게 횡단보도 쪽으로 돌린 몸을 다시 옷가게 쪽으로 돌렸다. 그의 자세는 보던 옷에 미련이 남아 다시 그 옷을 바라보며 살까말까 고민하는 사람처럼 보였다. 실제로 건우는 주머니에 손을 넣어 뒤적이며 돈을 세는 시늉을 했다. 자신이 왜 이런 모습까지 보여야 하는지 어이가 없었다. 그 남자는 웬일인지 더 다가오지 않고 그 자리에 그대로 있었다. J의 얼굴이 더 또렷이 보였다. J가 말했다.

"안녕. 그 상태로 내 얘기를 계속 들어요."

"전 모르는 일입니다."

"들어주세요."

"말씀하십시오."

"누군가는 알아야 했어요."

"뭘요?"

"내가 말한 것을."

"모릅니다."

"당신은 알아주세요."

"왜 나입니까? 나는 당신의 레오인가요? 내가 지구를 구합니까?"

건우는 매몰차게 쏘아붙였다. 침묵이 흘렀다. J가 흐느꼈다. 그녀의 얼굴에 한 줄기 눈물이 흘러내렸다.

"내가 없어도 당신이 간직해줘요."

전화가 끊겼다. J는 거울에서 사라졌다. 건우는 J의 마지막 말이 마음에 걸렸다.

'내가 없어도.'

J의 말에는 표현의 내용을 보면 반신반의하게 만드는 것이 많았지만, 표현의 형식에는 유혹의 힘이 있었다. 그것은 목소리의 질, 고저, 간혹 진정이라고 느껴지는 진동이었다. 건우는 그 남자가 다가오는 반대방향으로 걸음을 옮겼다. 건우는 그 자리에 섰다. 사람들이 많은 곳이었다. 건우는 돌아서서 그 남자를 대면하리라 마음먹었다. 자신은 J와 아

무런 관계가 없다는 것을 밝히고 이 상황에서 깨끗하게 벗어나고 싶었다. 건우는 심호흡을 하고 뒤를 돌아보았다. 그 남자는 거기 없었다.

J는 곧바로 청담동의 신경정신과에 들렀다. 간신히 자신이 생각한 두 시간 안에는 맞출 수 있었다. 10시는 훨씬 넘어 11시가 다 되어가고 있었지만 다행히 다른 손님은 없었다. 간호사는 J를 보고 놀란 것 같았다. 간호사는 생각했다.

'선생님 말씀대로 정말 왔네?'

일주일 전 간호사는 등록명단에서 J를 지웠지만 의사는 한 번 더 기다려 보자고 말했다. 정말 그렇게 된 것이었다. 참 불편한 여자였다. 간호사는 아무 말 없이 J를 의사의 방으로 안내했다. 지난 주에 연락도 없이 예약을 파기한 것에 대해 불만이 있었고, J에 대해 처음부터 좋지 않은 감정을 가지고 있었지만, J의 모습이 너무나 초췌했다. J는 모든 것을 자기의 의지 밖에 놓고 작은 것에 저항할 기력마저 소진한 상태로 들어왔다. 타인에게 자신의 목숨을 맡긴 것처럼 처량했다. 간호사는 이 동네 여자들에 대한 부러움과 시기심을 버리고 가상하게도 따뜻하게 대해주어야겠다는 생각을 했다. 그래서 혼자 잘 걷고 있는 J의 허리를 잡아주는 친절을 베풀어 J를 불편하고 난처하게 만들고, 실상 그 손 때문에 걷기가 더 힘들고, 방 앞에서는 공손히 문을 열어주고 J의 등을 살며시 떠밀었다. J는 과도한 친절에 짜증이 났다.

"됐어요."

"괜찮아요. 미안해하지 마세요. 차라도 한 잔 드릴까요?"

간호사는 뿌듯한 표정을 지으며 말했다.

"아뇨. 됐어요."

"미안해하지 마세요."

다시 한 번 간호사는 미소를 띠고 말했다.

"정말로 됐어요."

"아이, 따뜻한 걸 마시면 한결 편안해질 거예요. 여름인데도 손이 차요."

간호사는 J의 손을 만지며 덧붙였다.

"언니."

"됐다니까요."

J는 간호사의 손을 치며 언성을 높였다. 간호사는 깜짝 놀랐다. 그녀는 J와 의사를 번갈아 바라보았다. 의사는 고개를 끄덕이며 말했다.

"나가봐. 안 드시겠다니까."

간호사는 조용히 움직였으나 양 볼에는 불만이 가득 차 있었다. 그녀는 문을 닫고 나갔다.

의사가 말했다.

"앉으세요."

J는 자리에 앉았다. 처음 두 사람이 대면했을 때처럼 의아한 탐색은 이루어지지 않았다. 오늘 J는 의사에게 자신을 맡기러 온 것처럼 보였다. 도전적이거나 의사에게 자신이 어떤 상태라는 것을 의도적으로 알

려주려는 생각도 없이, 있는 그대로 자신을 내맡기고 있었다. J는 아무 말 없이 의자에 몸을 깊숙이 넣은 채 의사의 말을 기다렸다. 첫 날, J는 금방이라도 가려는 사람처럼 의자 모서리에서 안절부절 했었다. 의사는 그 태도가 맘에 들었다. 안정감이 그를 편안한 상태로 이끌었다. 의사가 말했다.

"지난 주에는 무슨 일이 있었나요?"

"죄송해요. 잊었어요."

J의 그 말은 진심이었다. 의사는 그 말을 그대로 받아들였다.

"돈은 지불하겠어요."

J는 이 말을 괜히 한 것 같아 의사의 얼굴을 바라보았다. 다행히 의사는 오해를 하지 않은 듯했다.

"네."

이렇게 해서 J는 별다르게 미안한 마음을 갖지 않아도 되었다. 의사가 말했다.

"불편하셨죠?"

"네? 아! 간호사 분."

"이해하세요. 저 애는 잘하려고 했던 것 같아요."

"제가 날카로웠어요."

"동정받는다는 느낌이 들었겠습니다."

"네, 조금."

"하지만 간호사는 최선을 다한 거죠. 자기 위치에서."

"그런 것 같아요. 그래요. 아이 참 왜 이렇게 말하는 게 힘들죠? '그래요' 하면 뭔가 부족한 것 같고 '그런 것 같아요' 하면 부정하는 느낌이 드니까, 둘 중에 어떤 말을 써야 하는지 모르겠어요."

"어려운 질문이군요."

"그렇죠? 어려운 질문이죠?"

"보통은 '그런 것 같아요'라고 말하지요. 문제를 일으키고 싶지 않고, 언젠가 내가 그 대답에서 빠져나올 수도 있고, 인간은 단호한 입장에 서는 것을 두려워하니까요."

"그렇게 말씀해주시니 고마워요."

"그럼 '그래요'라고 말씀하시고 싶은 것이 무엇인지 제게 말씀해주셔도 되겠습니까?"

"그런 건 없어요."

"그렇군요."

"그보다 먼저 간호사에게 사과하고 싶어요. 거기서부터 시작하면 좋겠어요. 방금 이런 생각이 들었어요. 연인이 있어요. 둘은 세련된 매너를 가지고 있어요. 누가 누구에게 기분 나쁘게 하지도 않고 아끼고 위해줘요. 곧 결혼할 거예요. 결혼을 했어요. 여전히 서로 아끼고 사랑해줘요. 그러나 마음은 공허해요. 화를 내고 싶어도 그것이 옳지 않다는 사실 때문에 괴로워하고 공허를 감내하죠. 서로 그 상태를 파괴할 것 같은 그 이상은 하지 않는 거예요. 뭔가 거칠고 세련되지 않은 그 무엇이 필요한데도. 현재의 평정상태를 깨뜨리지 않으려고 조심하지 않는 마음. 자신의 가슴에서 우러나오는 거친 행동, 파격, 그런 것. 그래서 깨뜨려지는 평정이라면 그건 허위 아니에요?"

J는 자신의 말이 왜 이리 잘 풀리는 것인지 의아했다. 의사는 물었다.

"간호사에게 사과하고 싶다는 건 뭐죠?"

"간호사는 제가 두려워하는 성품을 가졌어요."

"어떤 거죠?"

"자기 마음대로 행동하는 것. 아뇨, 정정할게요. 가슴으로 행동하는 것."

"당신을 불편하게 만들었잖아요?"

"아뇨. 그렇지 않으면 나는 그녀의 마음을 알 수 없어요. 우리는 영원히 지나가는 사람처럼 이 좁은 공간에서 만날 거예요. 타인과 타인처럼. 세련된 매너 사이에는 위대한 존재의 간극이 화석처럼 도사리고 있겠죠. 후우."

"말씀을 참 잘 하십니다."

"그 말씀도 유쾌하게 받아들일 수 있어요. 도대체 선생님의 그 말씀이 어떤 해를 나에게 끼친다는 거죠? 과거의 나는 선생님의 그 말에 반감을 느꼈을 거예요. 입 안에 사탕을 물고 계신다고 생각하면서. 그러나 꼬인 건 항상 제 마음이었어요."

의사는 웃었다. J는 미소를 띠었다. 그러나 J가 자신의 마음을 완전히 편안한 상태로 가지고 간 것은 아니었다. J는 노력을 하고 있었다.

"차를 마셔야겠어요. 그녀의 호의를 제가 거절할 권리는 없어요. 아뇨. 마시고 싶지 않더라도 받아두어야만 해요. 그래서 해가 될 건 없잖아요? 그것이 인간의 인간에 대한 예의에요. 그녀의 호의에 악의가 숨어있는 건 아니잖아요?"

"그녀는 베풀고 싶은 거죠."

"뭘요?"

"덕을."

"그래요. 그녀는 덕을 베풀려 하고 저는 그 덕의 목을 비틀어버리려고 해요. 악의의 감정에 찬 사람은 저예요."

"하나 더 말씀 드리자면 당신과 같은 사람에 대한 무리한 호의라는 거죠."

"저 같은 사람?"

"자기보다 잘 난 것 같은 사람."

"무리한 호의란?"

"일종의 열등감에서 비롯된 것이죠. 가장 못 사는 아들이나 며느리가 부모에게 가장 극진한 효성을 보이는 것과 비슷하지요. 그렇게 함으로써 다른 형제들에게 도덕적으로 우월하다는 것을 과시하지요. 자신을 희생하면서까지. 저 아이는 아주 낮은 수준에서 그런 비슷한 의도를 가졌을 겁니다. 솔직히 저는 그런 행동을 별로 좋아하지 않아요. 예를 들어 폐품을 줍는 할머니가 추위에 떨면서 모은 전 재산을 사회에 기부하는 뉴스는 저의 마음을 씁쓸하게 하지요. 저 천만 원이 사회에 어떤 도움을 줄까? 차라리 자기 방을 따뜻하게 하고 살다가 돌아가시어 뉴스를 보는 사람의 마음을 불편하게 만들지 마시지, 그런 생각이 들어요. 제 생각입니다."

"선생님 말씀도 일리가 있어요."

"그러니까 제 말씀은 주위에 자신을 정확히 맞추어야한다는 생각을 하지 않으셔도 세상은 굴러간다는 겁니다. 그건 처음부터 불가능합니다. 세상은 오해로 가득 차 있어요. 오해를 풀려고 하지 말고 오해를 안고 살아야 해요."

"어려운 말씀이네요."

"차를 드시고 싶나요? 아니면 차를 드시고 싶지 않나요?"

"그렇게 말씀하시면 대답하기 곤란해요."

"결정을 하셔야 합니다. 드시고 싶다면 '차를 달라.' 드시고 싶지 않다면 '괜찮다.'라고."

J는 생각했다. 의사가 말했다.

"죽을 때까지 그 문제로 고민할 것 같군요."

"주세요. 마시고 싶어요."

"그럼 그렇게 하지요."

의사는 구내전화로 간호사를 불렀다. 간호사가 문을 열고 들어왔다. J가 말했다.

"차를 주실래요? 아까는 미안했어요. 어떤 차를 선택할 수 있나요?"

"허브와 녹차에요."

"허브로 주세요. 허브는 어떤 것들이 있나요?"

"페퍼멘트, 로즈마리, 인디안 허브요."

"로즈마리. 팩인가요?"

"아뇨."

"찻잔은 어떤 것이에요? 종이컵이나 플라스틱은 아니었으면 좋겠어요."

"네."

간호사는 밖으로 나갔다. J는 문 쪽을 보고 말했다.

"화를 안 내네요."

"화를 낼 이유가 없지요."

"까다롭게 말한 것 같은데요."

"어감이 부드러웠거든요."

"네."

"웃는 얼굴에 침 못 뱉는다는 말이 있지 않습니까? 감정은 다 전해지기 마련이에요. 저 애도 심각하게 생각하지 않잖아요? 혼자 고민하셨던 거예요. 물론 저 애도 화가 났겠지만 그건 자신의 행동에 대한 공과죠. 만약 당신이 너무 진지하게 다가가서 '아까 죄송했어요. 당신의 호의를 잘못 생각하고 거칠게 행동했는데 정말 사과드릴게요.' 하면 더 부담스럽지 않겠어요? 저 애 스스로 이미 정리하고 있는데."

"그렇겠어요. 별 것 아닌 일인데."

"별 것 아닌 일은 아니죠. 마음이 불편하셨으니까."

"그럼 별 일."

"그런 별 일이 많죠. 다 반응하고 살기에는 인생이 너무 짧아요."

"네."

J는 한결 마음이 편해졌다. J는 물었다.

"그럼 선생님의 말씀대로라면 가난한 사람은 기부를 하거나 착한 일을 하면 안 된다는 건가요? 그걸 자신을 위해 써야 더 가치 있는 일이라는 건가요?"

"네."

"의외의 말씀이네요. 책에서 배운 것과는 달라요."

"그가 건강하고 행복하게 사는 것이 모두를 행복하게 하니까요. 강박적으로 착하게 살아야 한다는 건 그 사람을 더 불행하게 만들어요."

"그럼 부자의 기부는 뭐에요? 그것도 일면 그런 측면을 갖고 있는 건가요?"

"어떤 측면을 말씀하시는 겁니까?"

"양심과 관련된 측면이요. 도덕적으로 우위에 선다는 것. 맞나요? 제 말이……."

"솔직하게 말해도 되나요?"

"네."

"저는 반대해요. 기부 없이도 평등한 사회를 만들면 되는 것 아닌가요? 세금을 부과하든지, 가난한 집 아이들이 대학교에 가서 공부하고, 사회에 나와서 살 수 있도록 교육제도를 바꿔야죠. 그건 변화시키지 않으면서, 말하자면 부의 세습이 있고, 일반사람들에게는 확률이 거의 없는 스티브 잡스나 안철수씨의 성공사례가 있어요. 그들이 소외된 자들에게 기부를 한다면 어떤 것이 더 이익일까요? 그들의 명예와 가난한 자의 입. 당장 빵을 먹을 수는 있겠지만, 빵이 없으면 또 시혜를 베풀 사람을 기다려야겠죠."

"잘 모르겠어요. 원칙적으로 맞는 말씀인 것 같은 생각이 들어요. 아뇨. 원칙적으로 맞아요. 그럼……."

"그 원칙을 어떻게 실현하느냐는 질문을 하고 싶으신 거죠?"

"네."

"제도를 바꿔야죠."

"무엇을 위해서요?"

"사회의 투명성을 위해서요."

"내용은요?"

"기부가 필요 없도록. 한다면 시혜가 아니라 의무로, 받는다면 당연한 권리로 느끼도록."

"그런 사회가 존재할까요?"

"네. 북유럽. 역으로 투명하지 않기 때문에 기부가 하나의 사건이 되는 게 아닐까요? 사람들이 그런 일을 경험해보지 않아서요. 그런 의미에서 안철수씨는 큰일을 하신 거지요. 아, 이런 사람도 있구나? 하고. 그도 투명한 사회를 꿈꾼다고 하지 않나요?"

"선생님이 정치하시면 잘 하시겠어요. 공감이 가요. 기승전결이 뚜렷해서 고학력자가 많은 강남에서 표를 많이 받으실 거예요."

"그렇게까지나요."

의사는 멋쩍게 웃었다. 그가 어리둥절해 하며 말했다.

"애기가 왜 여기까지 왔지요?"

"후. 선생님이 말씀하셔놓고 그 이유를 모르세요? 타인의 호의, 그에 관한 대인관계의 어려움, 거기서 발전해서 양심, 도덕, 그에 관한 태도에 대해 말하고 있었어요."

"그렇군요."

"후."

J는 밝게 웃었다. 의사가 친구처럼 느껴졌다. 일상에서는 서로가 조심스러워하는 주제까지 부담스럽지 않게 이야기를 나눈 것 같았다. 친구들과의 관계에서는 해서는 안 될 말들을 미리 정해 놓으니 할 수 있는 말이란 고작 '밥 먹었니?' '잘 지내니?' '그 거 좋으니? 얼마야?' 이런 말밖에 없었다. 그때 간호사가 로즈마리를 가지고 들어왔다. 향이 방 안에 풍겼다. J는 마시기도 전에 머리가 가벼워지는 듯했다. J는 찻잔을 손바닥에 받으며 말했다.

"고마워요. 따뜻해."

"맛있게 드세요. 뜨거운 물이 더 필요하면 말씀하시고요."

간호사의 말을 들으니 J는 그렇게 마음이 편할 수가 없었다.

'관계라는 게 별 거 아니구나. 상식적으로 말하고 상식적으로 받아들이면 되는 것이구나. 뜨거운 물이 더 필요하면, 고민할 필요 없이 얘기하면 되겠구나. 꼭 얘기해 봐야지. 그때 입을 삐죽거리면 저 애는 사악한 정체를 숨긴 애고 밝게 응대하면 지금은 비록 가난하지만 겉과 속이 일치하는 멋진 아이겠구나. 그래 내가 말하지 않으면 상대를 알 수 없어. 정치 얘기를 해도 되는 거구나. 자기의 견해를 그냥 얘기하면 되는 거구나. 감출 필요가 없잖아? 그 다음은 상대가 알아서 판단하겠지.'
 의사가 말했다.
 "뭘 생각하세요?"
 "아, 아니에요."
 J는 차를 한 모금 마시고 내려놓았다. 의사가 말하려고 했다. J는 이제 본론이 진행되고 있다는 것을 알았다. 그녀는 의사를 보았다. 두려웠다. 의사가 입을 열었다.
 "이 주 전에 하신 말씀을 아직도 제가 잘 이해하지 못하고 있어요."
 "어떤 말을?"
 "자신의 생각이 타인에게는 망상으로 보이게 해달라고 했던 말입니다."
 "네."
 "그 말은 자신은 그것이 망상이 아니라고 생각한다는 말이겠군요."
 의사는 미소를 띠었다. J는 긴장하고 말했다.
 "네."
 "그 생각을 저에게 말씀해주실 수 있나요? 아직도 준비가 안 되셨나요?"
 "내용은 말할 수 없어요. 단지 제가 그렇게 보였으면 했어요. 처음에는 의사 선생님을 속이고 싶었는데 선생님께서 속아주시지 않으니 그렇게 해달라고 했던 거예요."

"왜 그렇게 보여야만 하는 건가요?"

"제가 죽을 수 있기 때문이에요."

"그러니까 그 내용이 궁금해요. 그걸 알지 못하면 아무 것도 모르는 것과 같으니까요. 관계의 어려움, 불안, 공허, 실존, 결핍, 이런 말은 위안은 받을 수 있을지 몰라도 근본적으로 그 사람의 문제를 풀 수 없습니다. 삶을 개념의 철창 안에 가두고 고사시키죠. 얼마나 더 가둘 수 있고, 얼마나 더 버틸 수 있는지를 내기하면서 마지막으로 십자가를 내밀죠. 거기에 의지하라고. 물론 제가 모든 문제를 해결해줄 수 없다는 걸 저도 알아요. 사실 들어주는 측면이 더 강해요. 대부분의 사람들은 자신의 문제를 알고 있어요. 그걸 회피하거나 그 문제의 정당성을 확보하기 위해 저를 찾아오는 것을 알 수 있어요. 절이나 교회에 갈 시간이 없는 사람도 많으니까요."

"말할 수 없어요. 거부하는 것이 아니라 말 하면 안 되는 거예요."

"왜요?"

"아까 문제의 정당성을 확보하기 위해 선생님을 찾아오는 사람들이 있다고 했잖아요? 그게 '내 문제를 알아주세요. 나는 이래서 그렇게 행동했어요. 나는 그래서 정당해요.'라는 것과 비슷한 것이지요?"

"네."

"마찬가지로 저는, 저의 그 문제가 제 삶의 정당성을 확보해주는 구실로 작용하지 않기를 바라는 것이에요."

"왜요?"

"그건 타인을 죽음으로 이끌어요. 그건 사랑의 문제를 안고 와요."

"잘 이해하기 힘들군요."

"내용을 이야기하지 않는 이상 항상 그렇게만 이해할 수 있을 거예요. 인간의 문제를 탐구하시는 선생님이라도."

"왜 타인을 죽음으로 이끈다고 생각해요? 그 문제를 같이 해결하거나 손을 맞잡을 수도 있지요. 설령 죽음으로 이끈다고 하더라도 그건 말한 사람의 책임이 아니에요. 강제로 죽음의 약을 입에 넣은 것이 아니라 그 스스로 그런 운명을 택한 것이라면. 유혹에 의해서든, 사랑에 의해서든, 자신의 욕망에 의해서든."

"아니에요. 그런 말씀에 유혹당하지 않겠어요. 선생님이 말씀하신대로 저는 저의 이야기를 하고 '나는 이런 여자다.'라는 개념의 그물에 갇히고 싶지 않아요. 저는 단지 사는 것으로서만 강해져야 해요."

"한없이 쇠약해지면서 나는 강해져야 한다고 외치고 있군요."

"그래요. 강해져야한다고요. 삶으로서만. 정리가 아니라!"

"그럼 다시 여기에 올 이유는 없었겠군요. 여기는 당신의 삶을 정리하는 곳이니까."

"그래요. 다시 올 필요는 없었어요."

"그럼 왜 오셨나요?"

"그 말을 취소하기 위해서요."

"어떤 말인가요?"

"제가 망상에 빠져있는 것으로 보이게 해달라고 부탁했던 것이요."

"저는 부탁을 들어주는 사람이 아닙니다."

"그럼요?"

"같이 해결해나가는 거죠."

"타인의 삶의 문제를 해결해 주실 수 있을까요?"

"둘이 '같이'라는 테두리 안에서."

"책임지지 않으려는 말씀만 하시네요. 결국 문제는 본인의 것이라는 얘기를 에둘러 표현하시는 것처럼 보여요. 그런 것도 배우나요?"

그리고 J는 덧붙였다.

"죄송해요. 이런 태도가 제 문제죠. 선생님 말씀대로 저는 제 문제를 알고 있어요. 그리고 선생님은 우리가 '같이' 그 문제를 해결한다고 하시는데, 저는 사람과 사람 사이에, 저와 사물들 사이에, 저와 세상 사이에 공유할 것은 이미 아무 것도 없다고 생각하고 있어요. 그리고 최근에 더 그런 생각에 확신을 갖게 되었어요. 선생님이 경멸하는 그 부분으로 돌아갔군요. 불안, 실존, 격리, 공허, 또 뭐라고 하셨죠? 십자가?"

의사가 웃으며 대답했다.

"그 한 단어가 문제였군요?"

"네?"

J는 의문을 표했으나 긍정했다. 그녀는 의뭉스럽게 의사를 바라보았다.

"저에 대해 쭉 이상한 생각을 하셨군요. 그 순간에 말씀하셨다면 오해를 빨리 풀 수 있었을 텐데요."

"그 많은 말들과 그 한 마디 말, 십자가의 연관관계는 무엇인지 모르겠어요. 어렴풋이 그렇다는 생각은 들지만, 선생님은 진정한 외로움에 도달하지 못했다는 생각도 들어요. 진정한 외로움이 마지막으로 십자가를 본다면 그것이 비판받아야 하는 이유는 뭐죠? 그것이 유일한 위안이라면?"

"제가 언제 어떤 이에게 유일한 위안이 되는 것을 비판했었나요? 그리고 진정한 외로움을 겪어보지 않아서 그렇다는 건 확인받을 길이 없네요. 외로움이란 상대적이어서 타인에게 확인받기란 불가능하지요. 경제적 고통, 사랑의 고통, 이념의 고통, 사람마다 영역도 다르고 폭과 깊이도 다르니까요. 제가 말씀드린 건 십자가는 예수의 캐릭터 상품이지 예수의 삶이 아니라는 겁니다. 그것을 갖는다고 해서 그를 체현하는 것은 아니고, 고독을 극도의 상태로 몰고 가 그와 동일시하는 것은 가능하지도 않습니다. 그런데 그 말을 하면 안 되는 이유는 뭔가요?"

"선생님은 반기독교인 같아요. 이런 경우는 '같아요.'라고 해야겠죠?"

"그렇지는 않아요. 있는 것을 내가 부정한다고 해서 없는 것으로 할 수는 없지 않습니까?"

"그럼?"

"정도껏 하자는 얘기죠."

J는 깔깔깔 호쾌하게 웃고 말았다. J는 말했다.

"선생님은 할 얘기가 많으신 분인 것 같은데요. 왜 참으시는 거예요? 무엇이 두려워서요? 제가 어디 가서 '선생님은 반 기독교인이다. 그 병원을 불사르자. 그 자를 살해하자.' 이렇게 말할까 봐요? 아니면 병원에 손님이 끊길까 봐요? 이 동네 사람 대부분은 기독교인일 것 같은데요?"

"그만 할까요?"

"선생님도 양심의 한 표를 행사하는 것으로 자신의 역할을 다했다고 생각하시는군요. 인생을 즐기시면서. 논쟁에는 절대 휘말리지 않으면서. 꿩 먹고 알 먹고. 꿩은 부고 알은 양심과 도덕이에요. 누구도 그 거룩한 이름을 욕할 수 없는. 사람들이 부러워하는 것을 즐기고, 시기하는 것을 경멸하는, 이 시대의 진정한 지배자 그룹. 통치하는 것은 다른 이들에게 맡겼지만 그 이익은 나눠 갖고 있어요. 강남좌파? 제 말이 선생님을 기분 나쁘게 했나요? 갈까요?"

"아뇨."

"그럼요?"

"내용에는 공감하지만 강남좌파라는 말은 아닙니다. 그건 개념을 좋아하는 사람들이 음모를 가지고 만들어낸 말이니까요?"

"음모라뇨?"

"우리는 유럽이나 미국처럼 좌우의 균형 속에 살고 있지 않습니다. 그런 의미에서의 좌파나 우파는 아직 존재하지 않아요. 우리는 비상식 속에서 살고 있어요."

"무슨 얘기죠?"

"더 얘기해도 되나요? 진짜 제 마음을."

"네. 듣고 싶어요. 이런 대화를 나눠본 적은 없어요. 아주 재미있어요. 쓰레기 같은 드라마를 보는 것보다 천배 유익하네요. 작가들은 비상식을 상식인 것처럼 사람들을 유혹해요. 구린내 나는 화법으로. '세상은 온통 거짓말.' 제일 역겨운 도치에요."

J는 지원에 대한 악한 감정으로 불쑥 말했다. 그리고 곧 자신의 말을 후회했다. 그녀는 로즈마리를 마셨다. 뜨거운 차가 입 안에 가득 들어가 뜨거움을 참느라고 고개를 숙였다. 그러다가 입 안의 차를 찻잔에 뱉고 말았다. J는 고개를 들었다. 의사는 살짝 웃었다. J는 의사가 자신의 견해를 비웃는다고 생각했다. 의사는 그 드라마로 화제를 돌리지는 않았다. 어쩌면 J가 옳은 것이라고 생각했다. 풍자나 은유를 즐기는 사람은 소수의 먹물들이었다. 그리고 별 것 아닌 것에서 자신을 유별난 사람으로 돋보이게 만들고 싶어서 신기한 떠들 거리를 찾아다니는 비평가들이었다. 그들은 이불 속에서 킥킥거리며 타인이 어리둥절해 하는 모습을 이불을 살짝 들고 묘한 시선으로 바라보는 것을 즐기는 것이다. 자신만이 그 웃음의 기호를 발견했다는 쾌감으로 사정하며. 의사 자신도 그런 사람이었지만 그 사정의 쾌감은 불쾌함을 동반하고 있었다. 그는 그 작가가 정말로 거짓말, 폭력, 허위에 대해 항변하고 싶다면 반대로 진실의 가치를 보여주는 것이 낫다고 생각했다. 그는 가장 안전한 방법, 냉소를 보내는 방법으로 현실에 저항하며 지식인들의 심

약한 정신에 약간의 활기를 불어넣어주기는 했지만, ㅋㅋㅋ 하는 방법으로, 지성의 실종, 종교의 광기, 학계의 꼴값 떠는 보수성, 여성에 대한 폭력, 장애자에 대한 경멸, 성적 소수자에 대한 혐오 등은 항상 남이 해결해야 하는 문제로 남겨두었다. 가장 잘 나가는 문화비평지에 실린 그의 인터뷰에서, 자기의 문학적 영향은 어디에서 왔는가? 라는 질문에 밀란 쿤데라의 《농담》이 피맺힌 농담이며 에우리피데스의 '풍자'가 자기의 부정까지 포함했음을, 말한 내용을 통해 스스로 모른다는 것을 밝히고도, 그는 그들을 존경한다고 말하는 것을 전혀 부끄러워하지 않는 것 같았다. 의사는 그 작가의 성별을 몰랐다. 그가 보기에 냉소는 아무나 할 수 있는 것이었다. 그런 의미에서 의사는, J가 그 작가의 싼 은유와 풍자의 의도를 몰라서 하는 말이 아니라, 알지만 세상을 바라보는 가장 쓸모없는 시선인 냉소와 기호의 놀이에 대한 환멸을 가지고 있다고 생각했다. 그가 보기에 J는 대학을 나왔으며, 아니 대학을 나와서라기보다는 기질적으로, 엉뚱한 구석이 가끔 있지만 대체적으로 날카롭고 지성적인 사고를 하는 여자로 보였다. 의사는 그런 J가 새로웠다. 대부분의 부자이면서 지성적인 사람들은 어느 정도의 냉소를 즐겼다. 그 냉소는 소멸이 다하는 현 체제와 바뀔지도 모르는 새 정권에 대한 불안과 희망의 보험료 같은 것이었다. '사실은 나도 그 체제에 동의한 것은 아니었다.'고 말하기 위한. 물론 바꾸는 것은 다른 이들의 피와 땀과 죽음이겠지만. 그러나 J는 그런 위치에 자신을 놓기보다는, 딱 까놓고 삶의 기회주의적 태도를 부정하는 것이었다. 단순하고 직접적이고 화끈

하고 남성적이고 낙천적으로. 그녀의 말이 다소 무모하게 보일지는 몰라도, 비비 꼬며 어떤 태도인지를 남이 모르게 연막을 치는 인간들은 갖지 못하는 솔직한 동물적 덕목을 지니고 있었다. 의사가 보기에 J는 정상적인 뇌를 소유하고 있었다.

'이 사람이 자신을 병자라고 느낀다면 이 사람이 소수에 속하기 때문이리라.'

의사는 그렇게 생각했다. 그렇다면 J가 자신의 무리 속에서 왜 자기를 소수로 느끼며, 피로하다 못해 죽을 것만 같은 모습으로 자기를 찾아왔는지 알아보기로 했다. 그리고 소수가 되는 것이 두려운 것이 아니라, 반대로 천박한 다수가 되는 것이 위험한 일이라는 것을 그녀에게 알려주리라 마음먹었다. 고귀한 것이라면 소수 아니라 단 한 명의 동지도 없는 유일한 생명체가 되어도 불행한 것은 아니라는 것을. 그 생명체를 짓밟는 공동체는 친위대의 강간을 묵인하는 허위의 공동체라는 것을. 의사는 혼자 속으로 말했다.

'아. 지긋지긋한 이 병든 공동체.'

J는 자신이 불쑥 드러낸 감정을 후회했다. 지원에 의해 더 이상 상처받지 않기로 한 자신의 결심이 무너진 것이다. 그리고 무심코 내뱉은 말에 의해 자신의 이미지가 의사에게 덜 지성적인 여자로 비쳐지지는 않았을까 하는 의심이 들었다. 그러나 이미 뱉은 말은 의사와 J 사이에 커다란 구멍을 만들고 사라졌다. J에게는 구멍이었고 의사에게는 장애물 하나가 사라진 더 투명해진 공간이었다. 그들은 각자의 이유로 현재

신드롬을 일으키고 있는 드라마 〈세상은 온통 거짓말〉에 대한 언급을 피했다. J는 지원에 대한 질시라는 감정에서 벗어나기 위해, 의사는 J의 그 견해를 단서로 그녀의 고립을 규명해보기 위해. 의사는 자기 자신에게로 우회하여 그녀에게 가기로 했다.

"제가 사는 아파트가 있어요. 10억이죠. 얼마 전 용산 재개발 지구에서 참사가 일어났어요. 사람들이 옥상에서 불에 타 죽은 건 들으셨죠? 정부가 하는 말을 믿지 않는다면, 그들도 결국 살 집을 위해 싸우다 불에 탔죠. 그런데 내 아파트에 누워 그 생각을 하면 세상이 잘못됐다는 생각을 하는 겁니다. 도대체 집이 뭐지? 나는 아파트를 7억에 샀는데 10억이 되어 3억을 벌었어요. 왜 나는 여기에 누워있고 그들은 죽었을까? 좀 이상하지 않아요? 복잡하게 생각하지 말고요. 복잡하게 생각하면 논리의 그물에 갇혀 결국은 자신을 합리화시키는 결론에 도달하지요. 열심히 일하면 성공한다는 논리도 빼고요. 그런 말은 요즘 초등학생도 믿지 않아요. 그리고 대부분 열심히 살아요. 그렇다고 내 아파트를 팔아 그들에게 줄 수는 없지요. 솔직히 나도 살아야 하니까요. 그럴 때 어떤 경멸이 몸을 휘감아요. 나는 무엇을 할 수 있을까요? 한 표를 행사하는 것 외에. 좀 가르쳐주실래요?"

"제가 선생님께 뭘 가르쳐요?"

"그냥 말씀해보시라고요."

"글쎄요. 말해도 되나요?"

"네. 주저 없이 바로. 경솔하게."

"경솔하게?"

"네. 그것이 두려워서 우리는 아무 말도 하지 않으니까요. '경솔하게 굴지 마!' 맞죠?"

"좋아요. 선생님 아파트를 파세요, 선생님이 그 문제를 진지하게 고민하신다면. 그리고 싼 곳으로 이사를 가고 차액은 기부하세요, 선생님이 진지하게 고민하시는 것이라면. 선생님은 좋은 학군과 세련된 문화, 귀족적 아우라, 동족을 찾아서, 그리고 더 솔직하게 말씀드리면 부동산 투기를 위해 이곳에 오신 것 아니에요? 요즘 만연한 비상식은 상식을 초라하게 만드니까요. 3억은 선생님이 노력해서 번 돈이 아니에요. 제가 말씀드린 전제를 잊지 마세요. 다시 한 번 강조해 드려요. '선생님이 그 문제를 진지하게 고민하시는 것이라면'이라는. 그렇지 않다면, 선생님은 단지 양심의 문제로만 괴로운 시늉을 하지 마시고 떳떳하게 선생님의 생활을 즐기시면 돼요."

"맞아요."

"맞아요? 저는 경솔하게 말했어요. 경솔하게 말하라고 해서."

"거기에 핵심이 있어요."

"무슨?"

"빨리 말하지 않으면 많은 경우 거짓말을 하게 되지요. 남의 심기를 불편하지 않게 하기 위해서. 지금 하신 말이 가장 정확한 말이에요."

"경박한 것, 천박한 사람과는 어떻게 달라요?"

"그건 말의 내용이죠. 그런 사람이 오래 생각하면 단지 남의 심기를 불편하지 않게 하는 것이 아니라, 남을 속이거나 교묘한 방법으로 해를 입히죠."

"사기꾼?"

"네."

"사실 불편한 일이 있었어요. 아주 오래된 제 경험을 선생님께 얘기해도 되나요?"

"그럼요."

"반상회에서 있었던 일이에요. 반상회 아시죠?"

"네."

"종합부동산세 때문에 벌어진 일이에요. 결혼하고 미국에 가기 전에 일어났던 일이죠. 5년쯤 되었나? 아. 제 얘기를 처음 하네요. 미국에 살다가 1년 전에 다시 한국으로 왔어요. 지금 사는 곳은 청담동 'ㄱ'빌라이고 그때는 신혼여행을 다녀와서 잠깐 압구정동에 살았어요. 아파트가 밀집한 곳이었죠. 그때는 노무현 대통령 시기였어요. 돌아가셨지만."

J는 의사의 얼굴을 보았다. 그 사람에게 경어를 쓰는 것을 의사는 어떻게 생각하는지 조심스러웠다. 이 동네에서는 그 사람에게 욕을 하거나 '잘 뒈졌다.'고 했고, 그 이름만 들어도 경기를 일으키며 '그 새끼'라고 호칭하는 것을 자주 들었다.

"안타까운 일이죠."

J는 고개를 끄덕였다. 더 얘기해도 될 것 같았다. 예의인지 진심인지

는 알 수 없었다. 그러나 의사가 말한 바대로 그가 경솔하게 말해서 J는 진심 쪽으로 판단의 추를 기울였다. 물론 내용은 천박하지 않았다.

"그때 10억인가 8억인가 가이드라인을 정하고, 그 이상 가격이 되는 아파트와 두 채 이상 한 사람 명의의 아파트에 종합부동산세를 신설한다고 했지요. 불로소득에 대한 세금의 공평성과 아파트 가격의 하락을 위해서요. 반상회의 주제는 그거였어요. 종합부동산세를 반대하는 현수막을 아파트에 거는 것이요. 많은 안이 나왔어요. '못살겠다 갈아보자.' '종합부동산세는 노무현의 독재다' '빨갱이 세상은 북한에' 등등. 그런데 제가 반대를 했어요."

"종합부동산세요?"

"아니요. 현수막을 거는 거요."

"왜요?"

"불로소득에 대한 세금은 더 내야 한다고 생각했거든요. 물론 선의의 피해자도 있었어요. 달랑 가진 것이 그 아파트 하나인 중산층이요. 그 사람들은 투기를 하기 위해 아파트를 산 것이 아니라 그저 거주하기 위해 아버지부터 아들까지 대대로 살고 있는 것이라고 했어요. 아파트 가격이 오르건 말건 자기들은 밥 먹고 자는 장소이기 때문에 금전적 이익과는 거리가 멀다고 했어요."

"그렇겠죠."

"그럼에도 불구하고 저는 현수막을 거는 것에 반대했어요. 그렇지 않으면 투기를 막을 수 없다고 생각했어요. 선의의 피해자들은 그 다음에 다른 방식으로 해결하는 것이 옳다고 생각했어요. 구매의 시점, 소유자의 변화, 그런 것을 보면 금방 알 수 있잖아요? 그리고 그 문구들이 너무 아름답지 않아서 눈살이 찌푸려졌어요."

"그곳에 살면서 그들을 반대했다는 말이군요. 자신도 손해를 보면서."

"네."

"아이고."

"완전히 찍혔어요. 어이가 없다는 표정으로 저를 바라보았죠. 그래서 서울대 미대에서 디자인을 가르치는 교수에게 도움을 청했어요. 현수막은 아파트 미관을 해치치 않느냐? 그리고 문구는 너무 상스럽지 않느냐?"

"그랬더니요?"

"디자인의 목적은 단지 아름다움을 표현하는 것이 아니라 실용성을 갖는 것이라고 했어요. 말 정말 재수 없게 하는 거만 배운 거 같아요. 자기가 예쁘게 걸겠다고 하더군요. 문구도 바꾸었어요. '압구정사람도 대한민국 국민이다.' '부를 죄악시하는 건 공산주의다.' 이렇게요."

"하하하."

"그래서 908호 여자인 저는 '강남노사모'라고 찍혔어요. '노사모'라는 걸 그때 처음 들었어요. 그리고 민주노동당 당원이 된 거 있죠? 나도 모르게 타인에 의해서 울타리 안으로 몰린 거 같았어요. 물론 그 울타리가 부정적이라는 건 아니에요. 중요한 건 내 의사와는 상관없이 타인의 규정에 의해서 그렇게 되었다는 거죠."

"그렇죠. 그건 자유로운 정신에 가하는 집단적 폭력이죠."

의사는 J의 의견에 동의했다. J가 보기에 의사는 자기가 말하고 있는 정치적 내용보다는, 타인에 대한 이해와 개념적 폭력이라는 부분에 초점을 두고 있는 것 같았다. J는 도덕과 양심이 자기의 풍족한 생활을 편치 않게 만든다고 말하는 강남 청담동의 괴짜 의사가 자신의 이 견해를 어떻게 생각하는지 알고 싶었다. 그러나 의사는 정치적 관점보다는 J가 당한 일상의 폭력 속으로 화제를 끌고 갔다.

"남편은 뭐라고 하셨나요?"

"남편은 직장에 다녀서 참석하지 않았어요. 집에 돌아와서 남편에게 그 얘기를 했죠."

"그랬더니요?"

"별 얘기 안하더군요."

"별로 부딪치지 않고 사시는 분이군요."

"네. 특별한 반대도 없고 특별한 열정도 없어요."

이번에도 J는 자신의 말을 후회했다. 뒤의 문장은 붙이지 말걸 하고 생각했다. 의사의 말대로 J는 자신이 너무 경솔한 것 같았다.

"그랬군요."

"한 마디 하더군요. 그런데 너무 재미있는 말이었어요. 지금도 잊히지 않아요. 아. 이 사람이 이런 남자였구나 하는 것을 그 순간에 알아버리고 말았지요."

J는 웃었다. 의사는 그 재미있는 말이 무엇인지 궁금했다. J는 어떤 것에

자신만의 독특한 의미를 부여하고 있을까? 하는 그녀의 특이성을 알고 싶었다.

"그 말이?"

"당신 미국 가는 거 알고 있었어?"

J는 남편의 말투를 흉내 내어 고상하게 말했다. 의사는 바로 그 뜻을 이해할 수 없었다. 그는 물었다.

"무슨 말이죠?"

"아파트 팔고 미국 가는 것을 알고 내가 그런 말을 했다고 생각하는 거였어요."

"하하하."

"전 그제야 우리가 미국으로 간다는 걸 알았죠. 재미있는 사람이죠? 그는 항상 상황을 자기 쪽으로 유리하게 이끌어가는 방법을 알고 있어요. 선택권은 그에게 있지만 강요가 아닌 방식으로."

"하하하."

"그래서 더 난처하게 되었어요. 주민들이 나를 그렇게 생각할 거라고 생각하니, 귀가 근질근질하고 뒤통수가 아팠어요. '자기하고 상관없다고 양심 있는 척 하는 저 여자는 시세보다 비싸게 팔아버리고 미국으로 간다는군요.' 이런 식으로 저는 수학을 잘하는 여자가 되었어요. 잘난 남편 덕분에. 공과금도 잊어버리는데."

"하하하."

의사는 연거푸 웃었다. J는 물었다.

"왜 웃으세요? 저는 속이 상해서 말씀드리는 거예요."

"재미있게 사시는데요."

"네?"

"남편 분도요."

"무슨 뜻으로요?"

"귀엽지 않습니까?"

"전혀."

"남편을 정말로 사랑하시는 것 같은데요."

J는 아니라고 말하지 않았다. 그렇다고 대답하지도 않았다. J는 수줍게 웃었다. 은수가 생각났다. 의사의 말이 울렸다.

"미워한다면 강력한 마음의 제어가 그 화제의 발설을 꽁꽁 붙들어 매지요."

J는 이 말에도 침묵으로 대꾸했다. 대신 이렇게 물었다.

"어떤 위대한, 위대한 생각을 갖는 것보다 작은 것이 더 힘든 이유는 뭐지요?"

"좀 더 자세히 말씀해 주세요."

J는 계속해서 조심스럽게 말했다.

"정치적, 철학적, 사회적 견해를 가지는 것보다 일상의 소소한 관계가 참기 힘든 이유 말이에요."

"말씀하신 생각들은 맘대로 자유로우나, 삶은 일상의 관계를 통해서만 그 나래를 펴니까요."

"이번에는 선생님이 더 자세히 말씀해주셔야겠어요."

J는 의사가 자신에게 한 말을 반복했다. 그와의 대화를 한껏 즐긴다는 느낌이 들었다. 의사가 말했다.

"말 그대로입니다."

"말 그대로?"

"네. 생각은 위대하지만 쉽지요. 하지만 미미한 실천은 그 위에 있어요. 실천은 오염을 동반해요. 누군가를 설득하고, 영향을 주고, 밥을 먹고, 사랑하고, 더러운 손이라도 잡아야 하니까요. 그것은 까다롭고 힘든 일이에요. '나는 박애주의자이다.'라고 생각하는 것과 '나는 촛불을 들고 광장에서 비바람을 맞으며 서 있다.'는 성가신 행동 사이에는 하늘과 땅의 차이가 있죠. '바흐를 좋아하는 나는 이 추위에 왜 여기서 찬바람 소리를 들어야 하지?'하고 묻게 되죠. 예를 들어 테레사 수녀의 생각은 누구나 할 수 있으나 행하기 힘든 이유는, 그것이 거룩한 행위이어서가 아니라 까다롭고 예민하고 참기 힘든 하찮은 것들의 연속이기 때문이에요. '내가 이 똥을 치워야 하는 이유는 뭐지?' '왜 이들은 나에게 아무런 고마움을 느끼지 않지?' '나는 이보다 백배 좋은 명품 옷을 소화할 수 있는데.' 우리들의 위대한 자존심은 하찮은 존재가 되는 것을 쉽게 허락하지 않아요. 거룩한 것은 누구나 할 수 있어요. 그것이 생각이라면. 자존심을 고양시키기 때문에. 하지만 자존심을 깡그리 짓밟는 어떤 행동만이 세상에 또는 타인에게 영향을 줄 수 있죠. 그녀는 거룩하지 않아요. 반대로 실천 속에서 자신을 괴롭히는, 그러나 예민하고 하찮은 타인과의 관계로 처참하게 고민했을 겁니다. 만약 그녀가 그런 것을 느끼지 않았다면 우리는 그녀를 존경할 필요가 없어요. 그녀는 원래부터 인간이 아니었으니까요. 하물며 같이 사는 부부의 관계에서도. '우리는 서로 마주보며 존중하고 사랑해요.' 라는 생각 속에는 얼마나 많은 공허가 숨어있을까요? 만약 우리가 이혼하지 않는 이유가 자존심 때문이라면. 그러니까 숨을 쉬고 사는 이상, 죽은 것은 거룩한 생각이고, 맥박 없는 평정, 약동하는 삶이란 귀찮고 짜증나는 작은 것이란 말입니다. 오, 맥박이여!"

J는 멍했다. 그가 쓴 낯선 단어와 단어를 명확히 이해할 수는 없었지만 마지막 말은 귀에 와 닿았다. 오, 맥박이여! 그것은 분명했다. 은수, 지원, 건우, 그들의 생각을 지운다는 그 생각은 무의미했고, 그들을 지웠다는 그녀의 생각과 상관없이 자기들 마음대로 J를 방문했으니, 그들이 자신의 의식 속으로 쳐들어 올 때 그녀는 맥박의 고동을 느꼈다. 괴로움이 그녀를 살게 했다. 사는 것이 생각이 아니라 맥박이라면. '고마운 괴로움.' J는 눈물이 핑 돌았다. 눈물이 의사에게 보일까봐 다시 고개를 숙였다. 의사는 그것을 눈치 채지 못했다. 그들의 대화는 내용상 숨기는 것과 비유하는 것 때문에 오해도 있었으나, 역설적으로 이상한 방식으로 상대에게 영향을 끼쳤다. 어떤 기운, 신통력이 J와 의사 사이에 흐르는 것 같았다. J는 고개를 들고 물었다.

"선생님, 이상해요. 다른 사람의 말은 그 단어 하나하나를 다 이해했지만 결국은 알아들을 수 없었어요. 그런데 선생님의 말씀은 단어 하나

하나를 다 이해한 것은 아니지만 결국은 제 가슴에 와 닿아요. 이것은 이해인가요? 아니면 오해인가요? 만약 저에게 영향을 주시고 계신다면 선생님의 저 박사학위 때문에 제가 그 권위에 복종하고 있는 것인가요? 저는 소통이라는 단어를 싫어했어요. 그것은 왠지 시골냄새가 났거든요. 반대로 '우리 각자는 위대한 하나'라는 현대시를 더 좋아했어요. 격리 속에서 나를 지켰죠. 그런데 지금 제가 경험하는 것이, 미워했던 소통의 감정이라면 제가 시골여인이 되더라도 그 느낌을 영원히 간직하고 싶어요. 그건 남에게 나를 빼앗기는 것이 아니라 가슴이 더 충만한 느낌이에요. 물동이의 물을 지나가는 나그네에게 퍼 주었지만 더 가득한 느낌이요. 물을 마신 그 사람은 미소를 남긴 채 사라졌지만 그 사람을 다시 만날 것만 같은 기대와 설렘, 내일에 대한 기다림으로 긴 밤을 지새운다 하더라도 나는 그 영롱한 기분을 간직할 거예요. 그런데 그 이유는 뭐죠? 선생님은 어떤 수단으로 저를 이런 기분으로 이끌어 주신 건가요?"

깊게 생각하고 말한 것은 아니었지만 그녀의 감정은 더 올곧게 전해졌다. 그리고 눈물이 핑 돌았던 눈을 감추려고도 하지 않았다. J는 의사를 바라보았다. 그리고 그가 말하기 전에 또 말했다.

"알겠어요. '푸르른 나무여! 맑은 호수여!' '타오르는 불꽃이여!' 저는 앞으로 이런 시를 좋아할 거예요. 단순하고 직접적인 감정으로 노래하는 시를. 감춰진 것과 난해한 기호를 알아내기 위해 사전을 찾으며 더 이상 인생을 허비하지 않겠어요."

의사는 놀랐다. J는 의사 자신이 생각하는 단어를 사용하면서, 의사가 고민하던 의사의 생활의 태도의 문제까지를 스스로 정리해주었다. 의사가 J를 이끌었다는 그것은 J의 오해였다. 그러나 의사는 '그것은 바로 나의 문제였습니다.'라고 말함으로써 J의 오해를 풀려고 하지 않았다. 논리의 정연함으로 오해와 이해의 내용을 따져 파고드는 것은 의미가 없었다. J는 결국 무엇을 알았으니까. 경솔함과 오해라는 부덕의 어둠 속에서 그들은 상대와 자기 자신을 만나고 있었다. '반대로 우리는 신중함과 이해라는 덕성의 빛 속에서, 간격을 좁힐 수는 있지만 결코 만날 수는 없는 존재와 존재의 미세한 무한을 발견했다고 비명을 지르고, 그 무한에 몸서리치는 연극을 하며 철학과 신에게 경배하는 것은 아닐까?' 하는 생각이 들었다. 또 '그렇다면 미세한 무한의 불안을 극복하기 위해 애인을 먹은 자에게는 사형을 내리고, 무한을 찬양하는 철학자와 성직자에게는 급료와 명예를 주는 것은 타당한 것일까?' 하고 생각하다가 그 문제를 밖에 걸린 프로이트의 초상화에게 물어보기로 했다. '불안의 정체는 무엇인가?' '신의 부재인가?' J의 시선이 의사의 사색을 정지시켰다. 그녀가 말했다.

"이유는 뭐죠? 어떤 수단으로 저를 이런 감정으로 이끌어주신 건가요?"

"스스로."

"스스로?"

"여정입니다."

"여정이라뇨?"

"당신의 여정이요. 당신만이 아는, 저에게 말씀해주신다고 하더라도 저는 당신만큼 알 수 없는, 당신의 여정이요."

J는 무슨 말인지 쉽게 납득이 되질 않았다. 그녀는 물었다.

"언제, 어떤 여정이요?"

"2주 동안에, 그리고 그 2주를 포함한 지나온 모든 여정을 말하는 겁니다."

"그건 방황이에요. 자랑할 거리라곤 눈곱만큼도 없어요. 괴롭기만 한 걸요. 공포와 두려움으로 얼룩져서 다시는 생각하기도 싫어요. 저는 망각하기로 했어요."

"기억하기 위해 망각이라는 단어를 쓰는군요. 망각을 두려워하면서."

J는 생각했다. 역설적으로 의사의 말이 맞는 것 같았다. 생기를 잃고 그녀가 말했다.

"그래요. 저는 기억하고 싶어요. 하지만 지탱할 힘이 없어요."

"있습니다."

"제 모습을 보시잖아요. 아무 것도 남아 있지 않은 이 빈약한 몸과 초췌한 얼굴. 거저 준다고 하더라도 눈독들일 남자도 없는 내 몸에게 미안한 신세에요."

"그러나 긍정의 바닥을 쳤어요."

"긍정의 바닥?"

"네."

J는 눈망울을 굴렸다. 그녀는 말했다. 더 생기를 잃었다.

"이해가 될 것도 같아요. 사실 규명할 수 없는 나른한 흥분 상태를 느껴요. 힘은 없지만 잘 될 것 같은 막연한 희망 같은 게 있기는 해요. 그게 뭔지는 모르겠지만요."

"솟아올라올 겁니다."

"그럴까요? 그러면 좋겠어요. 설마 병자에게 의무적인 위안을 주려고 하시는 말씀은 아니겠죠? 그런 건 쓸모없어요. 병자는 허술하지 않아요."

"아닙니다."

"아. 선생님은 거짓말을 하지 않으실 거야. 진심으로 용기를 주거나 하시지, 거짓말로 꾀었다가 완전히 허약하게 만드시진 않으실 거야. 좋은 거짓말이란 없어. 거짓말이 용기를 주었다면 그건 거짓을 가장한 숨겨진 진실일 거야."

J는 생기를 띠었다.

"네."

"그렇죠?"

J는 재차 확인했다.

"그런 의미에서 〈세상은 온통 거짓말〉은 거짓말일 뿐입니다."

"아. 드디어 비슷한 사람을 만나다니."

J는 갈증이 났다. 그녀는 차를 마셨다. 뱉은 차라는 것을 알았지만 맛의 차이는 알 수 없었다. 단지 식어있을 뿐이었다. 그녀는 부정의 쾌감을 느꼈다.

"그러나 그 거짓말이 거짓에 대한 저항이라고 우긴다면 선생님은 어떻게 말씀하실 거예요?"

"그 힘은 미미합니다. 무시해도 될 정도로."

"어째서요?"

"거짓에 대한 저항은 맑고 잔인한 진실을 말하는 것뿐입니다."

"우회로도 있지 않을까요?"

"굳이 안개 낀 우회로를 가는 이유는 뭘까요? 복잡하게."

"안개의 매력이겠죠."

"불안에 편승하는 것 아닐까요? 아니면 끝없는 신비의 조장? 비유의 숨바꼭질 게임? 은유의 웅덩이? 냉소의 열기라는 허위 앤(and)……."

의사는 말을 멈추고 골똘히 생각했다. 조금만 더 생각하면 가장 적확한 표현이 떠오를 것 같았다. 얼굴은 삼십 대 중반의 신사로 보였지만 지적 호기심에 사로잡힌 표정은 소년이었다. J는 그런 의사의 의도 위에 시원한 찬물을 한 양동이 퍼부었다.

"선생님 너무 잘하려고 하지 마세요. 충분히 알아들었어요."

의사의 얼굴이 순간적으로 붉어졌다. 의사는 가끔 나타나는 자신의 배운 척하는 말버릇을 고쳐야겠다고 생각했다.

그런 말에 얼굴의 색이 변했다가 돌아오는 걸 보고 J는 의사가 순진한 사람임을 알 수 있었다. J는 친근감으로 가벼운 농담을 했다.

"꼭 지방 아저씨 같으세요. 선생님이 현학적인 분이 아니란 건 잘 알고 있어요. 그걸 다시 한 번 확인하기 위해 일부러 선생님을 당황스럽게 한 거예요. 선생님의 정체를 한 번에 알 수는 없잖아요? 나도 선생님을 저울에 달아놓고 어디로 기우는지 알아야 하지 않겠어요? 그래야 선생님께 실례되는 말을 하지 않죠. 가뜩이나 경솔한 성격인데. 용서해주시는 거죠? 순진한 선생님."

의사는 저울이라는 말에 가슴이 뜨끔했다. 그는 대답했다.

"알겠습니다. 제 용서를 받아주신다면."

"제 용서를 받아주신다면?"

"네."

J는 까르르 웃었다. 의사는 자기의 의도가 전달돼서 기뻤다. 이 말은 썰렁하고 중요한 의미를 내포하고 있었다.

"재미있어. 선생님처럼 상호적인 분은 처음이에요. 맞아요. 마음대로 용서하는 것도 오만이에요. 상대가 받아주지 않는 용서를 혼자서 하는 것보다 더 자위적인 행위는 없어요. 순전히 자기 평화를 위해서만 사는 사람들! 타인의 마음 따윈 아랑곳하지 않고선. 제 마음도 중요해요. 저는 화가 나 있는데 선생님 혼자 절 용서하신다면 저는 하수이고, 저의 권리를 빼앗긴 느낌이 들었을 거예요. 그리고 그것은 존중이 박탈된 빌어먹을 일상이에요."

"그렇겠죠."

"그럼 안개 낀 우회로를 거치지 않고 선생님 말씀처럼 맑고 잔인한 진실에 다가가서 어떤 행동을 취해야 하나요?"

J는 의사의 말을 잊지 않고 있었다. 스스로 곁가지를 잘라내며 곧게

뻗은 본줄기의 꼭대기로 천천히 올라가고 있었다. 의사는 그녀가 영민하다고 생각했다. 그녀가 황당한 논리를 펴는 것은 본 생각에 의심을 품고 하나하나 확인사살을 하는 것처럼 보였다. J는 생각의 목적이 있는 것 같았다. 의사는 그것이 궁금했다. 그리고 그녀에게 그것을 말하게 하리라고 생각했다. 의사는 말했다.

"곧바로 바닷가로 가서 맑고 잔인한 진실에 직면한 다음 진실에게."

"진실에게?"

"그것이 사람인 것처럼."

"네?"

J는 이렇게 대답하고 창을 바라보았다. 창가에 사람이라도 서 있는 듯이. 의사가 창을 쳐다보자 J는 비밀을 감추기라도 하듯이 시선을 아래로 거두었다. 그녀의 얼굴에 그늘이 서렸다. 누군가 위에서 바라본 얼굴에 그늘이 더 강렬하듯이. 의사는 그 순간을 잊지 않았다. 진실을 의인화하는 순간에 J의 얼굴이 흙빛으로 변했다는 것을.

"바라보고 '너는 나를 어떻게 할 거니?' 라고 외칩니다."

"너는 그에요?"

"네."

"알 것 같아요. 저에게는 그렇게 의미를 죽 풀어서 간단하고 쉽게 얘기해주세요. 초등학생도 이해할 그런 문장이면 좋겠어요. 웃으시는군요. 그것 보세요. 쉽게 얘기하니까 선생님도 편하잖아요. 말이란 누구나 알아들을 수 있는 것이어야 해요. 단지 듣는 사람에 따라 이해의 자기 그릇이 있을 뿐이에요. 기분 나쁘세요? 제가 이런 얘길 해서."

"아뇨. 맞는 말입니다."

의사는 웃으며 말했다. J는 문맥의 핵심을 '그'에게서 비껴가게 하려고 다른 말을 했다. 그러나 부정의 노력은 긍정의 유혹과 같은 것이었다. 그의 예상대로 J가 물었다.

"그러면 그는 뭐라고 하나요? 그 진실이라는 작자는요."

"태양을 보아라."

"태양을 봐라?"

"네가 나를 외면해도 나는 하늘에 떠 있을 것이고 내일 다시 떠오른다."

"무섭군요."

"말라 죽든지, 나를 통해 살든지."

"어렵군요."

"네?"

"아뇨. 쉬워요. 말이 어려운 것이 아니라 수용이 어렵다는 말이었어요."

"진실이 태양과 같은 것이라면 그것을 외면하며 말라비틀어지든지 그 빛을 받아 생기 있게 살든지 선택해야 한다는 말이죠."

"가능하면 그 빛을 받아 영양분을 만들고 힘차게 살아나가는 것이 좋겠군요. 말라비틀어져 죽는 것보다는. 하지만……."

J는 답을 말하고 답에 대한 의문을 동시에 말했다.

"하지만?"

"아니에요."

J는 절망에 빠졌다. J는 속삭였다.

"소렌토."

"소렌토?"

"아니에요."

"아!"

의사는 순간 J의 얼굴을 보았다. 그녀는 말을 하고 싶어 했으나 입을 다물었다.

"소렌토에서 그를 마주했나요?"

"아뇨. 네."

"네?"

"네. 그래요."

"추상적으로 얘기할 수 없나요?"

"추상적으로?"

"네. 구체적이지 않게."

"왜요?"

"사적인 건 언제나 비밀이니까요. 누구에게라도 비밀을 이야기해서는 안 되죠. 제가 의사라도. 연인이라도."

마지막 말에 J는 웃었다.

"연인은 아니에요."

"연인이라도."

"오해하셨어요. 선생님과 제가 연인이 아니라는 말씀이 아니에요. 그건 너무 자명하니까. 가정도 성립할 수 없어요. 가정이란 항상 음흉한 것이니까요. 미래의 희망을 품게 만드는 독약과 같은 것이에요. 현재 그렇지 않으면 그렇지 않은 것이고, 가정이란 그때 가서 유무를 판단하면 되죠. 그리고 환자와 의사의 사랑은 언제나 비극으로 끝나니까요. 거기에는 동정이 부가돼요. 비극적 결말은 동정에 대한 심판처럼 느껴져요. 사랑은 박애가 아니라고 선생님도 말씀하셨죠? 제가 주의해서 들었다면. 누구를 위하여 종은 울리나. 아, 그건 아니에요. 간호사와 남자의 사랑이죠. 이탈리아는 맞지만. 아니요. 스페인이었던 것 같아요. 황무지와 바다, 태양. 그들이 요트를 탔던 곳이 소렌토인지는 모르겠어요. 탔던가요?"

J는 고개를 가로젓다가 불쑥 마지막 질문을 했다.

"글쎄요. 너무 유명한 작품이라 읽었는지 안 읽었는지도 잘 구분이 안 되는군요. 죄송합니다. 잘 기억나지 않습니다."

"죄송할 것까지는 없어요."

"저의 오해란 뭐죠?"

의사는 물었다. J는 말했다.

"연인은 비밀을 알아야 해요."

"왜요?"

"저는 그렇게 생각할 뿐이에요. '왜요?'라는 것은 성립하지 않아요.

비밀이 연인을 갈라놓는다면 이미 연인이 아니에요. 그러나 이 세상에 연인은 없어요. 왜냐하면 인간은 절대로 자기 자신 이외의 누구에게도 비밀을 이야기하지 않으니까요. 만약 이야기했다면 그건 비밀의 허상이에요. 짜고 치는 고스톱이에요. 말한 자는 용서받을 수 있고 들은 자는 용인할 수 있는 경계 안에서. 그러니까 제 얘기의 요지는 연인은 비밀을 알아야 하지만 절대로 비밀을 이야기하지 않는 것이 인간이기 때문에 이 세상에 연인은 존재하지 않는다는 것이에요. 선생님은 연인이 존재하고 연인관계를 지속시키기 위해서는 비밀을 이야기해서는 안 된다고 하셨으니 저와는 완전히 반대의 생각을 가지고 계신다는 말씀을 드리고 싶었던 거예요. 선생님이 생각하는 연인이란 어떤 강도와 밀도를 포함하는 것인가요? 길에서 손을 잡고 걷는 사람들을 말하는 건가요? 아니면 두 몸이며 하나인 이상적인 말씀을 하시는 건가요? 우리가 한 침대에서 잔다면 그 부부는 연인인가요?"

의사는 J가 애정의 문제로 고통스러워한다고 생각했다. 그러나 그는 그 쪽으로 화제를 끌고 가지는 않았다. 백이면 백 사랑의 고통은 하소연일 뿐, 말하는 사람의 근본적인 문제가 아니었던 것을 기억했다. 그것은 자신의 문제를 위장하기 위해 온 인류가 사용하는 화장품이었다. 특히 먹고 살만한 여성에게는. 애정 때문에 죽고 싶다면 죽는 수밖에 다른 도리가 없었다. 그리고 죽는 사람의 확률은 극히 낮아서 그것이 보편적이고 근원적인 인간존재의 문제라고 보기도 어려웠다. 밀림과 초원의 인류가 애정의 고통이 뭔지도 모른 채 태평하게 살고, 섹스하며 즐기다가 가볍게 죽는 것을 보면, 이 문제는 어떤 부류에게만 심리학적으로 과잉된 삶의 자랑거리 같은 것이었다. 단서를 단다면, 고통은 있을지라도 모든 것이 그리로 환원될 정도의 중심은 아니었다. 의사는 단지 그녀가 말한 '그'가 누구인지, 무엇인지 알고 싶었다. 그는 말했다.

"연인이란 어떤 강도를 말하는 것인지는 사람마다 상대적인 거겠죠."

"또 피해가세요. 저를 그렇게 다루지 마세요. 선생님이 원하는 화제를 저는 알고 있어요. 하지만 선생님이 제 의견에 답하지 않으면 저도 그 화제로 돌아가지는 않을 거예요."

"죄송하지만 아무리 그렇게 말씀하셔도 그에 대한 정의를 제가 내릴 수는 없네요. 누가 그 답을 줄 수 있을까요?"

의사는 솔직하게 말했다. J도 동의하는 것 같았다. 의사는 말했다.

"비밀을 말한 적이 있나요?"

"네."

"사람은 자신의 비밀을 절대로 이야기하지 않는다고 하셨잖아요?"

"비밀을 말한 경험이 저를 지금의 그 결론으로 이끌었어요. 한 번은 글로, 한 번은 말로. 그러나 두 사람 모두 제 곁을 떠났어요. 그때 저는 그들을 연인이라고 생각했고, 그 비밀이 우리를 더욱 결속시킬 거라고 믿었어요. 지금은 후회스런 감정이지만 완벽한 사랑을 원했거든요."

"그리고."

"그 배신감이 저에게 이렇게 하도록 말해요. 그것은 비밀이 아니었다고, 나는 비밀을 말하거나 편지로 쓰지 않았다고. 그게 결론이에요.

우리는 가상의 비밀을 가지고 헤어질 놀이에 몰두했다고. 헤어질 핑계를 그 비밀에서 발견한 거예요. 나도 그들도."

"그들이란 누구죠?"

"말할 수 없어요."

J는 말할 수 없다고 말했다. 한 명은 남편인 은수였고, 한 명은 건우였다.

"소렌토의 창가에 서 있는 그와 지금 말하는 그들 중 겹치는 사람이 있나요?"

"그가 창가에 있었다고요? 선생님이 어떻게 그걸 아세요?"

"창을 보셨잖아요?"

"아뇨. 두 사람은 다른 사람이에요."

"그럼 소렌토의 '그'에게도 비밀을 말씀하셨나요?"

"아뇨."

"왜요?"

"그땐 비밀이라고 생각하는 그것을 알지도 못했어요. 희미한 윤곽은 있었지만."

"어떤 성격의 것인데요?"

"말할 수 없어요."

J는 다시 입을 닫았다. J는 말했다.

"최근에 또렷하게 알게 됐어요."

"애정에 관련된 것인가요?"

"모든 문제가 애정으로부터 출발하겠죠."

J는 웃었다.

"네. 모든 것은, 의문은 소렌토에서부터 시작되었어요."

J는 그렇게만 말했다. 결혼의 신빙성에 대한 문제, 은수가 왜 자기와 결혼할까 하는 이상한 마음 한 구석의 의문, 주례를 본 은수의 교수가 자신을 바라보던 아버지처럼 사랑스런 눈길, 공항에서 만난 의문의 여인, 그녀 주위를 배회하다가 눈물을 흘리던, 그리고 그녀가 신혼여행지의 여정이었던 소렌토로 불러들인 K, 같은 호텔의 다른 객실에서의 정사, 그, K가 창가에서 바라보던 지중해의 맑은 하늘을 J는 그의 등 뒤에서 바라보며 옷을 입고 화장을 고쳤다. 왜 그런 행동을 했는지 J는 자신도 몰랐다. 첫날밤이 꼭 밤에 이루어지는 것을 의미하는 것이 아니라면 그녀의 첫날밤은 K의 것이 되었다. 그녀는 그렇게 은수에게 복수했다. 또는 그가 감춘 비밀에 대하여. 그럴 것만 같은, 불확실하지만 명료한 여성의 감각으로. 그녀가 바라본 것은 지중해의 맑고 잔인한 하늘이었다. 그리고 서울의 하늘이 병원 창에 박혀 있었다. 그만큼 투명하지는 못했지만.

"선생님이 말씀하시기를 태양을 맞아라. 그러나 연인이라도 비밀을 이야기해서 안 되는 이유는 뭐에요?"

"그건 항상 부정적이기 때문이죠."

"진실이라도?"

"네."

"왜요?"

"말하는 순간에."

"말하는 순간에?"

"네."

J는 눈을 찌푸렸다. 알쏭달쏭했다. 의문과 고통의 종착역이 힐끗 보였다.

"말하는 순간에 항상 부정적이라는 건 어떤 의미에요? 비밀은 그렇게 옷을 갈아입는 건가요?"

"비밀 자체는 부정적이지도 긍정적이지도 않아요."

"그러나?"

"항상 부정적 역할밖에 수행하지 못한다는 거죠. 그것이 그 녀석의 비밀이죠."

"잘 알아듣지 못하겠어요."

"사랑하는 사람에게 더 사랑한다고 말하는 것은 비밀이 아니죠."

"네."

"사랑하지 않는 사람에게 정말로 사랑하지 않는다고 말하는 것은 비밀이 아니죠."

"네."

"사랑하는 사람에게 너를 사랑하지 않는다고 말하는 것은 일종의 비밀이겠죠."

"네. 헤어져야겠군요."

"사랑하지 않는 사람에게 실은 나 너를 사랑한다고 고백하는 것은 일종의 비밀이겠죠."

"말하는 사람은 좋겠지만 듣는 사람은 짜증나겠어요."

"맞아요. 그래서 비밀을 이야기하는 것은 상대에 대한 폭력이죠. 자신의 완결성을 위해서 남을 이용하는 것과 마찬가지에요. 일방적 용서가 폭력인 것과 마찬가지로."

J는 고개를 끄덕였다.

"그래서 진정으로 사랑한다면 비밀 같은 건 이미 존재할 수 없는 거겠죠. 비밀이란 존재하지 않다가 비밀이라 생각하는 순간부터 그 음흉한 얼굴을 드러내니까요. 그건 의도가 만들어내는 것과 같아요."

J는 또 고개를 끄덕였다.

"그러면 저는 왜 그것을 비밀이라고 생각했을까요? 원래 없는 거라면."

"원래 없다는 말은 아닙니다."

"그럼요?"

"타인은 알 수 없지요. 그 자신만의 것이기에."

"발설되는 순간 비밀의 생명은 끝나는 건가요?"

"네."

"어떻게요?"

"발설하는 자의 음흉한 의도에 의해 순수성이 훼손되고 추한 얼굴이 되니까요."

"네?"

"말하자면 비밀은 상대의 목에 들이미는 갈고리나 칼이 되는 겁니다."

"진실이라도?"

"네."

"그럼 자기 자신만이 간직해야 하는 것인가요?"

"네."

"매정하고 무섭군요."

"그렇죠."

"그럼 영원히 혼자 간직해야 하는 것이군요."

J는 우울한 표정으로 말했다. 그러나 초월한 표정이기도 했다.

"그럼에도 불구하고 말해야 하는 거지요. 그것이 비밀의 역설입니다."

"음흉한 의도를 가지고요? 이기적으로?"

"네."

"왜요?"

"자기의 의도니까요."

"상대의 고통은 아랑곳하지 않고?"

"상대는 고통을 느끼지 않아요. 단지 당신과 결별하는 이유를 발견할 뿐이죠."

"그렇군요. 내가 누군가를 원한다면 나를 온전히 던져놓고 그의 응답을 기다려야 한다는 말이군요. 바보같이."

"네."

"결론에 대한 고통도 결국 말한 사람이 더 크겠군요. 부정한 자와 부정을 당한 자의 고통 중에 부정을 당한 자의 고통이 더 크겠군요. 부정한 자는 포기하면서 다른 것을 선택하면 되는 것이지만 부정을 당한 자는 선택한 것에 의해 부정을 당했으니 달리 할 것이 없군요. 너무 불공정한 게임 아니에요? 왜 비밀은 선택적으로 둥지를 트나요? 누구의 몸에는 있고, 누구의 몸에는 없는 건가요?"

J의 말은 낮았으나 격했다. 그녀는 자신에게 속삭였다. 자기의 몸을 보며.

"더러운 피!"

의사는 몸을 움찔했다. 그것은 어떤 암시였다. 그가 알고 싶은 '그것'은 J의 유전과 관계된 것 같았다. 의사는 그 말을 못들은 척했다. 그것을 지적하면 J는 다시 자신을 방어할 것 같았다. 아니 그녀는 스스로에게만 말을 했던 것이었다. 의사는 들었지만 남의 말을 염탐꾼처럼 엿듣고 싶지는 않았다. J는 의문에 대한 답을 스스로 찾아가고 있었고 의사는 그 과정을 힘이 닿는 대로 도와주고 싶었다. 의사는 물었다.

"누군가 극도의 고통 속에서 말하지 않고는 생존하기 힘든 비밀을 말한다고 해서, 그것이 상대를 소유하려는 선의의 계책 위에서 행해진다고 해서, 그 사람이 비겁한 것은 아닙니다. 왜냐하면 상대도 그 발설을 유혹하거나 기다리기 때문이죠. 허공에 대고 비밀을 이야기하는 것은 아무 의미도 없잖습니까? 해악도 반응도 없지요. 그건 말 안 한 것과 동일합니다. 멋져 보이기는 할지라도."

"동의해요."

"그래서 살고 싶다면 해야 합니다. 몸을 뚫고 나오는 비밀을 가둬두면 육체는 구멍이 뚫리고 정신은 폭발합니다."

"타인이 죽더라도?"

"그건 그 사람의 운명이죠. 이야기하지 않았습니까? 그 사람은 당신의 비밀을 유혹했다고."

"어떤 공감이라는 건가요? 그가 나에게 준 무언의 공감?"

"네."

"만약에 제가 선생님께 그 이야기를 했어요. 그 다음은?"

"제 책임입니다."

"어째서요?"

"제가 듣고 싶으니까."

"그래요. 선생님도 유혹의 힘이 있어요. 저는 말하고 싶어져요. 마치 손을 잡고 숲을 거니는 친구나 연인처럼 느껴지기도 해요. 선생님이 이 당돌한 표현을 너그러이 받아들여주신다면! 그런데 말하면 안 된다는 도덕적 책무감이 저를 고통스럽게 해요. 차라리 저 혼자 죽겠어요. 장렬하게."

"마음은 말하고 살고 싶어 해요."

"그래요. 삶에 애착이 없다면 거짓말이에요. 그렇다면 여기에 오지도 않았을 거예요. 지푸라기라도 잡는 심정으로. 지푸라기라고 해서 미안해요."

"말하세요."

"아뇨."

"마지막 순간입니다. 이렇게 당신을 유혹해요."

의사는 J를 바라보았다. 그녀는 고개를 숙였다. 깊은 침묵이 흘렀다. 이윽고 J는 얼굴을 들어 그를 보았다.

"선생님 책임이에요."

"네."

"그리고 망상으로 보이게 해달라고 했던 걸 취소해요."

"진실을 말하려는 건가요?"

"아뇨. 망상을 이야기할 거예요. 저는 망상 속에 있어요."

"무슨 말씀이신지?"

"저는 비밀을 말할 거예요. 그리고 그것은 자명한 망상이에요."

"왜요?"

"하하하. 통쾌한 감정! 그래야만 선생님이 자유로울 수 있으니까. 나를 휴지통에 처박을 수 있으니까. 그러나 그것은 휴지통에 들어간 진실이기도 해요. 나는 타인이 그것이 무엇인지 알아챌 수 없게 발설할 거예요. 지독한 독설처럼."

"네."

"이제야 안심이 되는군요. 나는 살기 위해 발설할 거예요. 내 몸의 피가 터지면 안 되니까. 빌어먹을 피! 다음에 선생님은 그 망상을 버리세요. 휴지통에. 코를 푼 휴지에는 진실의 바이러스가 가득해요. 저는 병을 고칠 수 있어요. 그리고 선생님은 타인에게 감염되지 않도록 잘 밀봉해서 폐기하세요. 이것이 제가 발견한 최선의 방법이에요. 악함이라곤 찾아볼 수 없고 나를 진정으로 생각한다고 확신하는 선생님께. 그리고 우리의 시간도 다 되어가요. 선생님을 하루 종일 제가 독점할 수 있는 건 아니잖아요?"

J는 시계를 보았다. 12시가 되어가고 있었다. 초침이 몇 바퀴 돌면 정오였다. J는 말했다.

"이제 저는 제 비밀을 애원하지 않고도 말할 수 있어요. 비밀을 말한다는 건 타인에게 나를 구걸하는 것이 아니라 내가 살기 위한 것이라는 걸 알았어요. 이제 타인에겐 관심 없어요."

의사는 J를 이해했다. 그녀가 타인에게 관심 없다고 한 것은 비밀을 구실로 타인에게 사랑의 족쇄를 채우려는 의도를 가지지 않는다는 말이었다.

"선생님 숫자를 세어주세요. 정오가 되는 순간 저는 한 문장을 말할 거예요. 태양이 정 중앙에 올 때. 그리고 이곳을 나갈 거예요. 선생님께 인사도 없이. 그 문장이 인사가 될 거예요. 그리고 다시는 오지 않을 거예요. 고마우신 선생님. 우리가 다시 어디선가 만날 수 있을까요? 광장이나 거리에서 삶의 깃발을 높이 들고. 나는 나만의 깃발을 만들 거예요. 망상을 숭상하는 여자의 깃발."

J는 눈물을 흘렸다. 의사는 시계를 보았다. 10초가 남아 있었다. J는 눈물을 흘리고 있었지만 생동의 기운이 넘쳤다. 의사는 말했다.

"다섯. 넷. 셋. 둘. 하나. 영."

J가 낮게 소리쳤다.

"저는 김현우의 딸이에요! 그는 파시스트에게 살해당했어요. 저 정오의 태양은 알고 있어요!"

그리고 J는 가방을 들고 밖으로 나갔다. 미리 말한 것처럼 인사도 없이. 그리고 문밖에서 안으로 들어오려던 간호사와 부딪치는 소리가 들렸다.

의사는 멍하니 앉아 있었다. 예리한 면도칼이 뇌를 자르는 듯 소름이 끼쳤다.

'아닐 거야.'

그러나 그 부정은 불안을 안정시키기 위한 스스로도 알고 있는 하찮은 방편에 지나지 않았다. 그는 J가 진실을 말했다고 확신했다. 그녀는 그것이 망상이라고 말했다. 휴지통에 넣으라고. 의사는 휴지통을 바라보았다. 거기에 넣는다고 하더라도 그가 흡입한 진실의 바이러스는 그의 코를 통해 폐와 심장에 도달한 것 같았다. 그는 발설한 비밀에 대한 책임은 말한 자가 아니라 청취한 자에게 있다고 말했다. 맞는 말이었다. 청취란 머리 옆에 뚫린 귀가 하는 것이 아니었다. 숱한 소리가 그 구멍을 통과하며 울림 판을 때리지만 필요 없는 것은 듣지 않기 때문에 청취하는 자의 유혹과 의지가 작용하는 것은 맞았다. 그 의지는 기호를 뇌에 전하여 해독하라고 명령하고 뇌는 심장에게 공감하라고 말한다.

그는 그의 몸이 J의 말을 섭취하여 내뿜는 숨소리를 들었다.

'어떻게 이런 일이!'

그것은 긍정의 탄식이었다. J의 입에서 김현우라는 소리가 나왔을 때 그의 가슴은 이미 요동치고 있었다. 그것은 자신도 누군가에게 발설하고 싶었으나 감추고 있었던 비밀을, 타인을 통해 들었을 때 느끼는 통렬함과 두려움이 교차된 감정이었다.

그러나 사실 그는, 순간 그 이름을 'ㄴ. ㅁ. ㅎ.'으로 잘못 들었다. 그의 의지의 오해였다. 의사는 찰나의 시간 동안 그의 인생의 극적인 이미지들을 파노라마처럼 떠올렸다. 그것은 맞붙은 두 개의 주름을 편 순간, 수만 미터 아래의 협곡이 드넓은 티베트고원처럼 솟아올라 쫙 펼쳐진 것과 비슷했다. 거기에는 어둠 속에서 숨죽이던 비밀이 솟구쳐 올라와 떡 앉아 있었다. 어떤 것은 화석이 되고 어떤 것은 변형이 되어 그 형체를 알아볼 수 없더라도, 우리가 해독의 의지를 가진다면 그 화석과 변형된 형체의 원형을 파악해 낼 수 있는 것이었다. 뜨거운 태양 아래서, 아주 느릿느릿, 호미를 든 고고학자들처럼, 시간의 지층을 떠내면, 사라진다는 것과 부서진다는 것, 구멍이 뚫리거나 해체된다는 것은 단지 우리에게서 다른 모양으로 보일 뿐, 그것은 여전히 그것으로 존재하는 것이었다. 그러나 그것은 그리 오래된 이야기가 아니었다. 의사는 하나의 진실이 기억과 망각에 의해 선택되기도 하고 거부되기도 하는 의지의 이중성, 또는 교활함에 소름이 돋았다. '단 3년의 시간이 이처럼 오래된 수만 년의 시간처럼 굳어버릴 수 있는가. 용서받지 못할 동족이여! 친구들이여! 너는 왜 그의 죽음에 잠깐 울고 영원히 침묵하는가! 무엇이 두려워서!' 그 동족과 친구들에는 그 자신도 포함되었다. 세상에서 버림받은 하찮은 J는 그에게 기억의 망자를 불러놓고 방을 나간 것이었다. 그녀는 선무당과 같았다.

그는 3년 전 봄, 세상을 떠났다. 의사는 그 날짜를 기억했다. 2009년 5월 23일 오전이었다. 피로라는 신조어가 유행처럼 사회를 지배하던 시절이었다. 개혁의 피로, 사랑의 피로, 취업의 피로. 소유의 피로, 모두가 피로하다고 했다. 그리고 모든 피로의 근본원인은 그 때문이라고 신문과 TV는 앵무새를 등장시켜 말하게 했다. 사람들은 맞아! 맞아! 맞장구를 쳤다. 피로를 잊는 건강식품이 날개 돋친 듯 팔렸다. 개 액, 송충이 내장 액, 뱀의 생식기, 영지버섯, 지네의 눈깔 등. 그것을 먹은 남자들은 잠시 부인을 더 즐겁게 해줄 수 있었고 부인들은 남편의 봉사를 좋아하며 웬일인지 그 피로가 사라졌다고 말했다. 그래서 사람들은 그에게 침을 뱉고 복고의 희망을 노래하기 시작했다. '어느 군주가 나에게 빵을 물고 내 큰 물건으로 여편네를 농락할 수 있게 해준다면 더할 나위 없이 그에게 충성하겠네!' '눈 화장을 하는 동안 남편이 그새를 참지 못하고 나를 넘어뜨려준다면 나는 행복한 교성으로 그에게 보답하겠네!' 그러나 집과 먹을 것, 화장품과 쾌락까지 선물한 군주 또는 독재자는 역사에 없었다. 그것은 수동적으로 사는 것에 넌덜머리가 날 정도로 익숙해진 피지배자들이 빠지기 쉬운 과장된 향수일 뿐이었다. 더군다나 자유, 평등, 박애와 같이 고결한 이상을 우리 사회에 뿌리내려보자고 그를 뽑았던 사람들도 과거주의자들의 이념의 세례에 너무 빨리 그들의 본성을 드러내고 굴복했다. 그리고 집단으로 동족을 살해하는 쾌감을 느꼈다. 집단적 동족 살해의 쾌감! 의사는 뇌를 연구하는 직업적인 관심으로 그 현상을 흥미롭게 보고 있었다. 광기는 폭발하여 어디로 갈 것인가? 과거의 끝으로. 빅뱅의 바로 직전으로. 문제의 그날, 그는 병원에 출근해서 첫 손님을 맞을 준비를 하고 있었다. 그때 클래식 음악코너의 진행자가 담담한 목소리로 속보를 전했다. 그녀는 '노무현' 전 대통령이 사저 근처 뒷산 바위에서 뛰어내려 부산대 병원으로 후송되었으나 숨졌다고 말했다. 그녀는 안타까운 소식이라고 덧붙였다. 그 감정의 표현이 인간의 죽음에 대해 애도하는 통상적인 것이었는지, 그를 죽게 한 자에 대한 분노를 담고 있는 것인지는 알 수 없었다. 그리고 다시 음악이 나왔다. 그는 그 음악을 정확히 기억했다. 그것은 가브리엘 포레의 진혼곡이었다. '아! 비통한 소리.' 그 짧은 시간에 그녀는 한없이 영민했다. 그 진혼곡은 기독교적이었고, 동양인이며 백인인 정체성이 불분명한 사람의 죽음을 애도하는 음악이어서, 불교도이며 누런 촌뜨기 동양인인 그의 죽음과 딱 맞지는 않았지만, 서양의 고전음악을 틀던 방송에서는 그 기조를 흩뜨리지 않은 최고의 선택이었다. 그리고 비통함을 넘어 죽음의 자장가처럼 평화롭고 우아했으며 언뜻 이교도적이기도 하였다.

    의사는 진행자의 진정한 마음을 알 수 있었다. 그녀는 그의 죽음에 대해 애통해하고 있었다. 한편 그녀는 그가 평화와 안식의 길을 선택했다고 말하고 있었다. 그의 선택에 대한 비통한 긍정이었다. 애석하게도 죽은 그는 고통을 모르고 비통함은 산 사람들만의 것이라고. 먼저 떠난다는 것은 언제나 이기적인 행위였다. 그렇게 그 음악에는 두 개의 목소리가 있었다. 그의 죽음에 대해서는 슬퍼하지 말고 너의 삶에 대해서만 비통해 하라! 그녀는 간접화법으로 말했다. 반동의 시기였다. 그녀는 음악진행자의 자리에서 쫓겨날 수도 있었다. 그의 눈에서는 걷잡을 수 없이 눈물이 흘러내렸다. '그녀가 말한 대로 죽음이 결국 무라면, 평화라면, 나는 무엇 때문에 이렇게 눈물을 흘리는가? 아무 관련도 없을 것 같은 내 고향으로부터도 너무 멀리 떨어진 경상남도 남자의 죽음에 대해! 내뱉는 발음조차 낯설고, 때로는 듣는 사람의 귀는 전혀 신경 쓰지 않고 말하는 사람의 입장에서만 터지는, 자신의 기분에만 충실한 격한 소리에 거부감이 드는 고장의 말을 쓰던 사람의 죽음에 대해서.' 창에는 5월의 오전 햇살이 철없이도 따사롭게 비치고 있었다. 그는 오전의 손님들을 맞는 것을 취소하고 방 안에 있었다. 일에 집중할 수가 없었다. 눈물이 어떻게 만들어지는 것인지는 모르지만 이렇게 울다가 탈수현상으로 죽지 않을까? 몸에는 수분이 항상 칠십 프로가 있어야 하는데. 스스로 염려할 정도로 오전 내내 울고 말았다. 그 일은 그의 인생의 최대 의문이었다. 그는 그의 정신적인 지주였던 아버지가 돌아가셨을 때에도 그렇게 서럽게 울지 않았다. 그는 변혁의 세대도 아니었다. 운동 세대가 이미 학교에서 그를 가르치고 있었으니 그것은 멀고도 먼

이야기였다. 정치에 관심이 많지도 않았다. 그를 지지하는 모임의 회원도 아니었다. 빈농의 아들이었던 '노무현' 대통령과 출신 배경도 달랐다. 그는 엘리트 집안 출신으로 엘리트 코스를 통해서 성장했다. 풍족하게 먹고 살 만한 돈을 벌고 아파트와 자동차, 얼마간의 주식을 가지고 있는 강남의 중산층 의사였다. 그런 그가 그날은 평생 흘린 것보다 몇 배나 많은 눈물을 흘렸다. 눈물은 흘리고 싶다고 해서 억지로 나오는 물질이 아니었다. 거기에는 항상 잔인하고 순수한 의미가 내포되어 있었다. 그는 자신에게도 낯선 자신을 발견한 그날의 행동이 왜 일어났는지 직업적인 분석력으로 그 이유를 따져보았다. '나는 왜 나와는 상관없는 그의 죽음을 나의 한 양동이나 되는 눈물의 근거로 사용하는가?' 그것은 하나의 단순하고 충격적인 사건에서 비롯되었다. 충격이란 모두에게 충격이란 말이 아니라, 의사 개인, 그의 독특한 기질에서 비롯되었다. 그리고 '모나지 말라. 정을 맞는다.' '누구를 유별나게 흠모하지 마라. 고립된다.'는 사랑하는 아버지의 말씀을 처음으로 어긴 사건이었다. 사건이라고 해도 다른 이들에겐 소가 닭을 쳐다보는 것처럼 무감한 것이었지만.

이 사건은 '노무현'에 대한 정치적 입장과 이념의 공감, 외향적 성향과의 동일시, 이런 것과는 거리가 멀었다. 그가 사람들로부터 개혁의 임무를 부여받아 변화를 추구할 때 모든 것이 순조롭지만은 않았다. 이 무리에게 이익이 되면 저 무리에게 손해가 되는 상황이 빈번히 일어났다. 급박한 욕망과 구조의 느릿한 걸음, 새것을 넣을 수 없는 포대,

한 세기 이상 고착화된 견고한 구조, 이것이 그의 딜레마였다. 그 딜레마를 푸는 과제가 그에게 부과된 독약과 같은 선물이기도 하였다. 미국 중심의 신자유주의의 질서가 세계를 휩쓸어, 프랑스의 사회당이나 영국의 노동당마저 노동자를 위한 강령을 다국적기업 이익을 위한 강령으로 대치하지 않고서는 해체의 폭탄을 피할 수 없는 지경이 된 어느 날, 세계금융과 무역의 네트워크를 장악한 자본가들이 그것을 받아들이라고 각각의 정부에 칼을 들이대던 어느 날, 그것을 거부할 경우 아프리카의 빈국은 방부제와 농약으로 떡칠이 된 밀가루 한 포대조차도 받을 수 없거나 국가가 전복되는 일이 벌어지던 어느 날. 실제로 아프리카의 포악하고도 돈맛을 본 검둥이 원시자본가들은, 정부와 결탁하여 동족의 농경지를 빼앗고 갈아엎어 땅콩 밭을 만들었고, 주민들을 땅콩 농장의 노동자로 고용하여 하루 50센트의 일급을 주었다. 그리고 그들은 그 땅콩을 유럽이나 미국에 수출하여 수십 배의 돈을 벌고, 그 돈으로 밀가루나 옥수수를 수입하였다. 땅콩노동자들은 그 밀가루를 일당의 수 배나 되는 가격으로 되사야했다. 그 검둥이들은 유통망을 장악하여 동족을 빈곤의 악순환에 빠지게 만들고, 영원히 광주리를 매고 호미를 든 채 땅콩을 캐는 노예로 만드는 데 성공했다. 땅콩은 농경지를 사막화시켰다. 그리고 미국과 유럽의 다국적기업은 식량을 목줄로 가난한 나라의 국민을 착취하는 것이었다. 그런 그들이 누이 좋고 매부 좋은 신자유주의를 왜 마다하겠는가? 이런 프로그램을 만드는 PD도 있었고, 눈이 있고 귀가 있고 보통의 머리가 있다면, 의사 같은 사람은 이해할 수 있는 것이었다. 그러나 아시아의 작은 나라의 대통령인 그도 그 질서에서 자유롭지 못했다. 나라 안에는 그 흐름을 주도하는 막강한 힘이 있었다. 아프리카에 그런 검둥이들이 있듯이, 정치, 재계, 법, 언론, 체육, 예술, 모든 곳에 그 검둥이들보다 더 천한 인간들이 있었다. 그들의 논리, 농사보다 자동차를 수출하거나 전자제품을 수출하는 것이 국가에 유리하다는 말은, 의사는 한마디의 말로 물리칠 수 있었다. '그 돈을 나에게 줄 수 있어? 그럼 당신들의 말을 인정해줄게. 네가 돈 버는 것에 왜 국가를 거론하는 거야? 그리고 왜 나는 내 집을 떠나야 하지?' 라고. 그가 브라질의 룰라가 되기에는 국민이 너무 무식했고 한국재벌의 뇌는 그들을 농락했다. 국민들은 같이 잘 살 수 있다는 말에 귀가 솔깃했다. 자본은 냉정하고 몰인정한 괴물이라는 것을 알기까지는 백년의 경험 속에서도 시간이 부족한 것 같았다. '삼성이나 현대가 컴퓨터나 자동차를 당신에게 비싸게 팔아먹으려 하지 너에게 뭘 주겠어?' 의사는 이렇게 혼자 말했다. 그보다 사람들은 우리가 2등급쯤 되는 제국주의 국가가 되어, 일등급 제국주의국가에 뺏기는 것보다 동남아시아나 아프리카에서 거두어 오는 것이 더 많고, 그것이 자신의 이익으로도 떨어진다고 계산기를 두드린 것 같았다. 그는 그 질서를 받아들이는 것이 갓 뗀 개혁의 위태로운 걸음을 모두 잃는 것보다는 낫다고 생각했던 것 같았다. 이것은 의사의 추측이었다. 그가 왜 그것을 받아들였는지는, 압력의 무게인지, 개발도상국 국민들의 이중성, '겉으로는 정의, 안으로는 빨리 돈 줘.'에 대한 말 못할 외로움과 굴복인지, 그에게 물어봐야 알 것이었지만 의사는 불행히도 그런 기회를 갖지 못했다. 물론 의사의 생활은 어느 것이라도 변화는 없었다. 의사의 관심은 그 사람 자체보다 그를 지지했던 사람들의 의식의 변화에 있었다. 그는 얄궂은 운명에 놓인 것 같았다. 사랑에 대한 배신감으로 치를 떨며, 자기가 자기를 배신한 것은 모른 체하고, 신자유주의 질서가 자기에게도 득이 될 것이라고 생각하고 압력을 가했으면서도, 결과가 그렇지 않자 모든 책임을 그에게 전가시키는 방법으로, 끔찍한 사랑의 배신을 당한 것처럼 망연자실하고, 그 배신감을 이용하여 '사실 그는 너를 사랑한 게 아니었어. 네 짝사랑이었어.'라는 식으로 그 배신감에 은근히 부채질을 하여 증오로 전환시키는 지식인 부류가 생겨났다. 사랑 후에 배신감을 느낀다면 그것은 상호의 사랑이 아니었다고 자기를 인정하는 사람은 흔치 않았다. 특히 어느 노동자가 그의 지난 행적인 노동인권변호사에 대해 거품을 물고 '그는 더 이상 노동자의 편이 아니다.'라고 말할 때 의사는 이렇게 혼자 말했다. '당연하지. 지금은 부르주아 정당의 대표인데. 그렇게 모국어를 몰라?' 의사가 보기에 광적인 지지에서 광적인 삐침, 집단적 패대기, 공동 원한의 표적을 만들어 나가는 정신적 메커니즘은 히틀러시대, 독일 국민들의 정신을 보는 것만큼 흥미로웠고, 예수를 죽이는 과정과도 흡사했다.

　의사에게 그 모든 것은 상식적인 머리를 가지고 이해할 수 있는 현실이었다. 그러나 그것이 그의 삶에 미치는 영향은 없었다. 그러니까 그것은 그의 현실이 아니었다. 그는 외부에 있었다. 그는 '노무현'을 뽑았던 투표에도 불참했었다. 누가 되더라도 자신의 인생은 변할 것이 없었기에 가벼운 마음으로 규슈 온천여행을 다녀왔다. 그는 탈정치적 태도 속에서, TV 프로그램 하나를 보면서도 세상을 더 정확하게 판단할 수 있으며 양심적 판단을 내리는 그의 능력은 정치적 태도가 아니다, 그것 역시 탈정치적 태도이다, 그것은 이해력이 좋은 것이다, 부를 향유할 수 있는 사람이었다. 그런 생활에 익숙해지자 참여란 왠지 천박하고, 사회적 문제를 토론하는 사람들은 왠지 문화적 교양이 부족하여 화제가 그것밖에 없는 경박한 인간으로 보였으며, 시위하는 사람들은 거칠어보였다. 그러던 어느 날, 그는 TV에서 충격적인 그 사건을 목도했다. 농산물의 수입개방을 반대하는 농민들의 시위 현장에 그가 나타났다. 농민들의 이야기를 경청하고 그들의 생존방안을 설득하기 위함이었다. 참모들이 말렸지만 그는 극구 시위현장에 갔다. 농산물 시장을 미국에 순차적으로 개방하고 그 동안에 농업경쟁력을 확보하기 위한 정부의 지원정책을 믿어달라고 호소하는 자리로 보였다. 그 출현이 첫 번째 충격이었다. 한국의 군주나 대통령, 아니 세계의 군주나 대통령, 왕의 역사 속에서 자기를 반대하는 대중들 속으로 들어간 왕이 있을까? '참 희한한 사람이다.' 의사는 생각했다. '아니면 대단한 사람이다.' '아니면 바보다.' '그런데 모든 군주와 다르다.' '그는 유니크한 인자(因子)다.' 의사가 보기에 그는 친구였다. 그리고 자기를 끌어내려 낮은 이들의 친구가 되는 것을 두려워하지 않는 것 같았다. 그때 두 번째 충격적인 일이 벌어졌다. 한 농민이 그의 얼굴에 달걀을 던졌다. 그의 얼굴에 계란 액이 흘렀다. '대통령 얼굴에 계란?' '던진 자는 그가 말하는 친구의 의미를 아주 처참하고 질 낮은 수준으로 이해해버렸군.' '이게 한국이야. 존중하면 이성 잃은 개가 되거든.' '저 자는 절대로 독재자의 얼굴에 계란을 던지지는커녕 무서워서 굽실거리지도 못할 거야? 그런데 자기를 친구로 대해주는 사람에게는 저런 용기를? 아. 끔찍해.' 의사는 두 번째 충격을 받았다. 계란을 던진 농민은 체포되었다. 아수라장이었던 시위현장은 조용해졌다. 누구나 사태의 위험성을 감지했다. 아무리 시대가 변했고 그가 친서민 대통령을 표방했다 할지라도 국가원수의 얼굴에 계란을 던진 일은 테러행위였다. 한국역사 또는 세계사에서도 상상할 수 없는 일이었다. '이런 용감한 시민이 한국에 있다니?' 의사는 생각했다. 의사는 사람들의 뇌, 정신을 흥미롭게 바라보았다. '정말 이상한, 연구해 볼만한 나라야.' 그때 세 번째 충격적인 일이 벌어졌다. 앞의 두 것은 세 번째 충격에 비하면 마치 하나의 에피소드 정도 밖에 되지 않았다. 그는 주변에 말했다.

'저 분을 그냥 두십시오. 그 분도 화풀이할 데가 있어야 하지 않겠습니까!'

그는 스스로 손수건을 꺼내 얼굴을 닦았다. 바로 이 한 마디는 무심한 의사를 섬세한 떨림의 세계로 이끌고 갔다.

타인의 정신적 상처를 치유한다는 임무를 갖고 있는 의사에게는 풀지 못한 숙제가 있었다. '나는 군주인가? 친구인가?' 군주로서 자신을 자리매김하는 것은 쉬웠다. 타인의 문제를 다 아는 것처럼, 타인의 고통을 다 이해하는 것처럼, 희망찬 미래에 대한 확실한 처방을 가지고 있는 것처럼 권위 있게 말하고, 신경안정제나 소화제 또는 허황된 기쁨을 유발하는 약이나 아무 성분도 들어있지 않은 밀가루를 주고, 그것을 먹으면 좋아진다는 이야기를 하면 되는 것이었다. 사람들은 쉬운 그 방법을 원했다. 그것은 일종의 사기였다. 환자가 계속해서 문을 두드리면, 문제가 해결되지 않는 이유가 그 자신에게 있다고 영원히 반복해서 말하고 진료비를 챙기면 되는 것이었다. '제가 하라는 대로 안 했군요?'라고 물으면 환자는 '네.' 하며 자신의 잘못을 인정하고 굴복했다. 그렇게 하지 않았으니까 다시 오는 것은 당연했고, 그럴 수 있다면 올 필요도 없는 것이어서 그 물음은 아주 적확한 제압의 질문이었다. 그러면 그 환자는 일시적인 권위에 마취되어 그 의사 없이는 하루도 생존할 수 없는 지경에까지 이르러 단골고객이 되어버리는 것이었다. 일주일에 한번 교회나 절에 가서 설교를 듣고, 죄 많은 자신을 꾸짖으며 다음 일주일을 살 명분을 꾸어 오듯이. 의사는 그렇게 절대자와 유사한 위치에 자신을 올려놓고 타인을 내려다보는 방법을 알았지만, 그것이 옳지 않은 방법이라는 것을 또한 알기에 속으로 앓고 있었다. 양심이 그를 찔렀다. 그러나 환자와 자신을 친구로서 자리매김하는 것은 더 어려운 일이었다. 일단 환자는 친구를 원하지 않았다. 그가 환자들을 그렇게 대하려하자마자 그들에게서 적의를 느낄 수 있었다. 동등하다면, 네가 나의 하찮은 친구라면 내가 여기에 왜 왔겠느냐는 도전적인 눈빛,

너 혹시 자신 없는 거 아냐? 하는 무시의 눈빛, 나아가 너 사기꾼 의사 아냐? 하는 노골적인 의심의 눈빛을 읽을 수 있었다. 그래도 의사는 자기의 원칙을 버리지 않았다. 그래서 그를 신뢰하지 않고 다시 찾아오지 않는 사람이 많았지만, 의사는 정신의 고통을 치료하는 것은 병을 앓는 사람 자신의 회복 의지를 친구로서 찾아주는 것이라고 굳게 믿고 있었다. 만약 의사라는 이름이 도움이 된다면 그 의지를 찾아주었을 때, 친구이며 의사이기 때문에 더 신뢰할 수 있다는 감정 이상도 이하도 아니라고 생각했다. 그 원칙에 의해 생명의 꽃을 다시 피운 사람도 많았다. 그 중의 한 명이 J였다. J는 그의 친구가 되었다. 그가 J에게 삶의 의지를 찾게 도와주었다면, J는 자신의 비밀을 내보임으로써 그에게 화답했고, J의 그 비밀이 거울이 되어 의사는 잊고 있었던 사람, '노무현'의 특이한 영혼을 다시 상기할 수 있었다. 그것은 그녀의 비밀과 중첩된 이미지로 나타났다. 의사에게 이 연상은, '너는 무엇을 연상시킨다.'는, 상투적이면서도 경이적인 일상의 체험이었다. 그녀와 그. 그와 그. 시간과 시간. 풍경과 풍경. 다채로운 것들이 어떤 성질의 공통성으로 인하여 하나의 공집합으로 묶여지고 그것이 노무현이라는 사람을 떠올리게 하는 것이었다. 그것이 그의 현재였다. '오, 그리운 사람, 또는 친구여!' 의사는 혼자 말했다.

의사는 단지 그 감응으로, 3년 전 그의 죽음의 소식을 듣고 한없이 눈물을 흘렸다. 그리고 3년이 지나 아무런 인과관계도 없는 우연한 순간에 다시 그를 보게 된 것이었다. J는 선무당처럼 '노무현'을 그에게 불러주고 스스로 나갔다. 그녀 말대로 망상을 토해놓고. 의사에게서는 아무런 처방전도 받지 않고. 의사 자신은 그녀에게 줄 것도 없었지만. 시계를 보니 그녀가 나가고 채 1분도 지나지 않았다. 그는 시간의 길이가 아니라 그 길이에 담긴 깊은 양을 체험한 것 같았다. 그는 김현우를 생각했다. 그녀는 말했다. 그가 그녀의 말을 그의 의지로 오해하여 그의 것으로 인식하지 않고, 그녀에게서 발설되던 그 순간으로 되돌아가 기억한다면.

'나는 김현우의 딸이에요! 그는 파시스트에게 살해당했어요! 저 정오의 태양은 알고 있어요!'

의사는 중요한 단어들을 떼어놓았다. 김현우의 딸. 파시스트. 살해. 태양. 그는 비운의 혁명가 김현우를 '알고' 있었다. 그의 죽음은 은폐되어 있었다. 그러나 아무도 그 낙엽을 들추려하지 않았다. 그것이 들춰지면 많은 정치인들이 각자의 위치를 잃을 것이었다. 묻으려는 자는 무시와 묵묵부답으로 피해갔으며, 파내려는 자는 그의 죽음을 상대를 공격하기 위한 무기를 확보하는 선까지는 이용했으나, 그 이상 나아가 공멸하는 것은 피했다. 그의 무덤에 더 많은 단풍을 덮어 아름답게 치장하려고 했다. 나중에 필요하면 은폐의 그 가치를 더 높이기 위해. 그들은 살인집단의 일인자와 이인자의 관계처럼 비밀을 담보로 서로의 자리를 보존하고 있었다. J는 자신이 그의 딸이라고 말했다. 그리고 아버지가 파시스트에게 살해되었다고 말했다. 그녀 한 사람에게는 은폐물이 거둬진 것과 같았다. 김현우가 중요한 것보다 그의 죽음의 진실이 무엇인지가 더 중요했다. 죽음의 의문을 밝힐 권리가 있는 딸이 생존하고 있다는 것과 그가 파시스트에게 살해되었다고 말한 것은 그녀가 스스로 파시스트와 맞서겠다고 말한 것과 같았다. 정오의 태양이 낙엽 사이로 진실의 빛을 쏟아 붓듯이. 의사는 까닭 모를 두려움을 느꼈다. 바로 J에게서 그 말을 들었을 때의 전율, 머리털이 곤두서는 전율이 다시 반복되었다. 그 공포는 그가 '노무현'을 생각하던 1분여 동안에도 그의 몸속에 잠복하고 있었다. 그는 일어나 커튼을 닫았다. 방안이 어두워졌다. 그러나 아무리 공간을 차단한다고 해도, 그는 J의 비밀을 이미 듣고 만 것이었다. 그리고 의사 자신이 말했듯이 책임은 듣는 사람에게 있었다. 인간은 필요하지 않다면 거부하기 때문이었다. 그리고 필요하다면 두려움도 받아들이기 때문이었다. 그가 J의 말을 곡해해서 듣고, 다른 사람 '노무현'을 생각한 것은, 아마도 김현우의 죽음이 갖는 엄청난 역사적 파장의 소용돌이에 빠지는 두려움에서 벗어나기 위한 방어적인 행동이었는지도 몰랐다. 느와르 필름의 주인공처럼. 정치나 역사, 음모나 조직, 이런 것과는 아무 관련이 없었던 사람이, 갑자기 그 상황에 빠지고, 헤어나기 위해 발버둥치다가, 발설한 여자에게 사랑을 느끼며 결국 파국으로 치닫는 것과 유사한 상상을. 동시에 의사는 얼굴이 붉어졌다. 의사가 J를 사랑하지 않는다고는 말할 수 없었다.

의사는 급히 방을 나왔다. 간호사는 자리에 없었다. 간호사가 출입문을 열고 들어왔다. 의사는 물었다.

"방금 손님?"

"가셨어요."

"언제?"

"지금이요. 그 분을 계단 아래까지 바래다드리고 오는 길이예요. 왜 그러세요?"

"아, 아, 아냐."

"어머. 좌충우돌하시면서 더듬거리며 말씀하시는 건 또 뭐에요? 이제 코미디 프로를 흉내 내시기에 너무 연세가 있으신 건 아닌지."

의사는 간호사의 농담을 평소처럼 받아줄 여유가 없었다. 의사가 아무 반응이 없자 간호사는 표정을 바꾸고 말했다.

"죄송해요. 그런데 뭘 빠뜨리신 거예요? 처방전은 없다고 하시던데."

"아, 아, 아냐."

의사가 또 더듬거렸다. 간호사는 웃지 않았다.

"선생님, 왜 그러세요?"

의사는 대답할 수가 없었다. 처방전을 주어야 하는 것이 아니라면 J를 다시 봐야하는 구실을 간호사에게 설명할 수 없었다. 그렇다고 자신이 밖으로 나가 J를 찾는 것도 간호사가 보기에 이상한 행동일 것 같았다. 도둑이 제 발 저리듯이, 시작하지도 않은 J에 대한 사랑의 감정을 들킬 것 같은 소심한 생각이 들었다.

"가셨나?"

"네. 택시를 타셨어요."

"그렇군."

의사는 생각했다. 자신이 다른 사람을 기억하는 1분 동안에 그녀는 사라졌다.

'나는 그 사이에 그녀가 사라지는 것을 바라고 있었는가? 그녀가 말한 비밀의 두려움을 나누어 갖지 않기 위해!'

그녀가 가버리니 두려움도 사라졌으나, 아쉬움도 걷잡을 수 없이 밀려왔다.

"그 분, 주소나 연락처 남기지 않았지?"

그는 J가 아무 것도 남기지 않았다는 사실을 알고 있었다. 그럼에도 불구하고 물어 본 것은 영원히 그녀를 만날 방법이 없다는 것을 스스로에게 납득시키려고 하는 것 같았다. 그는 두려움을 두려워했다.

"네. 제가 적어야 한다고 했을 때 선생님이 그럴 필요가 없다고 하셨어요. 손님이 원하시지 않는다면."

"그랬지."

"성함은 있어요. 정숙. 김정숙. 그 때문에 제가 웃었잖아요. 그런데 왜 그러세요? 그 분에게 뭐가 잘못됐나요?"

"아냐."

의사는 말을 더듬거리지 않았다. 애써 J를 잊으려 했다.

"이것 보세요."

간호사는 휴대전화에 찍힌 사진을 보여주었다. 병원 아래의 현관에서 J와 간호사가 활짝 웃는 모습이었다. J는 태양을 바라보며 약간 미간을 찡그렸으나 얼굴은 밝았다. 간호사는 입을 귀엽게 앞으로 내밀고 있었다. 간호사가 말했다.

"그 분과 인증샷을 찍었어요. 우정의 인증샷. 김효동씨처럼 투표는 물론 안 했지만. 후. 참 좋은 분이에요. 좀 더 시간을 보내고 싶었는데 택시가 바로 와 버렸어요."

"그 분이 좋아?"

"네."

"의외인걸. 싸웠잖아? 여자들은 그렇게 싸우고도 금방 친구가 되나 보지?"

"뭘 모르시네요. 우리는 다른 코드로 산다고요."

"그게 뭔데."

"안 가르쳐줘요. 말해도 선생님은 이해할 수 없어요. 선생님은 남자니까."

"그래. 남자와 여자는 너무 달라. 하지만 남자를 이해하는 여자나 여자를 이해하는 남자는 가능해. 완벽히 알 수는 없어도."

"좋은 말이에요. 다 같은 인간이니까."

의사는 방으로 들어가려고 했다. 간호사가 말했다.

"요 앞에 베트남 음식점이 새로 생겼는데, 오늘 점심 거기서 사시면 말할 수 있어요. 여자들의 코드를 이해하시면 선생님도 직업적으로 손해는 아닐 거예요."

의사는 그것을 아는 것이 그리 중요한 문제는 아니라고 생각했으나 그냥 응답했다.

"그러지."

"그 분이 나가면서 저에게 고맙다고 하셨어요."

"무엇에 대해서."

"차에 대해서요."

"그래서 화가 풀렸어?"

"네."

"거 참 희한한 코드네."

"맛있는 차라고도 하셨어요. 그렇게 말을 하는 사람은 없어요. 모두들 당연히 마시고 가는 걸로 생각해요."

"그렇구나."

"선생님처럼 대접만 받고 사시는 분은 저의 이 이상한 기분을 이해하지 못할 거예요."

"그래. 미안해."

의사는 J의 따뜻한 마음이 간호사에게 전달이 된 것이라 생각했다. 기분이 나쁘지는 않았다. 그녀는 잘 살아나갈 것이다. 간호사가 말했다.

"선생님."

"응. 점심 사 줄게."

"누가 점심 때문에 그래요? 제가 개념 없이 먹는 것만 밝히는 그런 애로 보이세요? 선생님이 저를 보는 태도는 이 병원에 들어왔을 때나 지금이나 변함이 없어요. 저 많이 변했어요. 꿈의 해석이란 책도 읽고, 예절도 배우고, 엑셀도 배우고, 나름대로 변했어요. 점심은 당연히 사시는 거고. 여쭤보고 싶은 게 있어요."

"응."

"저 하나도 거짓말하지 않아요."

"그래."

"엿들은 게 아니에요. 시간이 다 돼서 선생님이 잊고 계신가 하고 잠시 들어가려다가 방 안의 소리를 들었어요. 나도 모르게. 그리고 그 여자 분이 나오셔서 부딪친 거예요."

"알고 있어. 그런데?"

"그 이야기가 뭐에요? 김현우의 딸? 김현우가 벌써 딸을 낳았어요? 총각 아니에요? 지저분하게 사네. 파시스트는 무슨 뜻이에요? 누가 누굴 살해했다는 거예요?"

의사는 가슴이 철렁 내려앉았다. 그녀가 그 이야기를 들었으리라고는 생각하지 못했다. 그것은 J의 사적인 고백이기도 했고, 워낙 위험하고 민감한 이야기라 아직 세상을 잘 모르는 이 아이가 들었다는 것이 몹시 부담스러웠다. 의사는 잠시 생각했다. 어떻게 말하는 것이 가장 효과적인 것일까? 다행히 간호사는 대화의 맥락을 모르고 있었고, 김현우가 누구를 지칭하는 것인지조차 모르고 있는 것 같았다. 그녀는 J가 말한 김현우를 전혀 들어보지도 못했을 수도 있었다. 그녀는 20대 중반이었다.

"아냐. 잠시 연예인 이야기를 좀 했어. 소문이 아니래. 그리고 파시스트는 다른 이야기였어. 유태인 학살 그런 거."

"다른 얘기였네요. 자기 얘기처럼 너무 진지했어요."

"쉰들러 리스트라는 영화를 보고 충격을 받았대."

"아."

간호사는 머리를 끄덕였다. 그리고 말했다.

"쉰들러 리스트가 뭐에요?"

의사는 요즘 아이들을 이해할 수 없었다. 그들은 무조건 고개를 끄덕이는 것이었다. 그는 인내를 가지고 설명했다.

"스필버그 감독의 영화야. 아우슈비츠로 가는 유태인을 구출한 사람에 관한."

의사는 그녀가 한 번에 묻는 것이 아니라 단답식으로 또 물을 것이라고 생각했다. 그녀는 고개를 끄덕이면서 물었다.

"아우슈비츠는 뭐에요?"

"유태인을 가스로 죽이는 공장이지."

"아. 가스로."

그녀는 숨이 막히는 듯 눈을 찌푸렸다. 의사는 말했다.

"알겠어?"

"네."

의사는 방으로 들어가려다가 말했다.

"설마 스필버그는 알겠지?"

그녀가 말했다.

"영화감독이라고 하셨잖아요? 그 영화 만든 사람."

"그래. 그건 내가 말한 거고 그 사람을 알고 있었냐고."

"아뇨. 꼭 알아야 해요?"

"그건 아냐. 사는 데는 지장 없어."

"찾아볼게요. 인터넷에 다 있는데 알고 있을 필요는 없잖아요? 제가 외우고 있는 것은 맛있는 집과 슈퍼 주니어의 이름뿐이에요. 선생님이 말씀하셨잖아요. 복잡한 세상, 모르는 게 약이라고."

의사는 방으로 들어왔다. 커튼이 드리어진 방은 어둠에 묻혀 있었다. 그는 혹시나 하는 마음으로 커튼을 살짝 들추고 거리를 살폈다. 택시를 타고 떠났다는 J가 거리에서 서성거리지는 않을까 하는 기대감으로. 그러나 J가 거리에 있을 이유는 없었다. 점심을 먹으러 나온 사람들이 삼삼오오 걸어가고 있었다.

"잘 됐다. 나는 그저 한 명의 볼품없는 개인일 뿐이야. 그녀를 다시 만난다 해도 내가 할 수 있는 일이란 없어."

그는 혼잣말을 했다. 그리고 좁은 방을 천천히 거닐었다. 그러나 그가 J를 보고 싶어 하는 이유는, 그녀의 비밀에 관한 수수께끼를 푸는 데 도움을 줄 수 있다는 것보다는 그녀에게 끌려가는 감정이 일차적이었다. 그래서 그의 마음은 두려움과 그리움으로 범벅이 되었다.

'두려움 없이 평화롭게 누구를 사랑할 수 있다면 얼마나 좋을까?'

의사는 지금껏 절대로 자신의 위험한 성향을 밖으로 표출하지는 않았다. 아버지의 가르침대로. 그리고 지금 이상하게도 자신의 감추었던 성향이 몸속에서 뱀처럼 머리를 내미는 듯 미끄덩한 느낌이 들었다. 그는 자신의 목과 어깨, 배를 만져보았다.

　의사가 세상이 잘 모르는 김현우를 알게 된 것은 의대에 다닐 무렵이었다. 그는 인문학도 같았다. 친구들은 너는 왜 의대에 왔니? 하고 의아해했다. 미국에서 공부를 하고 돌아온 뇌신경학 교수가 있었다. 그는 우리나라도 국민소득이 높아짐에 따라 생활이 복잡해지고 노인인구가 늘어나서 10년이나 20년 후에는 미국이나 유럽, 일본처럼 뇌질환에 대한 관심이 높아질 거라고 말했다. 많은 학생들이 미래의 유망한 분야로 관심을 돌렸다. 배를 가르거나 절단된 다리를 붙이는 것은 이제 개발도상국에서나 필요한 한물간 분야였다. 그도 학점이 뛰어나서 기초의학과정이 끝나고 세부전공을 선택할 때 뇌신경학 분야로 갈 수 있었다. 그러나 그 분야는 적성에 맞지 않았다. 사람들의 뇌와 사고에는 관심이 많았으나 신경생리학, 뇌신경역학 등 눈에 보이지 않는 수만 개의 신경세포와 화학물질을 외우는 일은 고역이었다. 그는 수만 개의 신경톱니바퀴 중 어디가 어긋났는지 현미경으로 살펴서 그 부분을 핀셋으로 찾아내 '당신은 알츠하이머병을 앓고 있습니다.'라고 말하는 것보다는, '생활에 어떤 어려움을 겪고 있나요?'라고 묻고 듣는 것이 자신에게 더 어울린다는 것을 너무 늦게 알았다. 친구들이 자신에게 사랑채 할아범처럼 인자하다고 비꼬던 이유도 그때서야 알 수 있었다. 그러나 그런 분야는 의대에 없었다. 그렇다고 힘들게 들어온 의대를 포기할 수도 세부전공을 바꿀 수도 없었다. 그래서 그는 타협적으로 신경외과, 신경과, 신경정신과 중 가장 덜 세부과학적인 신경정신과를 택했다. 머리를 절개하는 일도, 레이저 칼로 어느 악성 세포를 잘라내는 일도 없었다. 단지 특별한 증상을 보이는 환자에게는 소뇌 부분이나 전두엽 부분 등에 MRI 촬영을 해봤으면 좋겠다는 소견서를 써서 신경외과나 신경과에 협진을 요청하거나 그리로 보내면 되었다. 그렇게 자기의 적성과 유사한 과를 택하기는 했지만 뇌 클리닉의 중심에서는 벗어나 있었다. 그는 스스로 왕따가 되었고 다른 왕따들, 의료봉사활동을 하는 자들이나 학점이 낮은 지진아들이 선택할 수밖에 없었던 내과, 외과, 정형외과, 예방의학, 시체를 부검하는 법의학 전공자들과 친해졌다. 그들은 세련미는 떨어졌으나 소위 말하는 인간미는 넘쳤다. 머리는 텁수룩하고 치아는 남에게 혐오감을 주지 않을 정도로만 닦았다. '어차피 또 술을 마실 텐데 뭐.' '어차피 또 칼 들고 노가다 할 텐데 머리는 뭐 하러 감아?' 하며 자포자기 심정을 드러내기도 했지만, 밥 먹듯이 밤을 새워야만 하는 고단한 수련의 과정을 낙천적으로 극복하려는 청춘의 오기이자, 미래의 행복한 삶을 꿈꾸며 현재를 저당 잡히는 즐거움이기도 하였다. '이 행복은 그 고생의 결과물이라고. 거저 얻은 것처럼 함부로 보지 말라고.' 가운의 왼쪽 가슴에 직함을 쓴 명찰을 걸치지 않았다면 폐기물을 들고 가는 청소부처럼 보이기도 했으며, 도시적인 의사의 깔끔한 모습에 익숙한 어린이들은 당황하여 아저씨라고 부르며 인지부조화의 초기증상을 겪기도 했다. 어른들도 명찰을 힐끗힐끗 보며 의사선생님을 알아봐야 할 정도로 헷갈리는 마당에, 어린이들에게 '모든 남자 의사는 아저씨이기도 하다. 그러므로 너는 정상이다.'라는 명제를 납득시키는 것은 어려운 일이었다. 그렇게 웃으며 말하자 아이가 공포의 울음을 터뜨렸다. 급기야 병원에 공고문이 붙었다. '의사의 품위를 지키자.'

눈이 오는 겨울, 년도를 기억할 수 없는 성탄전야의 어느 날, 의사는 당직을 하고 있었다. 신경정신과는 심한 육체노동과 장시간의 수술, 밤에 실려 오는 응급환자를 맞을 필요는 없었지만 형평성의 원칙에 따라 당직이 돌아왔다. 응급환자에 대한 기초적인 진단은 그도 할 수 있었고, 대부분의 단순한 응급조치는 간호사도 할 수 있었다. 심각하게 필요한 경우 외과의나 내과의를 부르면 되는 것이었다. 입원실의 환자를 다루는 것은 꽤 복잡한 업무로 보였으나 매뉴얼이 정해져 있었기 때문에 돌발적 상황이 생기는 일은 극히 드물었다. 병원에 익숙해지니 깨달은 것이 있었다. 죽을 사람은 죽게 되어 있고 살 사람은 살게 되어 있는 것이지, 특별히 묘책을 쓴다고 상황이 되돌려지거나 살 사람이 죽고 죽을 사람이 살아나는 것은 아니었다. 그것을 알고 나니 인생이 무상했다. '나도 언젠가 저렇게 되겠지.'하는 생각이 들었다. 그럼에도 불구하고 마지막 숨의 한 방울까지 소중하게 여기며 최선을 다하는 것은 그 유한성에 대한 경의였다. 영원히 산다면 삶의 소중함을 모를 것이기 때문에. 그는 그 역설을 마음에 새겼다. 그가 환자를 바라보는 태도, 상대의 삶을 투명하게 바라보는 태도, 그들의 내부에 있는 의지에 대한 존중과 그것으로부터 그들의 삶을 의미 있게 가꾸어나가는 것을 도와주려는 태도는 그때 만들어졌다. 불완전한 존재에 대한 경멸이 아니라 불완전한 존재에의 찬사, 불안 자체를 잊는 것, 완전한 것을 마음에 두고 있다면, 그 완벽한 것은 끝내 이룰 수 없는 번뇌일 뿐이라는 자각을 갖게 하는 것, 무한으로 가기 위한 경로로서의 유한이 아니라 즐거움으로 범벅된 삶, 어차피 유한이라면. 영원성을 기다리는 지리멸렬한 삶이 아니라 숨결 속에서 외치고 즐기는 그것. 그것이 사랑채 할아범이라는 별명을 갖고 있던 의사가 얻은 청년의 역동적 결론이었다. 물론 이 개똥철학은 말이 짧아 누구에게도 일목요연하게 설명할 수는 없었지만 생로병사의 무수한 경험 속에서 터득한 소중한 것이었다. 그는 새벽 한 시에 잠을 자기 위해 임시로 커튼을 친 쪽방에 몸을 웅크렸다. 두 시간 후에는 다시 일어나야 했다. 밖의 소리를 다 들으며 자야 하는 새우잠이었다. 그러다가 소리의 규칙성이 불편한 불규칙성으로 바뀌면 자연히 눈을 떴다. 응급실에 누가 실려 온 것이었다. 그는 그날도 평소와 같지 않은 소리가 나서 눈을 떴다. 누군가 성탄절 파티를 하다가 술에 취해 실려 왔구나 하고. 그러나 그 앞에 커튼을 들추고 서 있는 사람은 친구 선규였다. 의사는 눈을 비비며 물었다.

"무슨 일이야? 자리가 없어?"

"아니."

"그럼 광신도가 십자가를 들고 병원에 온 거야? 그 아줌마."

"아니."

"그럼 네가 여기 올 이유는 없는 것 같은데."

"나와 봐."

"왜?"

"너와 공범이 되고 싶어서."

"공범?"

"응. 혼자 저지르기에는 너무 두렵군."

"무슨 범죄를 둘이 저지른다는 거야? 근무 시간에 술을 먹는 것은 하느님도 용서하지 않을 거야. 그 아들의 생일이라고 해도."

"그게 아니고."

선규는 주위를 둘러보고 말했다. 주변에 아무도 없는데 둘러보니 그는 정말로 범죄를 저지르기 전에 초조해 하는 사람처럼 보였다. 의사는 야릇한 호기심이 생겼다.

"그게 뭔데?"

"따라와 줄래?"

"따라와 줄래? 무슨 청유형으로 범죄를 같이 저지르자는 얘기야? 굉장히 오만하구나."

"왜냐하면 결정적인 순간에 너와 공범이 되는 걸 나는 원하고 있었거든. 그건 네 책임이야."

"졸려. 어떤 범죄를 저지르려고 하는데? 옷을 입고 밖으로 나가야

하는 거야?"

"응."

그는 입고 자던 가운 위에 외투를 걸쳤다.

"가운은 벗는 것이 좋겠어. 우리가 이 병원의 의사라는 것을 굳이 나타낼 필요는 없어."

그는 가운을 벗고 셔츠 위에 외투를 걸쳤다. 통상적으로 빨리 근무에 복귀하기 위해 잠깐 외출을 하더라도 가운을 걸치는 것이 의사들의 당직 태도였다. 그는 선규를 따라 나갔다. 긴 복도를 따라 가다가 비상계단을 통해 아래로 내려갔다. 1층의 약국과 접수처는 텅 비어 있었고 응급실은 별다른 상황이 없었다. 둘은 거리로 나가는 출입문 반대편, 마당 쪽으로 나가는 작은 문을 나섰다. 그곳에는 입원환자들의 휴식을 위한 작은 공원이 있었고, 더 안쪽으로는 병원을 개축하기 전의 옛 병원 건물이 일부 남아 있었다. 다 헐고 새로 지을 수도 있었지만 병원의 역사를 보존한다는 의미에서 두 동을 남겨두고 있었다. 한 동은 입원실 별관으로 쓰고 있었고 한 동은 자재와 약품 보관 등의 다양한 용도로 쓰고 있었다. 선규는 마당을 지나 오래된 느티나무 아래에 섰다. 그는 음흉한 미소를 띠고 의사를 바라보았다.

"너 호기심 많지?"

"어떤 호기심인지에 따라 다르겠지만."

"너 많아."

선규는 그의 목을 잡고 흔들었다.

"그래 많다고 하자. 놔. 컥."

"난 우유부단한 사람이 제일 싫어. 넌 강해. 이 건물 아래에 뭐가 있는지 알지?"

선규는 자재창고로 쓰는 건물을 가리켰다.

"지하실이 있잖아. 어느 건물에나 지하실이 있잖아. 취, 취소할게. 어느 건물에나 있지는 않아. 필요한 곳에만 있어."

"저길 들어가는 거야."

"왜?"

"들어갈 거지?"

"밖에 나가는 거 아니었어? 아가씨라도 예약한 줄 알았잖아."

"그건 범죄가 아니야. 쾌락이지."

그가 고개를 끄덕이자 선규는 목을 풀어주었다. 그는 정신을 차리고 말했다.

"그런데 왜 지하실을 들어가자는 거야? 이유라도 알아야 들어가든지 말든지 할 거 아니야."

그는 두려운 생각이 들었다. 그곳은 병원을 새로 짓기 전에 의대생들이 해부학 실습실로 사용하던 곳이었다. 그때는 엘리트나 부잣집 아들 같은 부류의 일탈이 사람들의 재미를 끌었다. 중산층 가족의 우당탕탕 시트콤이나 공부 잘하는 한국 학생들의 일탈을 쓴 서울대 기숙사 같은 책이 많이 팔렸다. 그는 선규가 너무 피곤해서, 그런 모습을 흉내 내며 스스로를 망가뜨려 활력을 찾으려고 하는 것이 아닌가 생각했다. 그래서 조금은 유치하다고 생각했다. 공부를 못하는 사람들의 입장에서 본다면 꼴값을 떠는 것이었다. 망가지고 상처받는 것이 일상인 사람들에게 괜히 일부러 망가져서 추억의 앨범을 만드는 것을 자랑하는 것은 좀 그렇지 않은가? 지금은 엘리트의 속물성에 대해 사람들이 알아채고, 그들을 섬에 가두고, 그들의 말과 행동에 콧방귀를 뀌지도 않지만, 그때는 그런 것이 통했다. 선규가 조금 진지해졌다.

"미치지 않았어. 그리고 유치하게 놀자고 하는 건 더더욱 아니야. 들어가야만 하는 이유가 있어. 솔직히 얘기할게. 장난을 조금 친 건 좀 떨려서야. 휴우."

"떨려?"

"응."

"그럼 없던 일로 해."

"잠깐."

선규는 다시 주위를 둘러보았다. 추운 겨울 한밤중에 공원에 나온 사람은 없었다. 가끔 병원 신관의 창문에 간호사가 지나가는 것이 보였을 뿐이었다. 멀리서 찬송가 소리가 들렸다.

"지금까지는 조금 장난스러웠어. 모르겠어. 그렇게 하지 않았으면 이곳까지 오지도 않았을 거야. 거시기야."

거시기는 그를 부르는 호칭이었다. 그는 대답했다.

"응."

"해부학 가르치던 이명현 교수 알지? 미국으로 갔잖아."

"그래, 잘 모르겠지만 알고는 있어."

"그 사람 캐비닛이 지하실에 있어."

"그런데?"

"이상하지 않니? 연구실의 캐비닛이 왜 해부실에 있어야 해?"

"그래 좀 이상하긴 해."

"그 이유를 알았어. 들어 봐."

선규는 가까이 다가왔다. 숙직의 찌든 냄새와 약품 냄새가 풍겼다. 그 냄새를 식별할 수 있는 걸 보면 밖으로 나온 지 꽤 시간이 흐른 것 같았다. 추웠다. 선규가 속삭였다.

"지금 내가 관심을 갖는 것이 지적 호기심인지, 정의의 호기심인지는 잘 모르겠어, 솔직히. 그리고 대단히 위험한 일이기도 해. 그런데도 봐야겠다는 생각이 들어."

"뭘?"

"그 노트."

"노트?"

"그 노트가 캐비닛 속에 있어."

"무슨?"

"이명현 교수의 부검기록. 필사본."

"무슨 부검?"

선규는 그의 귀에 대고 살짝 말했다. 귀가 간지러웠다. 입김의 온기도 전해졌다.

"ㄱ. ㅎ. ㅇ."

"ㄱ. ㅎ. ㅇ?"

"응."

"누군……데?"

선규는 그의 귀에다 두 손을 모아 대고 속삭였다. 길지 않고 짧게. 그러나 그 시간이 의사에게는 10분 정도는 되는 것처럼 느껴졌다. 추위가 몰려왔다. 이번에는 그가 주위를 둘러보았다. 차라리 듣지 않았으면 좋았을 걸. 가슴이 떨렸다. 그는 후회했다. 그러나 시간은 지나갔고 그는 이미 알게 되었다. 그는 웃으며 말했다. 너무 진지해서 심각하지 않은 다른 표정을 지을 수밖에 없었다. 그런 경우 더 진심이 전해지기 때문이었다.

"선규야. 나 들어갈게. 안 들은 걸로 할게."

그는 굽은 손을 입김으로 불며 안으로 들어가려고 했다. 선규는 그를 잡으려다가 외투의 깃을 놓아주었다. 그는 으슥한 공원을 지나 안으로 들어갔다. 투명한 문으로 선규의 모습이 보였다. 그는 선규가 원망스러웠다. 풍문으로만 떠돌던 사실이 선규를 통하여 자기 자신에게 들어오라고 입을 벌리고 있는 것이었다. 그는 자신이 했던 말을 떠올렸다. '안 들은 걸로 할게.' 그는 웃었다. 이미 들은 것을 어떻게 안 들은 걸로 할 수 있을까? 그는 들었고 들은 그것을 거부하든지 선택하든지 해야 하는 것이었다. 그것이 솔직한 행동이었다. 그리고 그것이 진취적인 삶의 태도라고 굳게 믿고 있고, 이제 전문의가 된다면 그것을 가장 중요한 치유의 모토로 제시하리라고 방향을 정리하고 있었던 그였다. 자신에 대해 은폐하면 할수록 평정은 거짓이 되며, 그 은폐된 자신은 겹겹이 때가 쌓여 겉은 퇴색하고 안은 썩고 말 것이었다. 어떤 사람이 배우자의 일탈을 보았다면, 보지 않은 것으로 가정하고 산다는 게 가능한가? 산다면, 헤어지는 것보다는 인정하는 것이 유리하다고 생각했기 때문일 것이었다. 짝 없는 불완전한 인생의 두려움, 타인의 얄궂은 시선에 난도질당할 자신을 보호하려는 생의 본능일 것이었다. 결별한다면, 굳이 짓밟힌 자존심을 상회할만한 매력이 상대에게 없어, 참고 살만한 가치를 상대에게서 발견하지 못하기 때문일 것이었다. 둘 중의 하나가 솔직한 태도였다. 그리고 둘 다 옳은 선택이었다. 본 일탈을 보지 않은 것으로 가정하는 것은 불가능했다. 타인의 시선과 자신의 자존심 사이에서 은폐하고 인내하다가 결국 지쳐서 자기도 망가지는 파국을 맞게 될 것이었다.

의사는 고개를 밖으로 돌렸다. 선규는 그 자리에 있었다. 담배를 피우고 있었다. 작은 불꽃이 보였다. 타는 푸른 불꽃, 빨아들일 때의 붉은 불꽃, 그리고 내뿜는 희뿌연 연기가 허공에 솟았다. 의사는 비록 정교하게 다듬어지지는 않았더라도 자신의 신념을 자신에게 적용해보고 싶었다. 나이가 들어서는 우습게 보이는 생각들도 당시에는 뼈를 깎는 고통과 사색의 산물이었다. 그는 청춘의 신념을 평가만 하는 늙은 사람들을 싫어했다. 그들은 청춘을 늙기 위한 과정으로만 치부하고 잘잘못의 점수를 매겼다. 의사가 생각하는 청춘이란 실수를 포함한 생 자체였다. 그는 청춘의 모험을 해보고 싶었다. 그래서 그 모험이, 젊음은 단지 곱게 늙기 위한 과정이 아니라, 가치 있게 늙기 위한 자신 속으로의 조용한 여행이라는 것을 확인해보고 싶었다. 그는 밖으로 나갔다. 찬바람이 불었다. 그는 선규에게 다가갔다. 선규는 담배 끝을 검지로 쳐서 불꽃을 날려버렸다. 공중으로 날아간 불꽃은 이내 꺼져 어두운 바닥 어딘가에 떨어졌다. 조용했다.

"안 들은 걸로 할 수는 없을 것 같아. 이미 들었으니까. 그리고 거부할까 동의할까 고민했어. 거부하는 것은 내 과가 아닌 것 같아. 나는 인간의 의식을 탐험하는 것을 직업으로 선택했으니 모험의 세계의 끝이 어딘지 알 필요가 있어. 좀 떨리네. 그리고 내가 너를 유혹했다는 말도 잘못되지는 않았어. 친구란 남들과는 다른 무엇을 공유하니까. 그리고 나는 정의로운 인간이 아냐. 나는 개념의 울타리 안에 인간을 집어넣는 거 정말 증오해. 그러면 나는 정의로운 인간이 아니기 때문에 방관해도 된다는 딜레마가 찾아오거든. 광주의 사람들은 정의로운 인간이기 때문에 죽어야 하고, 다른 사람들은 정의로운 인간이 아니기 때문에 살인을 방관해도 괜찮은 거야? 정의로운 인간이기 때문에 전기고문을 당해야 한다면 아무도 정의로울 필요는 없어. 병명의 개념 안에 환자를 가두면 제대로 알 수가 없듯이. 민주주의적 인간이기 때문에 투쟁하는 것이 아니라 투쟁을 통해 민주주의를 경험한다는 말처럼, 나는 내가 만난 두려움과 투쟁을 하고 그것이 무엇을 경험하게 해주는지 확인해보고 싶다. 임상적으로. 솔직히 말했어."

그가 광주, 전기고문, 민주주의라는 단어를 썼던 것은 10여 년, 그때까지는 아직 그 단어가 사회의 화두로 자리 잡고 있어서 누구나 한 번쯤은 생각하는 단어였기 때문이었다. 그리고 그가 곧바로 레지던트를 마치고 개업을 할 때, 역사상 처음으로 억압의 희생자였던 김대중이 대통령이 되어 그 문제를 정리하고 있었다. 선규는 고개를 끄덕였다. 청년 의사의 겸손함 속에는 잘난 이의 언어의 성찬보다 더 소박하고 단단한 인간의 결심이 보였다.

"애새끼. 말 더럽게 잘하네. 언젠가는 네 입을 한 번 해부해보고 싶었어. 물론 네 입은 뜨거운 심장에 달렸지. 어때? 내가, 네가 은밀히 듣고 싶은 말까지 다 해주지? 그러니까 친구지. 당황스럽니?"

"계속 얘기해 봐. 네 계획을."

"네가 그러니까 괜히 겁나는데. 너 무서운 데가 있는 놈이야. 다른 사람은 몰라도 나는 그걸 알지."

"쓸데없는 얘기 그만 하고."

선규는 다시 한 번 주위를 살폈다. 그리고 주머니에서 열쇠를 꺼내고 말했다.

"들어가는 거야."

"그리고?"

"그 노트를."

"그래서?"

"그 다음은 그 결과에 따라서. 그 다음은 어떻게 해야 할지 잘 모르겠어."

선규의 말이 맞았다. 그들은 그 노트에 어떤 부검기록이 있는지 궁금해 하고 있었지만 그 결과가 어떤 것인지는 아직 알지 못했다. 단지 그들과 세간의 예상을 뒤엎는 기록이 존재할 것이라는 막연한 생각은 하고 있었지만. 예상할 수 있는 것이라면 그렇게 아무도 가지 않는 어두운 곳에 뱀처럼 앉아 있을 필요는 없는 것이었다. 그리고 예상을 뒤엎는 기록이 발견되었을 때라도 이제 이십대 후반인 그들이 할 수 있는 일이란 별로 없었다.

"열쇠는 어디 있었어?"

의사가 이렇게 물은 것은 이 사건의 자초지종을 알고 싶어서였다. 어떤 경로로 이상한 정보가 여기까지 흘러왔고, 얼마나 더 많은 사람이 이 사실을 알고 있는지 궁금했다. 그것은 미래의 안전에 관한 물음이기도 했다.

"이 열쇠를 준 사람은 이 사실을 몰라. 나는 다만 다른 용도로 카피했지. 그는 내가 카피를 했다는 사실도 몰라. 봐. 새 거잖아."

선규는 열쇠를 보여주었다. 황동색 열쇠가 반짝거렸다.

"정보는 어디서 들은 거야?"

"그것도 누가 직접 얘기해 준 것은 아니야. 여러 상황을 조합한 결론이지. 이 사람 저 사람 얘기의 아귀를 맞추다 보니 그게 여기에 있더라고."

의사는 안심이 되었다. 이것은 선규와 자신만의 비밀이었다. 그리고 그것을 거기에 놓은 자. 감당할 수 없는 일이 벌어진다면 덮어두면 된다. 그러면 놓은 자도 그것이 영원히 거기에 있을 것이라고 생각할 것이다. 항상 누군가는 배신을 하지만, 청춘은 더 살아야만 알 수 있는 인생의 어두운 구석, 그런 것을 잘 알지 못했다. 의사는 정황을 더 알고 싶었다. 선규가 속삭였다.

"그 교수님이 미국으로 간 이유에 대해서는 말이 많잖아."

"의혹 덩어리지."

"미국에 유학 간 선배가 그 교수님을 만났대."

"그런데?"

"미시건에서 교수를 한대."

"그래. 잘 사네."

"식사를 하고 술을 마셨는데, 술이 거나하게 취하셔서 병원 신축에 대해 물어보시더래. 구관은 허물었냐고? 저걸 말하는 거지. 자기가 가르치던 곳."

"그럴 수 있겠지."

"그런데 보존한다는 말을 듣고도 몇 번씩이나 확인을 하고, 뭔 말을 하려다가 그만 두셨다는 거야."

"그게 그 상자에 대한 알량한 단서인가?"

"들어보지도 않고 추측 마. 얘기 했잖아. 별 것 아닌 이야기들의 아귀를 맞춘 거라고."

"해봐."

"그럼 지금 지하 해부실은 어떤 용도로 쓰고 있냐고 물어서 쓸모없는 창고가 되었다고 말씀드렸대."

"그랬더니?"

"아무 말씀도 안 하셨대."

"별 일 아니네."

"그리고 그거 허물면 자기에게 꼭 알려달라고 하셨대. 그래서 그 선배는 그 교수님이 추억을 잊지 못하시나보다 생각했대. 환영연에서 그런 말을 지나가는 말로 했어."

"알겠어. '그 교수는 그곳에 관심을 갖고 있다.' 너무 평범해. 다른 아귀는 어디에 있는데?"

"그리고 그 교수님이 ㄱ. ㅎ. ㅇ. 부검의였단 건 아는 사람은 다 알지. 그것과 미국행의 관계는 확신할 수는 없지만 시기적으로 개연성이 전혀 없다고는 할 수 없지. 그 다음 교수진이 더 보수화되었고."

"그래."

"이건 다른 사람의 이야기야. 그 교수가 미국으로 가기 전 금속상자를 지하로 옮겨달라고 부탁했대."

"그건 누구한테 얻은 정보야?"

"이름을 말하기는 곤란해."

"언제 적 얘긴데? 그 사람이 지금 학교에 있을 리 만무하잖아?"

"있어."

선규는 의사의 귀에다 대고 속삭였다. 귀가 간지러웠다. 약간의 입냄새도 났다. 선규가 말한 사람은 국경없는 의사회에서 활동하며 이미 학교의 교수가 된 사람이었다. 선규가 입을 떼고 말했다.

"어느 날, 그 교수가 그걸 옮겨달라고 하더래. 그래서 수업에 필요한 뭐가 있겠지 하고 옮겼대. 그런데 다음 날 경찰이 연구실의 그 교수 물품을 모두 압수해갔대? 'ㄱ. ㅎ. ㅇ. 열차 실족사'라는 신문기사가 짧게 나왔지. 그리고 얼마 되지 않아 미국으로 떠나셨고. 그래서 뭔가 이상한 느낌을 가졌다고 말했어. 술자리에서 들은 거야. 그 정도."

"그럼 거기에 노트가 있다는 건 완전히 네 추측이구나? 그 교수가 확인한 게 아니면."

"추측이 뭐 비과학적인 거냐? 너도 결국 추측하는 거 아냐? 네가 환자 머리를 깨봤니? 깨 보면 더 확실히 알 수 있다는 것뿐이지. 열어보면 될 거 아냐."

의사는 말했다.

"그럼 왜 그 교수는 그걸 자신이 간직하지 않았을까? 아니면 공개하든지 하지 왜 어둠 속에 방치해둔 거지?"

"솔직히 두렵지 않았겠어. 그것까지 비난할 수는 없잖아."

"누군가에게 그 역할을 전가시키는 것 같아."

"그게 우리가 된 거지. 만약 사실이라면."

"지금이라도. 미국에서 말하면 되잖아."

"그게 쉽냐?"

"무슨 사연이 있겠지만. 진실이 밝혀지면 그때서야 그 진실의 열쇠를 쥐고 있는 주인공이 실은 자신이라고 나타날까 두렵다."

온유한 의사는 가끔 서늘한 말을 했다. 선규는 그를 바라보았다.

"남을 비평하는 건 쉬워도 이해하기는 어려운 거야. 조금씩의 용기가 보태져서 산을 만드는 거지. 어느 거인이 산을 짊어지고 오겠니? 그건 삶이 아니라 신화야."

"그래."

"박종철 고문치사 사건의 의사처럼 죽음을 각오하고 진실을 말하는 사람은 드물어."

"그래."

박종철 물고문 치사 사건은 그들이 초등학교에 다닐 때 일어났다. 너무 어릴 때 일어난 사건이라 전모를 잘 몰랐지만, 의대에 다니면서 직업적 이유로 그 전말을 알게 되었다. 폐에 물이 차 있으면 물속에서 숨을 쉬다 죽은 것이라고. 그러니까 물고문을 한 것이라고. 두 사람 사이에는 정의라고 이름을 붙이기에는 뭐한, 그러나 우연히 다가온 상황을 회피하지는 않는 공통점이 있었다. 의사는 고개를 끄덕이며 말했다.

"열어보자."

그러나 그 상자가 그저 폐품상자이길 바랐다. 자신들의 미래를 당혹스럽게 만들 그 무엇도 들어있지 않기를. 두 사람은 어둠 속에서 상처투성이 외관을 두르고 서 있는 구 병원건물로 다가갔다. 현관 출입문은 끼익 소리를 내며 쉽게 열렸다. 그저 닫아둔 시늉만 한 것이었다. 안은 어두웠다. 잠시 후 눈이 익숙해지자 공원과 병원건물의 조명이 창으로 흘러들어와 내부의 윤곽을 확인할 수 있었다. 보존하는 건물이라 정기적으로 바닥을 닦은 듯, 대리석 벽과 바닥이 밖의 조명을 받아 반질거렸다. 언 돌이 내뿜는 냉기는 바깥의 공기보다 더 차가왔다. 이제는 콘크리트와 철근에 밀려 쉽게 찾아볼 수 없는 일제 강점기의 석조건물이었다. 일제의 고문에 의해 비밀리에 희생된 독립투사들의 시신이 이곳에서 값싼 무연고 시신으로 둔갑하여 해부용으로 거래되었다는 풍문이 있었다. 그 행위를 한 자들이 입을 열거나 거래명부를 공개하지 않는 이상 그 소문을 증명할 수는 없었다. 그래서 기록을 갖지 못한 사람들은, 항상 추측의 증거가 될 실마리를 찾기 위해 현재와 과거, 미래를 정처 없이 여행하다가, 자기 생전에 그것을 찾지 못하면 다른 이에게라도 그 성과를 남겨두고 생을 마감하는 것인지도 몰랐다. 그것이 찾는 이들의 운명이자 연대였다.

　두 사람은 어두컴컴한 계단을 내려갔다. 혼자라면 금방 나가고 싶을 정도로 두려웠다. 어둠도 어둠 속에 도사리고 있을 비밀도 두려웠다. 선규는 열쇠를 꺼냈다. 열쇠는 커다란 자물쇠의 구멍에 들어갔으나 잘 들어맞지 않았다. 이리저리 몇 번 돌리자 간신히 걸쇠가 풀렸다. 나프탈렌 냄새가 퀘퀘한 냄새와 혼합되어 코로 들어왔다. 의사는 눈을 찌푸렸다. 과거의 약은 더 독했다. 그들은 문을 닫았다. 창도 없는 지하실은 캄캄한 어둠뿐이었다. 선규는 의사에게 물었다.

　"후레쉬 없지?"

　"없어. 네가 챙겨야 하는 것 아냐?"

"따지지 말자."

선규는 라이터 불을 켰다. 얼굴은 알아볼 수 있었으나 멀리 비출 수는 없었다. 선규는 의사에게 말했다.

"자식, 괴상한 얼굴이구만."

"너도 마찬가지야."

의사는 휴대전화를 꺼냈다. 폴더를 열자 액정에서 나온 빛이 전방을 비쳤다.

"너 휴대폰 했어?"

"응. 삐삐가 손해더라고. 일일이 호출에 전화를 해줘야하니까 번거롭고 거꾸로 내 전화비도 들어가고 말이야. 기본요금은 비싸더라도 받기만 하니까 훨씬 이익이던데."

"야. 그거 나 누구 만나러 갈 때 좀 빌려주면 안 되냐?"

"안 돼. 고장 나."

"큭. 큭. 큭."

선규는 웃음을 참으며 말했다.

"내년에 카메라 기능이 장착된 휴대폰이 40만 원 대로 떨어진대. MP3도 들어있고. 그거 자랑하고 싶어서 미쳤겠구나. 그건 이제 공짜야 인마. 넌 항상 막차만 타니? 누가 재한테 전화라도 한 번 해주지. 자랑하고 싶은데 자연스럽게 꺼낼 기회가 없었어? 여기 안 들어왔으면 어쩔 뻔 했어? 하하하."

선규의 웃음소리는 어둠 속에서 울렸다. 가구가 없는 돌벽은 메아리의 여운을 길게 남겼다. 그 소리는 묵은 공기를 청소하고, 떠도는 유령들을 도망가게 만드는 듯했다. 그들은 그렇게 어지간히 친해야만 통하는 농담을 주고받으며, 두려움을 잊고 한발씩 걸음을 옮겼다. 그러면서 의사는 딴 생각을 했다. 자기가 왜 여기에 들어 왔는지를 잠시 잊은 채. 그것은 '또 영리하지 못하게 살았구나.' 하는 후회였다. 나름대로 계산을 하고 살았지만 그는 항상 손해의 대상이 되었다. 도제의 성격을 띤 의대에서는 아주 어려운 결정이었던, 의대 100년의 역사에서 처음 있었던 비리교수의 수업을 거부할 때도, 다같이 결의를 했는데 적극적으로 주도하지도 않았던 그 혼자만 빠진 일이 있었다. 다행히 10년 전에 돌아가신 할아버지가 또 돌아가셨다는 거짓말을 해서 교수의 제거 표적이 되는 것을 피할 수 있었다. 그 정도의 정황이 아니면 용인될 수 없었다. 그는 교수 앞에서 멋진 연극을 선보였다. '면목 없습니다. 내년에 다시 듣겠습니다.'라고 하자 그 교수는 '할아버지가 돌아가신 게 어찌 자네 잘못인가.' 하며 의심스런 용서를 했다. 그 교수는 할아버지의 사망진단서를 떼어 오라는 말은 하지 않았다. 중요한 것은 그가 완전히 무릎 꿇고 복종해서 풍족하게 자존심을 회복시켜 주었기 때문이었다. 또 할아버지의 사망이 거짓이라면 그는 성실한 학생에게 거부당한 최초의 교수라는 낙인을 피할 수 없기 때문이었다. 교수는 한 마디 물었다. 잘 난 늙은이들이 묻고 대답하기 좋아하는 집안의 내력 같은 것이었다. 빵빵한 집안이면 사위라도 삼아볼까 하고. 황달 끼가 있는 눈으로 지긋이 내려다보며. '할아버지는 뭐 하신 분인가?' 그는 고민했다.

너무 대단하게 말하면 혹시 자기가 아는 사람이 아닌가 하여 성함이 어떻게 되시는가 물어볼 것 같았다. 할아버지는 이름 있는 기업인이었다. 그래서 그는 '조그만 가게를 하셨습니다. 다행히 교수님처럼 훌륭한 의사 선생님을 만나 편안히 돌아가셨습니다.'라고 말했는데, 도대체 자기가 어떻게 그런 말을 할 수 있었는지 신기할 정도였다. 이렇게 큰 일이건 작은 일이건 순진한 결정 때문에 손해를 본 일은 많았다. 그 손해보다 더 얄미운 건 선규의 행동이었다. '속도의 시대에 구 모델은 당연히 값이 떨어지겠지.' 그러나 자기 같으면 그런 식으로 이야기하지 않을 것 같았다. 그 사이에 그들은 해부실의 중앙에 와 있었다. 죽은 사람을 눕히는 철판이 그대로 있었다. 선규가 말했다.

"이건 그대로 있네. 너 한 번 누워볼래?"

"야. 농담에도 격이 있는 거야."

의사는 짜증스럽게 말했다.

"하하하. 아직도 그 생각하고 있구나. 그래. 이왕 샀으니 잘 써. 기계는 필요할 때 써야 하는 거야. 너는 적시에 훌륭한 소비를 한 거야. 꿍한 거 풀어. 됐어?"

"뭔 소리 하는 거야?"

"남들이 둔감한 것에는 예민하고, 남들이 예민한 것에는 둔감한 사람이 바로 너야. 너는 그것 때문에 고독할 거야. 너는 결정은 잘 하지만, 결정의 결과에 대해서는 복잡한 생각을 가지고 있어. 나라면 결정의 결과도 그냥 받아들이겠어."

선규의 말은 틀리지 않았다. 의사는 자신이 세상과 잘 조응되지 않는 다른 유전자를 가지고 있다는 것을 인정했다. 아버지의 말, '모나지 마라. 정 맞는다.' 이 말씀도 아버지의 삶의 두려움이자, 아들의 삶에 대한 사랑이었다. 그리고 의연해보이는 자신의 행동 뒤에는 심약한 고민이 뒤따르고 있다는 것도 선규는 알고 있었다. 의사는 그의 무심한 말이 얄밉기도 했지만 자신의 가슴을 몇 번이나 따끔하게 찌르는 것을 느꼈다. 그것은 다가올 인생에 대한 두려움이기도 하였다. 선규는 의사의 병, 병에 대한 처방으로서의 뻔뻔한 아첨, 해결의 불가능성, 이해와 냉소, 친밀한 우정과 어떤 거리, 의사의 인생에 대한 장난스럽지만 불길한 예언, 이런 것들을 동시에 말했다. 선규는 엉뚱한 인간처럼 보였지만, 의사의 시선을 넓게 감싸고, 머리에서 발끝까지 한 번에 볼 수 있는 더 큰 눈을 가지고 있는 것처럼 보였다.

그들은 라이터의 빛과 휴대전화의 빛을 동시에 비춰가며 안으로 들어갔다. 어둠 속이었지만 상자를 찾기는 어렵지 않았다. 관례적으로 해부실에는 별다른 가구가 놓여 있지 않았다. 그 안에 뭔가 들어있을 것 같은 이상한 느낌을 주기 때문이었다. 그리고 있던 도구나 인체의 구조 같은 것도 옮겨져 아무 것도 남아 있지 않았다. 그런 휑한 공간의 구석에 놓인 금속상자는 더 이상한 느낌을 주는 이물질이었다. 선규는 손가락으로 상자를 가리켰다.

"저기 있네. 소문대로네."

"아무도 건드리지 않은 것도 신기하군."

"그런 걸 노리고 여기에 옮긴 것 아닐까? 아무도 두려움 속에 일부러 들어와서 열어보지는 않을 테니까."

"그럴 거 같아. 봤더라도 이상하게 생각하며 회피하겠지. 나 아닌 다른 사람이 어떻게 하겠지 하면서."

"절묘하군."

그들은 그렇게 공포를 잊으려했지만 언제까지나 상자를 여는 것을 미룰 수는 없었다. 현실이기도 하고 비현실이기도 한 그 상자는 희미한 빛 속에서 녹을 드러내고 있었다. 오묘했다. 이렇게 텅 빈 공간에 명확히 자신을 드러내고 있는데도 자신의 비밀을 유지할 수 있었던 이유는 뭘까? 반대로 폐품 더미 따위에 꽁꽁 숨겼다면 소각되어 없어질 수도 있었을 텐데. 역설적이었다. 그 비밀은 상식 속에서 구현되고, 또한 상식 속에서 은폐되고 있는 것이었다. 그것은 정확히 벽과 벽이 맞닿은 구석에 가지런히 놓여 있었다. 가로 세로가 50센티쯤 되는 철제금속상자는 교수들이 중요한 서류, 성적분류표나 공개하기 어려운 임상 자료, 특별한 애제자에게나 열람을 허용하는 선진국에서 공수한 최신 의학 논문 등이 들어 있는 것으로, 아날로그 시절에는 연구실마다 그런 것들을 두고 있었다. 구석에 걸쳐 있으니 마치 다른 세계로 들어가는 첫 계단 같은 느낌이 들기도 했다. 의사는 중얼거렸다.

"열쇠가 있어야 할 텐데."

그 소리는 열쇠가 없어서 열지 못하고 돌아가는 상황이 되기를 바라는 것 같았다.

"걷지 않았을 거야."

"왜?"

"생각해 봐. 누군가 보게 하려는 의도를 가진 것이라면 보려는 의도를 막을 필요는 없잖아? 그 교수의 심중에 다가가 생각해 보면, 이것을 안전한 장소로 옮겨놓고는 열 용기가 있는 자에게 보라고 생각할 것 같아. 열쇠가 없어 부수는 도리밖에 없다면, 부수는 절실함까지 느끼지는 못할 거야. 너 그래? 부술 필요를 느끼도록 절박해?"

선규는 의사에게 물었다. 의사는 무슨 말을 해야 할지 몰라 얼버무렸다. 선규는 대화 속에서 주도권을 쥐는 방법을 아는 것 같았다. 만약 부숴야 하는 상황이 생기면, 포기나 행함의 결정을 의사에게 하라는 듯이.

"그렇게 얘기하는 너는?"

"내가 묻고 있잖아."

"자식, 겁은. 열어보고 안 열리면 그때 생각해도 늦지 않잖아."

의사는 그렇게 말하고 중요한 결정을 역시 허공에 미루었다. 선규는 그 허공에다 대고 말했다.

"절실한 자는 부수리라."

의사는 속으로 말했다.

'잘난 척 두드러지게 하네.'

선규는 손으로 상자의 다이얼을 돌렸다. 찰칵하고 금속상자의 문이 미세한 틈새를 보였다. 선규의 말대로 열려 있었다. 잡아당기기만 하면 되었다. 의사는 순간 생각했다.

'그 교수가 잘못했다. 걸어두었어야 했다. 그래서 절실하고, 절박하고, 분노의 눈물을 철철 흘리는 자만이 이 상자를 도끼로 때려 부숴야 했다. 우리가 도대체 뭘 어떻게 하지?'

풋내기이며 연약한 두 청년에게 상자는 너무도 쉽게 자신을 보여주는 것이었다. 상자는 사람처럼 외로웠다.

의사는 가슴이 쿵닥거렸다. 보아야한다. 그 비밀을 보지 않고 돌아간다면 지금까지의 행동은 변명할 수 없는 청춘의 객기가 되리라고 생각했다. 그리고 자기가 그 노트를 볼 용기를 가지고 왔는지조차 의심되었다. 한마디로 의식이 몸에서 이탈하여 저 혼자 춤을 추고 있는 것 같았다. 그는 휴대전화와 라이터 불빛 모두를 들고, 안을 살피는 선규를 도왔다. 선규가 말했다.

"더 가까이 대 봐. 빛이 떨리잖아."

의사는 양팔에 힘을 주고 불빛을 가까이 가져갔다. 서류와 공책들의 윤곽이 보였고, 더러는 글씨를 희미하게나마 읽을 수 있었다. 유심히 얼굴을 들이밀고 보던 선규가 말했다.

"아. 다 한 가지야."

"그게?"

"응. 모두 부검에 관련된 기록 같아. 다른 것은 없어. 이것만 여기에 모셔놨어."

"그래?"

선규는 그 중에서도 가장 중요한 자필 노트를 꺼냈다. 공식적으로 제출하는 문건을 타이핑하기 전에 쓴 글이라 가장 생생할 뿐만 아니라, 거짓이 들어설 여지가 없는 법의학자의 양심 그대로일 것이었다. 노트는 갈색이었고 그 당시 문방구에서 흔히 살 수 있는 '대학노트'였다. 겉에는 펜촉으로 이렇게 쓰여 있었다.

〈ㄱ. ㅎ. ㅇ. 부검기록. 1980년. 5월 29일.〉

선규는 겉장을 넘겼다. 같이 볼 용기도 없었지만, 희미한 불빛을 독차지한 선규의 머리 때문에 의사는 읽고 싶어도 읽을 수가 없었다. 그것이 다행인지 불행인지는 알 수 없었지만. 선규가 한 장 한 장 천천히 노트를 넘겼다. 바랜 종이 냄새가 났다. 선규가 중얼거렸다. 그는 허공의 누군가에게 조용히 말하는 것 같았다.

1. 열차에서 실족사한 상처부위의 충돌각도와 저항강도, 내장파열의 제일원인에 대한 검시: 사망 후 실족으로 추정.
2. 두개골의 충격각과 사망원인: 서 있는 상태에서 위에서 아래로 금속성의 둔기로 내리친 가격으로 추정.
3. 사망시간: 위 내용물의 소화속도와 잔존여부를 조사한 결과 최소 실족 5시간 전 사망한 것으로 추정.
4. 결론: 실족으로 인한 사망으로 판단할 수 있는 의학적 근거는

없음.

그리고 각 번호 아래에는 그 사실에 대한 더 세밀한 의학적 근거와 부검 당시의 외상, 내장의 위치, 내출혈의 위치, 그에 가해진 충격의 강도와 방향 등이 역학적으로 도표화되거나 밑그림으로 스케치되어 있었다. 다른 장들은 모두 결론에 대한 근거를 제시한 것이었다. 선규가 말했다.

"예상보다 싱겁군."

선규의 말은 복잡하고 미묘한 결과를 기대한 것에 대한 실망을 나타내는 것이었다. 의사는 사실이 주는 공포에 휩싸인 채 물었다. 두 사람은 너무 달랐다. 상황과 반응이 역전되었다. 용기 있던 자는 실망하고 소극적이었던 자는 떨고 있었다.

"무섭지 않아?"

"무서워. 그런데."

"그런데? 너의 지적 호기심을 충족시켜 주는 그런 요소가 없단 말이지? 분석에 대한 특별한 견해나 네가 나중에 써먹을 수도 있는 독특한 방법."

"응."

선규는 냉담하게 대답했다. 의사는 화가 났다.

"네 연구를 하기 위해 두려움을 극복한 거야? 이 사람은 살해당했어. 알고 있는 사실과 다르다는 것만으로도 엄청난 충격이라고! 일인자의 지식을 탐내는 거라면 이런 방법이 아니더라도 얼마든지 있어."

"하지만 일인자들은 공짜로 자기의 지식을 주지는 않으니까. 이런 식으로 꽁꽁 숨겨놓거나 수십 년 동안 자신의 노예로 부려먹은 후에야 그것을 찔끔 주니까. 최소한 한국에서는."

선규의 말에는 일면 맞는 측면이 있었다. 그러나 한 사람의 은폐된 죽음을 가지고 그런 게임을 한다는 건 옳지 않았다.

"너를 이해할 수 없어. 최소한 지금의 너는."

"뭘 이해 못해? 너도 말했듯이 이 교수는 노트를 여기에 숨겨두었어. 만약 이 노트를 가지고 그때 영웅이 될 수 있었다면 발표했겠지. 안 그래? 그에게는 절실함이 없었던 거야. 거기에는 교묘한 지식인의 논리가 숨어 있어. 두려움으로부터의 도피, 지식의 영원한 소유, 양심의 피난처로서 압력을 역이용하는 것, 한때는 양심으로 고민했다는 행적, 정권이 바뀌면 내 놓을 같은 편이라는 증거, 그리고 지금의 풍요로운 생활."

"지나쳐."

"지나치지 않아."

"그는 최선을 다 했어. 누구라도 그랬을 거라고."

"누구라도? 그 말은 억지인데. 누구라도 그랬다면 아무도 역사에서 죽을 사람은 없었겠지. 난 우리나라의 긴긴 역사에서 학자가 죽었다는 말은 못 들어 봤어. 어떨 때는 이 나라가 남의 나라로 느껴져. 너 자기 나라에서 자기가 이방인이라고 느끼는 것이 어떤 패러독스인지 알아?

내가 나 자신을 이방인으로 느끼지 않으려면 내가 옳지 않다고 생각하는 것을 배워야 살 수 있다는 거야. 너무 무서운 현실이야. 나도 의대에 왔으니 그런 길을 가야겠지."

선규의 말도 맞았다. 그는 옳은 말만 했다. 어느 정도는 의사의 가슴을 울렸다. 모두가 자신의 인생을 저울질하며 살았다면 죽임을 당하는 사람은 없었을 것이다. 이름 없는 사람들, 힘없는 자들이 나라를 지켰다. 기득권을 가진 사람들은 언제나 그 죽음 위에 날렵하게 자기 몫의 숟가락을 얹거나, 아니면 통째로 자신이 그 죽은 자들의 대표가 되는 것을 서슴지 않았다. 장송곡이 울릴 때 카메라에 가장 잘 잡히는 맨 앞자리를 선점하여 눈물을 흘리는 것. 상식은 비상식에 의해 그 가치를 내주고 천덕꾸러기가 되어, 차마 도덕과 양심이라는 인간의 탈을 쓰고 그럴 수는 없기에, 버리는 쓰레기는 되지 못하고 한 구석에 던져놓은 성가신 존재가 된 것이었다. 금속상자처럼. 선규가 고백한대로 이방인이라는 두려움을 극복하는 유일한 방법이, 이방인이라고 몰아친 그 다수가 사는 방법을 터득하는 것이라는 건 무서운 일이었다. 그것이 옳고 그른지 판단하지 말고 그저 그것이 다수의 방법이기에. 의사도 그런 말에는 자기의 체험으로 공감했다. 너무도 뻔뻔한 비리교수의 행위를 묵과하면, 지성인으로서 사회의 지탄을 받을 것 같은 불안감에 뭔가를 하기는 해야 했던, 성가신 양심과 도덕이라는 괴물을 어떻게 처리할까 고민하던 의대생들의 가짜행동에, 그 혼자 순박하게 속고 만 것이었다. 그들은 대외적으로는 그렇게 발표하고 내부적으로는 야합하는 한국식 생존법의 하나인 '제스처로서의 행동'을 너무 일찍 배웠다. 흉악한 사냥꾼이 오면 같이 싸우자고 말하고는, 사냥꾼이 오자 아무에게도 말하지 않고 제 혼자 몰래 굴로 들어가 숨어버리는, 그리고 동료들의 잔해 속에서 미처 수거하지 못한 시체를 뜯어먹으면서도 '나는 나약한 존재야.'라고 말할 수 있는 그 학식! 자기고백적인 슬픈 눈! 어안이 벙벙했던 의사도 결국은 교수를 찾아가 '교수님처럼 훌륭한 의사 선생님을 만나 다행히도 할아버지는 편안히 돌아가셨습니다.'고 말했었다. 얼마 살지도 않았는데 어떻게 그렇게 대놓고 아부할 수 있었을까? 또 얼굴이 화끈 달아올랐다. 그러나 의사는 맞는 말을 하는 선규가 맞지 않는 행동을 하고 있다고 생각했다. 그러나 그에게 그것을 깨닫게 하려면 많은 지혜가 필요했다. 의사는 아직 그 방법과 논리를 체득하지 못한 나이였다. 의사는 말했다.

"공감해. 그런데."

"그런데?"

"그 비상식을 여기에 적용하면 넌 쓰레기야."

"뭐?"

"네 상식이 통하지 않는다고 모든 비상식에 굴복하는 건."

"그래서?"

"난 떨려. 전율한다고."

불을 들고 있던 의사의 손이 부르르 떨렸다. 의사가 말했다.

"넌 꼬였어. 스스로 꼬였다고. 네가 말하는 용기란 결국 너 자신을 위한 거야."

"그게 나빠? 왜?"

"그렇게 묻는 태도, 정말로 묻는 것이 아니라 상대를 침묵하게 하려는 공격, 그래서 이기겠지. 왜냐하면 자기 자신을 위해 산다는 것이 나쁘다고 증명할 사람은 아무도 없으니까. 너도 그걸 알고 그렇게 묻잖아? 어떻게 너 자신을 위해 살지 말라고 말하겠어? 그건 너무 분명해. 누구에게나."

"그럼?"

"자신을 위해 산다는 것의 내용과 방법이지. 나는 선이 있다고 생각해."

"착하다는 것?"

"아니, 금, 경계말이야. 넘어가지 말아야 할 것이 있어. 내가 불이익을 받는다고 이익을 받는 방법을 무차별하게 적용하여 사는 건, 네가 원하는 상식이 네가 절실하게 원하는 것이었기보다는, 네가 원하는 상식이 통하지 않기 때문에 너도 비상식을 사용해서 살겠다는 합리화의 구실밖에 안 돼. 그건 폭력의 선한 알리바이라고 할 수밖에 없어."

"폭력의 선한 알리바이? 너무 난해한 말을 하는데."

선규는 웃으며 말했다. 어둠 속에서도 그의 얼굴 근육이 변했다는 것을 알 수 있었다. 그러나 선규는 정말로 그 말을 모르는 것처럼 완벽한 연기를 하지는 못했다.

"너는 알고 있어. 단지 피해가려고 할 뿐이야. 그것도 우리에게 익숙한 화법이라면 화법이지. 마치 상대가 현학적인 태도를 취했다는 듯이."

"정말 모르겠어."

선규가 말했다. 그 어감은 어리숙한 척 하는 것의 경계를 넘어 능글능글한 느낌마저 들었다. 그 순간 팽팽한 긴장이 둘 사이에 쑥 들어왔다. 그들은 개념에 대해서 논쟁하는 것이 아니라, 너의 말은 무시하겠다는 감정의 가장 깊은 골에 다다른 것이었다. 의사는 화가 났다. 웬만한 일에는 언성을 높이지 않는 그였다. 드러나고 드러내고 자각하는 순간이었다. 의사는 소리를 질렀다. 지금으로부터의 과거 속에서, 그리고 그 순간으로부터의 또 다른 하나의 과거 속에서.

"그만해! 광주에서 살인한 자는 애국이라는 알리바이를 가지고 그 짓을 한 거야. 유대인을 학살한 자들은 순수라는 알리바이를 만들었어. 너의 알리바이는 상식이야. 그게 얼마나 무서운 것인지 너는 모르냐고!"

의사는 몸을 움찔했다. 마치 선규에게 한 그 말을 지금 방금 한 것처럼. 거리는 여전히 조용했다. 의미를 알아들을 수 없는 재잘거림만이 작게 들렸다. 그 소리들은 기호로 공중에서 춤추는 것 같았다. 의사는 그것들을 어떤 의미로 조합할 수 없었다. 자기의 말을 간호사가 듣고 놀라지 않았을까 하여 접수대 쪽을 바라보기도 하였다. 방문은 닫혀 있었다. 의사가 서 있는 공간은 해부학 실습실이 아니었다. 그는 현재에 서 있었다. 그러나 그 외침은 너무나 선명하고 생생했다. 의사는 기억에 대해 생각했다.

'지나간 것은 객관적으로 다 존재하는가? 그 많은 과거 중에, 왜 유독 그 시간과 그 만남, 그 행위, 그 말만이 생각나는 것일까? 그것도 뜻하지 않은 순간에 뜻하지 않은 이유로. 나는 그 말을 원하지도 않았는데.'

그는 순간 방안의 전기 플러그를 보았다. 윙, 전류가 흐르는 소리가 들렸다. 모든 전기기구가 각자의 플러그를 가지고 있는 것처럼, 각자는 자기의 기억의 회로를 각자가 원하는 곳에 또는 무의식적으로 꽂기 때문에, 특정한 시간과 공간에 대한 자기만의 기억을 만난다고 생각했다. 의사는 친구 선규에게 미안한 생각이 들었다. 선규는 그런 친구가 아닐지도 몰랐다. 선규가 자기의 과거를 만난다면 의사와는 다른 것, 반대되는 것을 생각할지도 몰랐다. 아무에게도 자기 기억만의 정당성을 주장할 권리는 없었다. 모두가 자기의 주관성으로 그것을 기억하기에. 그래서 객관적이지 않았다. 당혹스런 느낌이 들었다. 의사는 그런 말을 한 적이 없는 것 같았다. 설령 그런 말을 했다고 하더라도, 청춘의 그 많은 사색 속에서, 그 말이 자기 청춘의 대표적인 언행으로 지금 이 순간에 명확하게 상기되는 것이 이상한 느낌이 들었다. 그리고 상기된 것이라기보다는 지금 자기가 한 말처럼 놀라기도 했다. 의사는 개인의 시선 속에서의 과거는 객관적으로 존재할 수 없고, 만약 과거가 존재한다면 현재의 사고작용이 그에 합당한 곳을 찾아가는 것일 뿐이라는 생각이 들었다. 만약 그 말이, 자기도 절실하게 소리치고 놀랐던 그 말이, 자신을 대표하는 청춘의 언행이라면 병원을 개업하고 지금까지 최소한 일주일에 한 번쯤은 그 말의 의미를 새기고 살았어야 했다. 신앙은 아니더라도. 현대의 신앙인들을 일주일에 한 번씩 교회나 절에 가서 자신과 가족만의 이기적인 안녕을 바라거나, 남을 짓밟은 일주일을 반성하고 새 일주일에 다시 타인을 짓밟을 명분을 축적하는 사람들이라고, 푹신한 소파에 비스듬히 누워 비판하기에 앞서, 자신은 어떻게 살고 있는가를 고민해보았어야 했다.

'왜 나는 갑자기 그 말을 기억하지? 아니 기억이 아니라 지금 말한 거야. 과거의 내가 다시 말할 수는 없어. 그건 없어. 지금 이 순간의 나만 존재하는 거야.'

또 하나의 시간이 그에게 상기되었다. 그러나 의사는 상기되는 것들이 진정한 현실이고 지금의 자신은 그 상기되는 현실들의 잔여물, 또는 그림자가 아닐까 하는 어리둥절한 생각이 들었다. 빛의 존재여부에 따라 나타났다 숨기를 반복하는.

의사는 2년 전, 고등학교 친구들과 동창회를 하고 있었다. 중산층의 전문직 종사자, 자영업자, 회사원 등 평범한 사람들의 모임이었다. 그때 아홉시 뉴스에서 용산 재개발지구의 참사가 보도되었다. 망루에 사람들이 있었고 경찰이 물을 뿌리고 있었는데, 갑자기 불길이 치솟으며 아비규환의 소리가 들렸다. 보도의 초점은 '왜 이런 일이 벌어지는가'가 아니라 '경찰의 진압은 정당한 방법이었나?'였다. '정당한 방법이라면 이런 일은 정당한가?' 의사는 되물었다. 그것은 그의 버릇이었다. 분명히 모두 보았지만 아무도 반응하지 않았다. 의사도 침묵했다. 다시 고기를 먹고 술을 마셨다. 사람이 타는 것을 보니 고기의 맛이 이상하게 느껴지기는 했다. 음식점 어느 구석에서도 외마디 비명은 들리지 않았다. 누군가 한 명쯤은 소리 없이 흐느껴야 했다. 의사는 이상한 기분이 들었다. 뭐가 빠져있다는 생각이 들었다. '이건 아니야. 나는 왜 아무 말도 안 하지? 분위기 깰까봐?' 중산층 의사가 생각한 것은 대단한 것이 아니었다. 철학도, 이념도, 민주주의라는 말도, 타자, 타자성이라는 멋진 말 아니었다. 그가 원하는 것은 자기 몸의 반응이었다. 감정. 즉 자적으로, 사색하지 말고, 동물처럼. 그것을 잊어버렸다. 모두가 감정 자제의 미덕을 발휘하고 있었다. 역으로 생각이 많아서 슬픈 인간이 되었다. 그것은 의사도 마찬가지였다. 그는 그런 자신의 태도는 '뭔가 아니다.'라고 생각했다. 그러나 그는 술을 마셨다. 그는 친구들을 둘러보았다. '무엇이 이들을 이토록 우아하게 만들었나? 시체의 이미지를 보고, 한마디 말도 않은 채, 만찬을 즐길 수 있는 우리들은 진정 인간인가? 인간이라면 어떤 인간이고, 또 어떤 인간이 되기를 욕망하는가?'

그들은 귀족이 되고 싶어 하는 것 같았다. 이상한 귀족적 습성, 자제와 신중한 자태라는 덕목을 배우고 싶어 서로 생글생글 미소를 띠며 앉아 있는 것 같았다. '잘 있었니?' '응.' '너는?' '나도.' '이번에 집 옮겼어.' '몇 평이야?' '약간 넓어.' 이런 말을 하며. 귀족의 자리가 그렇게 쉽게 올라갈 수 있는 곳이라면, 그들은 왜 항상 소수이며, 대대손손 자신들끼리만 결혼을 하는 걸까? 누가 자기 동류의 불타는 죽음 앞에서 자제와 신중함을 가지는 것이 귀족의 성품이라고 말했을까? 귀족은 칼을 들고 싸웠을지언정 침묵하지 않았다. 반대로 새벽부터 밤까지 등골 빠지도록 밥을 해주고, 청소를 해주고, 부채를 부쳐주고, 목욕을 시켜주고, 장작을 패주고, 섹스의 파트너가 되어주고, 심지어 귀족이 만찬을 즐길 때 멍청한 모습으로 옆에 서 있기까지 하는데도, 숟가락이 떨어지면 주워야 하는 그 임무 하나 때문에, 그 하녀의 태도가 단지 맘에 들지 않는다는 이유로 죽여버리는 것이 그들의 성품이었다. 그 잔인성을 미리 배우고 싶어서 그러나? 그 하녀는 자기들의 어머니, 또는 어머니의 어머니일 뿐인데. 차라리 그 잔인한 지위가 탐난다고 은밀한 욕망을 고백하는 것이 인간적이지 않을까? 사람들은 아무 말도 하지 않고 가장 중립적이고 유리한 방법을 택했다. 모두들 상식 속에서 당한 배신의 경험을 가지고 있는 것 같았다. 그래서 분명히 뉴타운 건설이라는 것이 권력과 재벌이 결탁하여 수십 수백 배의 땅 장사를 하고 있다는 것을 알면서도, 그것이 일차적인 이유이고, 나머지 명분은 그 속을 감춘다는 걸 분명히 알면서도, 그곳에 자신의 이익 한 점이 생긴다면, 또는 그 건설로 연쇄적 아파트가격의 상승이 일어나 자기 것도 올라간다면, 누가 쫓겨나든, 죽든, 내 문제가 아니라며, 나의 이익만을 기준으로 세상일을 판단하리라는 굳은 결의를 하고 있는 것처럼 보였다. 의사는 기분이 이상했다. 불타는 사람의 이미지를 머리에 넣고 고기를 먹는다는 것이 일종의 이상한 희극처럼 느껴졌다. 지글거리는 고기를 보자 속이 메스꺼웠다. 그러나 그도 밖으로는 아무 반응도 표출하지는 않았다.

만약 그가, 고등학교 친구들 중에 가장 잘 사는 부류의 하나이고, 평소에도 빈부의 문제에 냉담했던 그가, 갑자기 분노나 동정의 표현을 했다면, 토할 사람은 그가 아니라 친구들이었을 것이다.

그는 화장실에 들렀다가 밖으로 나왔다. 다행히 구토로 이어지지는 않았다. 차라리 그 본연의 모습, 냉정한 모습, '세상은 다 그런 거지'하는 속편한 생각을 지속할 수 있다면 좋았을 것이라는 생각이 들었다. 답답한 것은 그 뉴스에 대해 자신이 연민을 갖고 슬퍼한다고 하더라도 그 문제가 해결되지는 않는다는 무력감이었다.

'토했으면 좋겠는데 토해지지도 않고, 약을 먹는다면 토기는 사라지겠지만 내 몸 안에서 썩을 것이고, 그저 피곤해. 집에 가서 섹스나 하자. 피로회복과 재충전에는 그게 최고야.'

그는 친구들에게 몸이 좋지 않아 먼저 간다는 메시지를 넣고 집으로 돌아갔다. 그리고 '분위기 깰까봐 슬쩍 나왔다. 오랜만에 만나 정말 반가웠어.'라는, 친구들이 자신에 대해 가지고 있는 상을 깨뜨리지 않을 예절의 말도 잊지 않았다. 성행위를 유발시키는 일차적 요인, 상대가 주는 유혹과 그것을 받은 정서적 흥분보다는 나의 뚜렷한 목적, 스트레스를 해소하기 위한 실용적 목적으로 흥분을 자각시키는 것도 그의 생활의 변화라면 변화였다. 매력적인 상대라도 시간이 지나고 반복됨에 따라 그 매력이 지속적으로 반감되는 것, 자극이 반복되면서 반응도 감소되는 것은 이제 어찌할 수 없는 일이었다. 그러나 그것을 극복하려고 노력하다가 생기는 피곤함보다는, 현실을 냉담하게 바라보고 그에 맞는 자신의 논리와 행동방침을 정하는 것이 더 편했다. 그는 이제 안전하게 늙어가는 단계로 들어선 것 같았다. 참살의 소식을 전하는 앵커가 보도의 객관성이라는 모토아래 아무 감정 없이 멘트를 읽었던 것처럼. '오늘 용산에서 사건이 일어났습니다.' 그러나 그런 멘트에 슬픈 감정 조금 넣어준다고 해서 '너는 앵커가 아니야.'라고 말할 사람은 없는데, 왜 스스로들 감정 없는 로봇이 되어가는 것일까? 라고 타인에게는 안타까워하는 것이었다.

의사와 선규는 해부실을 나왔다. 누가 어떻게 하자고 제의하지는 않았으나, 그들은 다시 노트를 금속상자 안에 넣었다. 문을 닫으니 그것은 전혀 개봉되지 않은 상태 그대로 있던 것처럼 보였다. 선규는 그 노트가 불필요했고, 의사는 그 노트의 필요성을 두려워했다. 생각은 달랐지만 결론은 같았다. 그래서 서로 아무 말 없이도, 마치 같이 결의한 것처럼 그 노트는 자기 위치로 돌아갈 수밖에 없었다. 그러나 상자 안에서 웅크린 내용은 달랐다. 예전의 노트가 기다림으로 충만했다면 이제는 채인 상태로 배신감을 억누르고 있었다. 의사는 마음이 불편했다. 그러나 두려움보다는 불편함이 나았다. 그들은 공원에서 헤어졌다. 선규는 병원으로 들어갔고 의사는 거리로 나갔다. 고민이 있을 때마다 거리에서 생각하는 것은 그의 버릇인 것 같았다. 선규와 헤어지는 순간은 참으로 애매모호하고 난감했다. 무슨 말이 필요했지만 적당한 말이 없었다. 둘 사이에 도사린 적나라한 틈을 확인한 후 자연스럽게 헤어지는 것은 어려운 일이었다. 의사는 선규에게 말했다.

"먼저 들어갈래?"

"응."

"난 좀 걷다가 들어갈게."

"그려-."

의사는 '그려-'라는 말에 웃음이 나오는 것을 참았다.

'인간은 참 웃겨. 각자 자기 처신의 방법은 생각하고 살거든. 침묵에는 자기의 침묵 한 바가지를 더하여 상대에게 갑절로 돌려줄 줄도 알고, 애매모호한 상황의 책임을 상대에게 슬며시 얹는 방법도 안다. 얘는 이런 애였구나. 크크.'

이것이 다였다. 그리고 둘은 별로 친하지 않았다. 친한 사이일수록 그 친밀감의 강도가 강했기에 남이 상상할 수 없는 결별의 이유가 따로 있는 것처럼. 그러나 그보다 중요한 이유는 둘이 다시 어울려 다닌다면 그 노트의 존재를 언제까지나 거론하지 않을 수는 없었다. 둘은 공범이었고, 그들은 둘 사이에는 아무 관계가 없다는 것을 증명하기 위한 방법으로 그까짓 우정을 차버렸다. 우정의 빈자리에는 각자의 사랑이 들어와 자리를 잡았다.

그리고 시간이 흘렀다. 그 시간, 동창들과의 또 한 시간, 지금의 시간이 엑기스처럼 추출되는 것을 보면, 그 중간의 긴 시간들은 더 불어나지 않는 눈덩이를 반복해서 굴린 무의미처럼 느껴졌다. 의사는 고개를 가로저었다. 그것은 결혼해서 산 사람에 대한 예의가 아니기 때문이었다. 그 시간들도 행복했다. 사랑했고, 아이를 낳고 길렀으며, 자신의 본분에 충실했다. '그런데 그것이 다는 아니었다고 생각하는 이유는 무엇일까?' 그는 또 자신에게 물음을 던졌다. 12시 20분이었다. J라는 여자가 나가고 불과 20분의 시간이 흘렀다. 그는 자신에게 말했다. '야. 너는 정의로운 인간이니?' 그러나 그런 범주의 놀이는 그가 싫어하는 것이었다. 일상에 충실했던 그가 갑자기 정의로운 인간이 되는 것은 아니었다. 그는 그였다. 굳이 더 자세하게 설명할 수 있다면, 인간에 대한 신뢰를 저버리지 않으려고 노력하는 따뜻한 마음씨의 소유자라고 할 수는 있었다. 그러다가 그는 또 얼굴이 붉어졌다. 그 원인은 J에게 있었다. 그의 고민은 '정의'가 아니었다. 밖에서 간호사의 목소리가 들렸다.

"선생님. 배고파요."

간호사가 배가 고픈 것처럼, 의사는 J에 대해 아픔을 느꼈다. 그러나 J를 다시 만날 방법은 없었다. 그러자 더 그리워졌다. 지금 집에서 자신을 기다리는 여자에게 배신감을 안겨주더라도 J만큼은 한 번 사랑해보고 싶었다. 그는 눈을 감았다. '그럴 수는 없어.' 그러나 음흉한 유혹의 눈길이 이미 자신의 몸을 스치고 있다는 것을 부정할 수 없었다. 누구나 다 자신의 부정행위는 세상이 생각하는 상투적인 것이 아닌 특별한 것처럼 얘기했다. 일반적인 시선으로는 알 수 없는 자신만의 독특한 이유가 있다고. 선생님은 그것을 이해해달라고.

'과연 그럴까? 나는 거기에서 자유로울 수 있을까? 반대로 내가 내방

객이 되어 어떤 의사에게 나를 그렇게 합리화시킨다면 그 의사는 무슨 말을 할까? 어떤 미사여구를 사용하여 나를 만족시켜 줄 수 있을까?'

의사는 자기 의자를 바라보았다.

'내가 앉았던 저 의자에 앉아 있는 다른 사람에게. 그 사람은 나를 어떤 표정으로 바라볼까?'

그는 한 번도 역전된 위치에 있는 자신을 상상해보지 않았다. 그에게는 특별한 문제가 없었던 것처럼 보였다. 그가 고심한 것은 항상 타인의 문제였다. 그는 처음으로 자신에게도 타인과 마찬가지인 마음의 병이 있다는 것을 자각했다. 그는 자신의 고민을 역전된 위치에서 바라보았다. 그리고 그 고민을 객관적으로 바라보려고 노력했다. 그것은 가장 상투적인 영역, 서약의 배신, 외도였다. 그도 타인을 그렇게 바라보았다. 내방자가 아무리 독특한 이유를, 진정한 사랑, 순수한 사랑, 한 번도 느껴보지 못한 감정, 죽어도 좋을 사랑이라고 이야기해도 의사가 보기에는 약속을 파기한 외도였다. 자신도 그 상투성에서 벗어나지 못했다. 다시 밖에서 간호사의 목소리가 들렸다.

"선생님, 배고파요."

그는 말했다.

"좀 기다려! 네가 돈 낼 거야? 얻어먹으면서 보채."

그 소리가 매정했는지 밖이 조용했다. 그는 다시 생각했다.

'나는 어떻게 나를 설명할 수 있을까? 앞에 있는 저 사람에게.'

그는 한 가지를 생각했다.

'선생님, 저는 정의감에 빠졌습니다. 그 정의감으로 J를 사랑합니다.'

그러자 앞에 있는 자가 그에게 말했다.

'정의감을 가지고 왜 그녀를 소유해야 하지? 흑심은 무엇인가?'

그는 다시 생각했다.

'J는 파탄의 여인입니다. 저는 죽어도 좋습니다.'

그러자 앞에 있는 그가 말했다.

'어디서 많이 듣던 소리군.'

그는 사랑에 폭 빠질 때 원인이 있다고 생각했지만 자기가 빠진 원인은 규명할 수 없었다. 답답했지만 황홀했다. 죄의식을 느꼈지만 쾌감은 온 몸을 휘감았다. 불안했지만 희열이 솟았다.

'아. 이렇게 좋은 것을 이제 느꼈단 말인가?'

의사는 처음으로 자기가 방황하는 남자인 것처럼 느꼈다. 외로움을 느꼈다. 그는 매매춘을 했었다. 지금 느끼는 외로움이란 그런 것이 아닌 것 같았다. 그것은 몸과 마음이 어느 곳으로 끌려들어가는 야릇한 것이었다. 그는 아랫도리를 손으로 만졌다. 그것은 J의 냄새만을 원했다. J의 몸을 원했다. 그는 그 솔직한 표현을 부정할 수 없었다. 분명한 대상이 있었고 윤리의 파괴라는 위험이 있었다. '하고 싶다. 발기된다.' 그것이 아니면 뭐라 표현할 수 있을까? 머리에는 정의라는 개념의 환상이 수놓아졌다. 순수한 욕정과 개념, 그 충돌은 하늘에 불꽃을 뿌렸다. 그는 J가 하나가 되어 산화하는 꿈을 꾸었다. 이제 J의 이미지가 아니라 실제의 살에 사정하고 싶었다. '이제 그녀를 기억하자. 나는 안다.

ㄱ빌라.'

고요가 찾아왔다.

간호사와 의사는 점심을 먹기 위해 거리로 나왔다. 의사는 간호사에게 한 말이 마음에 걸렸다. 그는 혹시라도 간호사가 마음이 상했을까봐 그녀를 토닥였다.

"아까 한 말 농담인 거 알지?"

"무슨 말을 하셨는데요?"

그녀는 의아해하며 되물었다.

"정말 몰라?"

"네."

"얻어먹는 주제에 보채지 말라고 했잖아."

"맞는 말이잖아요."

의사는 그 말을 괜히 꺼냈다고 생각했다. 이 아이의 뇌구조는 1년이 지나도 이해할 수 없었다. 그러나 다음 말을 들어보니 애써 태연한 척하고 있었다는 것을 알 수 있었다.

"선생님이 오너잖아요."

"그, 그래."

"그러니까 선생님은 그렇게 말씀하신 거 아니에요?"

"그, 그건 아니야."

가끔 그녀의 단순한 말이 그의 가슴을 찔렀다. 이 아이는 오래 생각하지 않고 말하기 때문에 사회성 짙은 관례적인 말을 할 줄 몰랐다. 의사는 말했다.

"오너라고 종업원에게 마음대로 하는 것은 잘못이야. 종업원은 인격체거든. 그래서 하는 얘기야."

"선생님, 오늘 정말 이상하세요."

"왜?"

"전 정말 심각하게 받아들이지 않았어요. 선생님이 말씀하셨잖아요? 농담은 유쾌한 거라고. 그럼 됐잖아요? 제가 선생님의 성품을 모르는 것도 아니고."

"그. 그렇구나."

그는 자꾸 말을 더듬었다. 간호사가 말했다.

"처음 봐요."

"뭘?"

"의사가 아닌 모습."

"그 말은."

"갈대 같아요."

오전에 J와 헤어진 건우는 집으로 돌아왔다. 붕대를 머리에 붙이고 돌아다닐 수는 없어서 하루 종일 집에 머물렀다. 싱숭생숭한 마음을 정리하느라 청소도 하고 빨래도 해 보았지만 평소의 몇 배나 힘이 들었다. 전 날 죽음의 고비를 넘기느라 체력을 소비한 이유도 있었지만, 마음이 정리되지 않은 상태에서 잊으려하니, J 자체와 사건 둘 다, 그 억지에서 오는 피곤함이 더 많았다. 그는 몇 번의 휴식과 한숨 속에서 그것을 인정해야 했다. 그녀가 한 마지막 말이 잊히지 않았다. '내가 없더라도 나를 기억해 줘요.' 건우는 그 말을 혼자 되뇌었다. 어떻게 보면 망상 속에서 한 말인 듯도 했고, 영화의 멋진 대사인 듯했지만, 그녀의 목소리에 실린 음색은 힘이 있었다. 건우는 음악을 하는 사람으로서 음의 매력을 거역할 수 없었다. 어쩌면 그를 사로잡은 첫 번째 요인은 J의 얼굴이 아니라, 얼굴 주변에 던져지는 아우라, 목소리의 힘이었다. 그녀의 목소리는 낮고도 경쾌하며, 허했으나 음질은 꽉 차 있었다. 더 힘든 것은 건우 자체가 가진 감정의 역설이었다. 어떤 이유에서였는지 그녀의 다가섬을 두려워했지만 그것이 끝나자마자 후회가 밀려왔다. 그러나 다시 그 순간에 선다면 그 거부의 행동을 반복할 수밖에 없는 것이 그의 기질이었다. 그리고 거부해야만 하는 특이하고도 위험한 상황이 그의 사랑에 출몰하는 것도 그의 숙명이라면 숙명이었다. 그는 그렇게 살라고 태어난 사람인 것처럼 보였다. 유혹과 거부를 반복하며 절대로 사랑의 폭탄이 터지지 않을 정도로만 사랑하라고. 그것은 사랑이 아니라 사랑 주변에서 배회하는 것이었다.

'평범한 사랑에는 흥미를 느끼지 못하면서, 위험한 사랑에는 목숨을 걸지도 못한다면 그것은 개좆같은 유전인자가 아니고 무엇일까? 아버지란 작자와 똑같아.'

아버지가 평범한 사랑을 하찮게 여길 수 있었다면 특권의식에 사로

잡혔던 것이고, 그러면서 위험한 사랑을 책임지지도 못했다면 얼치기 바람둥이였다. 또한 건우처럼 평범한 여자를 하찮게 여긴다면 예술가인 척 하는 것이고, 위험한 사랑에 목숨을 걸지도 못한다면 얼치기 예술가임을 스스로 증명하는 것이었다. 그는 자신과 아버지에게 독설을 퍼부었다. 그는 아무 것도 아니었다. 평범함도 그를 평가하는 단어로는 비쌌다. 평범함이 얼마나 어려운 것인지 그는 알고 있었다. 건우는 작은 종이상자를 열었다. 오랜만이었다. 흑백사진 한 장이 나왔다. 사진 속의 여자는 그의 어머니였다. 피아노 앞에 앉아 피폐한 눈으로 카메라의 초점을 보고 있었다. 피아노에 지금의 수예품이 얹어져 있는 것으로 보아, 그 피아노는 아직까지 건우가 갖고 다니는 것이었다. 피아노에 그 사진을 올려놓으니 묘한 느낌이 들었다. 액자 속에 다른 시간이 들어앉은 것 같았다. 어느 남자라도 반할 만한 요소는 아니었으나, 특별한 남자는 폭 빠질만한 설명하기 힘든 끌림이 있었다. 그 특별한 남자는 서로를 자극하는 비슷한 예술가도, 피아니스트 아내를 맞고 싶은 평범한 회사원도, 아내를 키워 줄 활기찬 사업가 청년도 아니고, 하필 돈 많고 부인이 있는 남자였으니, 끌림의 화살이 얄궂은 곳에 꽂힌 것이었다. 그 둘이 생산한 것이 평범한 인생을 살리라고 희망하는 것은 애초부터 글러먹은 것이었다. 건우가 하는 연애는 부모의 것을 빼다 박은 듯 모두 불안한 것이었다. 평범한 처자의 아름다움은 그의 것이 아닌 것처럼 낯설게 느껴졌다. 사진 뒤에는 글귀가 있었다.

'밤은 얼마나 아름다운가. 1990년 11월 4일.'

그러나 실제 그녀는 그렇게 황폐하지 않았다. 그 사진은 사는 것을 지겨워하며 마지막 순간에 찍은 것이었다. 부인 있는 남자를 소유할 수 있을 거라는 그녀의 자신감도 쌓이는 외로움 앞에서 바스러진 것이었다. 매일 귓가에 사랑의 입김을 불어넣던 남자는 이틀에 한 번, 일주일에 한 번, 한 달에 한 번, 생일에 한 번, 이렇게 천천히 간격을 넓히며 그녀의 외로움을 교육시켰으나 어머니는 평범한 인내보다는 확 죽어버리는 길을 택했다. 건우는 그 남자를 아버지라고 느끼기보다는 어머니가 자기를 낳기 위해 빌려온 사내의 몸처럼 느꼈다. 자기가 사업가가 아니라 피아니스트가 된 걸 보면 분명히 엄마의 피를 물려받았다고 생각했다. 누군가 건우를 알고 '아버지에 대한 미움 풀어.'라고 말하면 건우는 의아해했다. 말한 사람은, 건우가 실제로는 아버지를 그리워하나 겉으로는 냉정해하며 애정의 마음을 감추고 있다고 생각했지만, 건우에게 그는 정말로 없는 것이나 마찬가지였다. 그런 감정이 있다면, 출세를 마다하며 인내한 시간은 충분하니 지금이라도 아버지를 찾아가면 인생이 풀릴 것이었다. 그런데 그는 정말로 그를 자신의 아버지라고 생각하지 않았다. 부정하는 것이 아니라 그렇게 느껴지지 않았다. 독일에서 음악을 공부한 한 친구가 자기 프로젝트의 후원자로 아버지를 만나려 했을 때, 건우를 통하여 뭔가를 성취하려고 했을 때, 화가 난 것은 만남 자체가 아니라 그 친구가 관계도 느껴지지 않는 부자의 그물 속에 자신을 집어넣는 편견으로 자기를 이해하려고 하고 있다는 사실 때문이었다. 완벽한 오해를 설명하는 것은 더더욱 그 오해에 대한 방어로 보이기 때문에 그는 포기하고 헤어졌다. 오해하는 이상 설명은 불가능했다. 자기를 이해하고 있는 이는 담백한 마리였다. 마리는 건우가 아버지를 느끼지 않는 인간이라고 알고 있었다. 그래서 그녀가 불안한 연애의 유일한 대상인지도 몰랐다. 건우는 스티브 잡스가 생전에 아버지를 만나지 않은 이유도 그런 측면에서 이해할 수 있었다. 미움이나 복수가 아니라 만나고픈 마음이 생기지 않는다는 것이었다. 정신적으로 풍요롭고 독립적인 그는, 태어난 이상 아버지가 필요 없었다. 성장에 필요한 것은 어머니가 제공했다. 그가 아버지를 만나고, 아버지가 아버지 노릇을 한답시고 그를 교회에 데려가 과도한 겸손에 빠지게 하고, 아버지의 교육으로 그에게 삶의 엄중한 규칙을, give and take를 가르쳤다면, 그는 초원에서 자유롭게 뛰어노는 수십억 사람들의 친구로서의 인간이 아니라, 단지 컴퓨터를 팔아 돈을 버는 스마트한 기업가가 되었을 것이었다. 그는 그 빈 공간에 자신의 세계를 창조했다. 건우는 동급으로서 그를 이해하는 것이 아니라, 동일한 부류로서 그를 이해하고 있는 것이었다. 그리고 그 생각은 현실적으로 아버지가 존재하는가 부재하는가의 문제도 아니었다. 있건 없건 그 아버지로부터 자유로운가의 문제였다. 자유의 꿈인가? 또는 훈육의 승리인가? 그는 자유를 사랑했다. 그래서 의존하려고 하지 않는 것이었다. 의존에는 반대급부, 그가 이끄는 곳으로 가야만 하는 의무가 있었다. 그곳이란 화장품 냄새와 오줌냄새, 향수냄새와 정액냄새가 진동하는 예술의 전당 화장실이었다. 그가 메세나를 하는 것은 그런 부류에게서 간혹 창녀, 또는 남창을 발견하기 때문이었다. 건우는 자신의 유일한 혈육, 엄마의 건강한 모습을 기억해보려고 노력했다. 그녀의 피폐한 눈동자가 미소를 띠며 이렇게 말하는 것 같았다.

'나를 언제까지 갖고 다닐 거니? 상자 속에 갇혀 있는 것도 지쳤구나. 너는 내가 언제까지나 너를 애지중지 할 거라고 생각하니? 그러기에 너는 너무 징그럽게 커버렸어. 너는 남자의 몸을 가진 아기가 되고 싶어? 내가 보는 앞에서 다른 여자와 잠을 자잖니. 네 앞의 여자가 너를 보는 것이 아니라 나를 본다면 너를 진정 사랑하는 것이 아니야. 그렇다고 움직이는 네 엉덩이를 두드려 그 사실을 알려줄 수도 없어. 그나마 아들이 재미를 보는데 찬물을 끼얹을 수는 없지. 나는 네가 행복하고 쾌락적이길 바라거든. 네가 원하는 것이 자유라면 초원을 달리렴. 사륜마차가 돌에 부딪쳐 솟구치는 것을 두려워한다면 네 자유는, 그것은 정의라는 고결한 의미를 언제나 포함하고, 영원히 결박당한 상태로 있을 거야. 솟구치렴. 이 우주가 너를 더 높이 이끈다면.'

그가 엄마의 입을 빌려 그에게 다시 말한 것은 시시콜콜한 정신분석학적 문제, 어머니와 아들의 관계가 아니라, 의존하는 상으로부터의 독립, 이탈의 용기에 관한 것이었다. 그 상이 어떤 것이든 간에 거기에 머리를 박으면 편안함을 느끼나 반대로 활기찬 숨을 쉴 수 없는, 평화의 요동 같은 것이었다.

밤에 마리가 왔다. 분위기 없게도 와인이 아니라 막걸리를 사가지고 왔다. 그녀다웠다. 와인은 그 방의 초라한 분위기와 그들의 성격에 별로 어울리지 않았다. 발코니도 없었고, 그 앞에 펼쳐진 바다도 없었으며, 등받이 의자도, 하얀 보가 흘러내린 둥근 원목탁자도 없었다. 가장 중요한 것은 와인오프너가 없었다. 와인은 마신 다음에 꼭 무엇을 해야 할 것 같은 부담을 주는 것도 사실이었다. 그 술은 몽골족에게 어울리지 않았다. 그녀는 건우의 머리에 붙은 작은 붕대를 보고 말했다.

"안 되겠네. 나 혼자 마셔야겠어. 날 구경해도 괜찮지?"

건우는 마리의 전화를 받으면서 다쳤다는 말을 하지 않았다. 그냥 외출할 수 없다고 했다. 지금 그녀도 왜 다쳤는지 물어보지 않았다. 건우는 대답했다.

"응."

마리는 밥상을 펴고 막걸리 병을 흔들어서 그 위에 놓았다. 거품이 넘쳐 오르다가 이내 멎었다. 붉은 색 밥상에 하얀 얼룩이 흘렀다. 그녀는 대접에 뽀얀 막걸리를 한가득 따라 시원하게 마셨다.

"온도가 너무 좋아. 냉장고 깊숙이 있는 걸 빼왔거든."

그리고 플라스틱 병에 찍힌 출고 날짜를 보고 다시 말했다.

"일주일 된 거야. 다 숙성시켜서 내 놓지 않거든. 바나나랑 똑같아. 알지?"

"응."

"두 번째야. 응. 한 번만 더 그러면 끝이야."

"응."

마리는 마시던 대접을 입에 붙였다. 사래가 걸린 듯 목이 메었다. 그녀가 간신히 말했다.

"맞아. 오늘이 끝이야. 어떻게 알았어?"

"몰라. 난 그저 묻는 말에 대답했을 뿐이야."

마리는 목을 큼큼거리며 대접을 바닥에 놓았다. 순간 사래에 의한 눈물이 작게 맺혔다. 그녀가 말했다.

"넌 예측력이 있어. 예지의 힘은 아니라도. 내가 오늘 어떻게 달라?"

"어수선해."

"하하하."

그녀는 내숭 없이 크게 웃었다.

"생각을 갖고 온 건 사실이야. 그러나 긴장하지 않을 수는 없었어. 그런데 네가 쉽게 얘기할 수 있는 길을 터주었으니 고마워해야 하는 거야? 아니면 실망해야 하는 거야? 왜 우리에게는 심각한 것이 이렇게 쉽지? 조금 서글프지 않아?"

"응."

건우는 다시 그렇게 대답했다.

"긍정이야 부정이야?"

"응."

건우는 다시 그렇게 대답했다. 건우는 울고 있었다. 그의 눈시울이 붉었다. 그도 오늘이 마리와의 마지막 만남이라고 생각하고 있었다. 마리가 말했다.

"내가 그 말을 할 거라고 정말 생각한 거야? 왜?"

"몰라."

"사실은 들어오는데 이 방이 내가 너를 사랑하던 그곳이 아니구나 하는 생각이 확 들었어. 이상하지?"

마리는 방을 둘러보았다.

"과거는 낯선 곳, 어둠 속에 묻혀 있어."

그녀는 혼자 중얼거렸다. 청소가 되었을 뿐 그대로였다. 구체적으로 무엇이 어둠 속에 묻혀 있는지 말하지 않았다. 그녀는 말했다.

"하지만 너한테 그 이유를 물어보고 싶지는 않아. 내가 마지막이라고 생각하고 온 건 부정 않으니. 나는 책임을 내가 지는 것을 좋아해."

그들의 마지막은 건조했다. 찐득한 찌꺼기 하나도 없이.

"좋아했어. 그게 다야."

"응."

"잘 있어."

"응."

건우는 짧게 대답했다. 할 말은 산더미처럼 많았으나 쏟아내면 다 처치 곤란한 쓰레기가 될 것 같았다. 건우는 마리가 자기의 마음을 알고 있다고 생각했다. 그녀는 아는 척 하는 방법만을 터득한 헛똑똑이가 아니었다. 그녀는 열정을 가장하여 억지를 부리지도 않았고, 평정심을 가장하여 무관심하지도 않았다. 그는 아무 말도 안 했지만 그녀는 본 것이었다. 물이 흐르다가 멈추는 찰나의 침묵 속에서. 그리고 최후의 미덕, 건우의 마음을 보았다고 하더라도 자신의 원래 결심이 헤어짐의 이유라는 것을, 자신이 그 문제를 제기했다는 것을 결코 접지 않는 성격이었다. 그렇다면 건우는 그녀가 왜 그런 결심을 했는지 묻고 싶었다. 죽어라고 사랑하지는 않았지만 없는 것보다는 있는 것이 좋았다고 느꼈다.

"이유를 물어봐도 돼?"

"몰라. 그걸 알면 지속의 방법도 찾을 수 있었을 걸. 안 그래?"

그들은 살짝 웃었다. 그리고 침묵이 찾아왔다.

월 화 수 목 금 토. 일주일이 흘렀다. 항상 J에게 그 시간, 주중의 6일은 길지만 짧고, 차이 없는 반복의 날들이었고, 일요일 하루는 단 하루였지만 집약적으로 깊고 다채로운 체험을 하는 날이었다. 일요일 하루를 쉬라는 의미는 그런 성찰의 시간을 가지라고 만들어진 것이 아닌가 생각되었다. 특별한 것이 있다면 목요일에 복덕방에 들러 집을 매물로 내놓은 것이었다. 그 복덕방은 빌라단지 앞의 큰 길에 위치하고 있었고 빌라의 전 구역을 관장하다시피 하고 있었다. J는 그 결정을 하기까지 3일을 고민했다. 집은 그녀의 명의였다. 대신 주식과 펀드는 은수가 소유했다. 그녀의 결정만으로 처분할 수도 있었으나 은수와 최소한의 합의는 필요했다. 그러나 그는 연락이 없었다. J는 거기에서 모욕감을 느꼈다. '나는 사랑을 찾았으니 인생의 다른 것은 이제 더 이상 필요하지 않다. 네 마음대로 하여라.' 하는 선언 같이 보였다. 그 필요 없는 인생의 다른 부분에는 J 자신도 속해 있는 것처럼 느꼈다. J는 고민에 대한 충분한 수업료, 3일이 지나자 부동산으로 가서 집을 내놓았다. 은수는 돌아오지 않을 것이고, 이혼의 절차는 그 이후 진행해도 되는 것이었다. 절차가 뭐 있겠는가. 형식의 도장을 누르는 것이 남아 있었다. 그보다 J는 답답한 성곽으로 둘러싸인 그 빌라를 떠나고 싶었다. 거주자를 보호하기 위한 높은 담장과 카메라가 반대로 자신을 가두고 감시하는 것처럼 느꼈다. 일단 문명과 세련이라는 때가 묻지 않은 곳, 돈이 그다지 많이 필요치 않는 곳으로 여행을 떠났다가, 다시 돌아와 자기가 태어난 곳이라고 기억되는 통영의 바다로 가겠다는 생각을 하고 있었다. 바다가 내려다보이는 언덕에 있는 작은 구식가옥을 빌리는 것은 큰 문제가 되지 않았다. 이제 아무도 그런 집에 살려고 하지 않았다. J는 자기가 집에 없더라도 집을 볼 수 있는 권리를 부동산에 허락하는 서류에 서명했다. 그 서류가 경비실에 접수되면 자기들끼리 알아서 했다. 그것이 일주일치 기억의 전부였다. J는 웃고 말았다. '일주일의 시간 동안 손톱만큼의 기억.' 헛된 고민은 죽은 시간이라는 것을 알면서도 사람들이 거기에 빠지는 이유는, 박차고 나가는 결단의 두려움보다는 고민의 테두리가 주는 안도감이 더 매력적이기 때문이었다. J는 이번에야말로 진정한 결단의 순간에 와 있다는 것을 잊지 않으려고 했다.

   J는 집을 내놓고 은수의 사무실에 전화를 했었다. 그에게 미련이 있어서가 아니라 정리해야 할 문제들이 있었다. 그 정리를 해야 비로소 자유로울 수 있었다. 그것은 그의 흔적에 관한 것이었다. 그가 J에게 뿌

린 흔적은 스스로의 힘으로 지워야했지만, 그가 소유한 흔적, 그의 짐은 J 마음대로 할 수 있는 것이 아니었다. 그러나 사무실에서도 그의 소식을 기다리고 있다고 말했다. 지원이 쓰고 있는 일일드라마 〈세상은 온통 거짓말〉은 3일을 간신히 이어나가다가 목요일부터 결방했다. 작가의 개인사정 때문이라는 자막이 떴다.

J는 언제나처럼 베란다에 서 있었다. 위층 청년의 피아노 소리도 들렸다. 소리는 더 정교하게, 정확하게 울렸지만 매력은 덜했다. 이전의 격렬하고 힘이 넘치는 불협화음, 아니 그 보다는 존재하지 않는 음이거나, 지정된 음과 음의 사이를 때리는 파격은 찾아볼 수 없었다. 사실 피아노의 건반은 정확한 음으로 지정되어 있기 때문에 음과 음 사이를 때리는 것은 불가능했다. 아마 그 소리는 그의 몸이 전하던 파동이었을 것이었다. 어떨 때는 주체할 수 없는 몸의 무게로 내리치던 소리. 덜 다듬어진 원석의 깊고 우아하고 야만적인, 그 총체성으로서의 존귀함, 그런 것은 느껴지지 않았다. 청년은 음악학교의 정규과정에 들어가려고 정신자세를 가다듬은 것 같았다. 수석은 아니더라도 평범한 수준의 학생으로는 붙을 수 있을 것 같은 생각이 들었다. J는 언젠가 잠깐, 그의 피아노 소리가 너무 자유분방해서, 자기가 뚜렷한 이유 없이 애틋한 마음을 품고 있는 청년에게 했던 애정 어린 충고의 말들이 잘 한 짓인지 잘 못한 짓인지 알 수 없었다. '예술가가 되기 전에 먼저 규칙을 배워야 한다. 시험은 규칙이다.'는 그 말. 그 말은 아름답지만 위험한 재능을 지닌 그가 평탄한 삶을 살기를 바라는 J의 이상한 역설이었다. 그리고

몇 번 보지도 않은 이상한 여자의 말을 그가 수용했다는 것이 더 의아했다. 의사가 자신에게 했던 말이 떠올랐다. '누구나 상대를 유혹한다. 화자는 유혹하는 것이 아니라 수용하는 자에게 유혹당하는 것이다.' 그리고 '청년은 그 충고를 원했다. 청년은 스스로 불안했다. 나는 책임 없다.' 그렇게 생각하니 누구도 타인에게 절대적인 영향력을 행사하는 것은 아니라고 생각했다. 언제나 영향력이라는 것의 주체는 받아들이는 사람이었다. J는 생각했다.

'제 팔자대로 살겠지.'

J는 웃었다. 청년의 인생에 대한 긍정도 부정도 아니었다. 긍정이라면 비범한 선생님을 만나 억압당한 재능을 발휘할 수 있는 기회를 만나는 것이었고, 아니면 제 스스로 중력을 박차고 비상하거나, 부정이라면 참된 자유의 의미를 잊어버리고 그저 그렇게 살다가 교회의 반주자가 되거나 담임교수의 계승자로 자리를 이어가는 것이었다.

'어느 것이든 그 아이의 선택이야.'

J는 거실로 들어왔다. 시계를 보았다. 9시 30분이었다. 은수가 집에 있었다면 골프가방을 들고 나갈 시간이었다. 아직 그녀는 그 매뉴얼에서 멀리 가지 못했다.

'무슨 대담한 행각들을 한다고 연락도 없는 거야? 사랑에 굶주렸던 것처럼. 제 흔적에 대한 책임도 없이.'

J는 자신이 은수에게 했던 말을 떠올렸다. '모범생이 궤도에서 이탈하는 날은 그가 다시 돌아오지 않는다는 날을 의미한다. 그만큼 신중하

게 결정하고, 결정한 다음에는 그동안 모범생으로서 누리지 못했던 쾌락과 자유를 한꺼번에 보상받으려 하기 때문이다.' 라는 말을.

'내가 자기 자유와 쾌락을 박탈한 원흉이 되어버렸군. 내가 결혼하자고 했던 건 아니잖아?'

그리고 J는 머리를 가로저었다.

'그건 아니야. 그에게 책임을 덮어씌우는 건 옳지 않아. 나는 가만히 있었고 그를 받아들였잖아? 나는 그가 그 말을 하도록 이끌었어. 유혹했지. 그건 내 책임이야. 단지 시간이 흘렀을 뿐이야. 다른 시간이 찾아왔고, 각자는 다른 시간의 결을 타고 새로운 흐름 속으로 들어가려고 해. 그걸 인정해야 해.'

J는 안방으로 들어갔다. 냉정한 평화를 느끼며. J는 화장대에 앉아 은수에게 편지를 쓰기 시작했다.

당신의 마음이 그런 것이었다면 미리 솔직하게 얘기를 했으면 좋았을 걸 그랬어요. 알아서 판단하라는 것만큼 심한 모욕은 없어요. 질투하지 않아요. 나도 완전히 당신을 사랑했던 건 아니에요. 힘들었겠죠. 이상한 감정이란, 당신이 나를 떠나니 나도 성재를 잊어야겠다는 생각이 드는 거예요. 나도 당신을 사랑하지는 않았나 봐요. 나는 애정의 대체물 같은 것을 필요로 했나 봐요. 그것도 실제로 살아있어 육체적으로 사랑할 수 있는 현실의 사람이 아니라, 아무도 나를 비판할 수 없고 나에게 아무런 흠집도 나지 않는 이미지를. 죽은 사람에겐 미안한 얘기지만 시체와 사랑할 수는 없지 않아요? 살아있는 남자를 만난다는 것은 저에게 공포였어요. 만났어요. 고백해요. 그리고 알았지요. 내가 누군가를 사랑한다는 것 속에는 허위가 있다는 것을. 내가 산다는 것을 얼마나 회피하는지를. 나는 나에 대한 상대의 이해와 수용을 사랑의 척도로 매기고 있어요. 천하의 욕심꾸러기! 사랑하지 않겠다는 말을 사랑이라는 이름으로 하는 거예요. 그것이 저의 역설이에요. 청량한 용기를 가져야겠어요. 당신과 나 사이에도 모호함이 지속되는 것보다 명확한 결말이 좋아요. 그런 의미에서 당신에게 삶의 찬사를 보내요. 당신이 먼저 치고 나간 것, 그것이 저를 바꾸어 놓았어요. 긍정 속으로. 두려운 것이지만 반대로 상쾌한 기분도 느껴요. 아, 글을 쓰는 진짜 이유를 잊고 있었네요. 필요한 것을 적어 보내면 보내 드리겠어요. 내 멋대로 짐을 싸서 보내고 또 다른 오해를 원하지 않아요. 예를 들어 내가 사준 양복을 당신이 원하는지. 둘의 취미가 비슷해서 사놓은 소유가 불분명한 구식 전축 같은 것을 어떻게 해야 하는지. J.

*추신-며칠 내로 연락이 없으면 필요한 것이 없다는 뜻으로 알고 떠납니다. 그리고 당신이 어디에 있는지는 관심도 없고 모르지만 사무실에는 연락이 닿을 것으로 판단하고 그리로 편지를 보냅니다.

J는 화장대 서랍을 열어 봉투를 꺼냈다. 그리고 메모를 편지봉투에 넣었다. 경조사에 돈을 넣는 용도로만 쓰던 편지봉투에 실제 편지를 넣으니 이상한 기분이 들었다. 편지를 부치지 않은 지 10년이 훨씬 넘은 것 같았다. 그러나 이 얘기를 인터넷으로 할 수는 없었다. J는 겉에다 수성 펜으로 은수의 사무실 주소와 김은수 변호사 앞이라고 예쁘게 적었다. 오랜만에 부치는 편지의 내용이 사랑의 일단락이라는 것이 서글프기는 했다. 그러나 살면서 좋은 일만 생기지는 않는다는 것을 받아들였다. 그녀는 부쩍 변했다. 내용도 그 정도면 오해할 거리는 없다고 생각했다. 은수는 충분히 미안해하지 않고 받아들일 거라 믿었다. J는 혹시라도 그에게 자신의 감정이 과장되어 전달되는 것이 싫었다. 일부러 감상적으로 보이기를 원치 않았고, 반대로 짐짓 태연하다는 것을 보여주는 것도 원치 않았다. J는 외출복으로 갈아입었다. 라파엘로의 하늘색에 보랏빛 들꽃이 희미하게 수놓아진 원피스도 아니었고, 그 꽃을 또 든다면, 상아색 빅토리아풍의 모자도 아니었으며, 갈색의 정장도 아니었다. 그녀가 입은 옷은 카키색 반바지에 하얀 남방이었다. 흡사 잃어버린 시간을 찾아 사막으로 떠나는 여성 고고학자 같았다. J는 집을 나와 편지를 우체통에 넣었다. 빈 통 아래로 떨어진 편지가 퉁, 소리를 냈다. 하나의 단계가 끝났다는 신호와 같았다.

    J는 길을 걸으며 생각했다. 다음의 단계는 삶을 되돌려놓는 것이다. 그녀가 의사에게 말했던, 망상으로 보이게 해달라고 말했던 것, 그러나 진실이라고 생각했던 것을 완벽한 망상 속으로 되돌려 놓고, 망상으로

보이게 해달라는 것이 아니라 진실에의 강박도 망상으로 보이려는 의도도 존재하지 않았던, 사람들이 관심조차 갖지 않는 그 이전의 상태로 돌아가는 것이었다. 거기에는 연극이 필요했다. J는 그것이 진실을 생존시키는 유일한 방법이라고 생각했다. 진실을 생존시킨다는 말은 진실의 육화(肉化)인 J가 생존해야 하는 것과 같았다. 그녀는 읊조렸다.

"그 시간은 오지 않았어. 봄을 기다리자. 따뜻해진 겨울에 속은 거야. 그 겨울이 나를 유혹한 것이 아니라 내가 그 겨울을 유혹한 거야. 인내 속에서 그 날을 기다리자. 이 세상에 단 하나뿐인 나, 내가 사라진다면 더 이상의 씨앗은 없어."

그녀는 자신의 임무에 '즐겁게 숨기' '밝은 어둠'이라는 암호를 붙였다. '멋져.' 그러나 J는 자신의 진실이 견고한 허위의 사탕발림, 일상의 껍질을 뚫고 이미 몇 명의 사람들에게 자유의 움을 틔우고 있다는 것을 알지 못했다. 그 움틈의 동인은 모두 상대에게 있었기 때문이었다. J는 마고 미용실로 들어갔다.

J는 쾌활하게 말했다.

"안녕하세요."

미용사는 J를 알아보았다. 그녀의 얼굴을 기억했다기보다는 자신이 자른 단발머리의 특징을 알고 있다는 것이 더 맞았다. 거기에는 미묘한 곡선의 특징이 있었다. 일반적인 단발의 모습, 앞머리는 조금 길고 뒤로 돌아가면서 더 짧아지며 강인한 느낌을 주는 것이 아니라, 반대로 뒤로 가면서 부드럽게 길어져 온화한 인상을 주는 단발이었다. 그것은 정확히 복고풍의 바가지 머리와 단발의 중간쯤이라고 말할 수 있었다. 미용사가 말했다.

"어서 오세요. 이제 아시네요. 휴일이 월요일이라는 것을."

"네."

"그런데 맘에 안 드는 데가 있으신가요?"

미용사는 J가 온 이유를 알 수 없었다. 머리는 길지도 짧지도 않고 자연스런 결을 유지하고 싱그러웠다. J가 말했다.

"아니에요. 머리는 감사해요. 다른 사람과 같지도 않고 유별나게 다르지도 않은 저만의 머리였어요. 내 얼굴을 잘 아는 사람은 당신이 처음이에요. 아뇨. 내 얼굴을 만들었어요. 저도 어떻게 표현할 수 없을 정도로 저답게."

"감사합니다. 그러면?"

J는 미용사의 말에 답하지 않고 또 말했다.

"그런데 어떻게 저를 이토록 잘 아셨어요?"

"그건. 손님들이 원하시는 스타일을 말할 때, 일반적으로 본인과 잘 어울리지 않는 모습을 말하는 경우가 많아요. 반대의 모습을 원하시는 거지요. 순간적 감정이기도 하고요. 그렇다고 '손님 그건 아닙니다.'라고 말하는 것은 옳지 않아요. 그러면 올 이유가 없으니까요. 그래서 원하는 모습 속에서 손님이 가장 특징적으로 원하는 것을 반대로 죽여주는 거예요. 손님이 눈치 채지 못하게. 그게 기술이죠. 손님은 원하는 것을 했고, 저는 그것을 속인 거죠."

"너구리처럼."

"네?"

"좋은 뜻이에요. 인간이 짐승에 비유될 수 있다는 건 영광이에요."

"네."

미용사는 J를 바라보았다. 손님의 농담을 수용한다는 의미로 미소를 띠었으나 어떤 장단에 박자를 맞춰야하는지 갈피를 잡지 못했다.

"그렇군요. 사실 그 패션잡지 표지의 단발을 해달라고 말했을 때 좀 두려웠어요."

"그러면?"

미용사는 여전히 J의 용건을 알 수 없어서 다시 물었다. J는 그의 말을 받아 되물었다.

"그러면?"

"어떻게 오셨나 여쭙는 겁니다. 손님."

"머리 하러."

"네? 어떤."

"이 머리를 원래 상태로 돌려주세요."

미용사는 당황한 표정을 보였다. 그는 물었다.

"왜요? 맘에 안 드시는 것이라도 있으셨나요?"

"아뇨. 이 머리의 생명은 끝났어요. 이제 더 이상 필요하지 않아요. 망상의 꽃이었어요."

미용사는 J의 말을 알아들을 수가 없었다. 그는 물끄러미 J의 얼굴을 바라보았다. J는 자리에 앉았다. 거울에 그녀의 얼굴이 비쳤다.

"다시 되돌려 주세요."

"그런데, 손님. 머리에 컬이 들어가면 더 짧아질 수밖에 없습니다. 이전 상태로 되돌리는 건 불가능합니다. 아니면 한 달 정도 더 기다리시면 될 것 같은데요."

그는 J의 머리끝을 손가락으로 만지며 말을 이었다.

"아직은."

"상관없어요. 혹시 누가 그 머리 어디서 했냐고 물어봐도 절대 여기서 했다고 말하지 않겠어요. 안심하세요."

"그게 아니라, 손님을 걱정하는 겁니다."

"그렇다면 더더욱 상관없어요. 기술적으로 잘 올려 봐요. 내가 원하는 건 여기서 빠져나가는 거예요. 여자의 마음을 이렇게 모를까. 여자는 한다면 해야 해요."

J는 머리를 마는 플라스틱 집게를 집어 미용사에게 건넸다. 그리고 말했다.

"잘 말아 봐요. 둘둘. 자 이번에도 근사하게 날 속여 줘요."

"네."

미용사는 J의 얼굴을 보았다. 그녀의 결심은 단호해 보였다. J가 말했다.

"머리 안 해주면 불친절한 가게라고 트위터에 날릴 거예요."

미용사는 웃고 말았다. 정말로 그녀가 그런 짓을 할 사람으로는 믿겨

지지 않았다.

"진짜 이유를 알고 싶어요? 사실은 아무 남자도 매력을 느끼지 않았어요. 그게 나인데."

그 말은 진심이었다. 슬픈 미소도 보였다. 그러나 여전히 미용사는 J의 말을 알아들을 수 없었다. 그녀의 말은 농담과 진담이 그녀의 논리 속에서만 의미를 띠고 있었다.

"시간을 아끼려고 머리를 감고 왔어요."

미용사는 바로 약품의 뚜껑을 열고 J의 머릿결에 발랐다. J는 덧붙였다.

"뭐야? 칭찬도 안 해주고."

"네. 잘 하셨어요."

시간이 흘렀다. 건조기 뚜껑을 열었을 때 J는 멋진 여자가 되어 있었다. 짧은 머리를 만든다는 것, 잘못하면 중성화되거나 현대적인 느낌만이 과도한 그런 모습이 아니라, 거기에는 여성성이 거세된 불안이 존재한다, 활기찬 여성의 느낌이 연출되었다. 그녀가 검은 피부를 가졌다면 아프리카의 초원에서 물동이를 이고, 길고 쭉 뻗은 다리와 탄력 있는 엉덩이를 실룩거리며 걸어가는 멋진 모습이었다. 그녀들의 가슴은 허공에 풍만하게 돌출하고 눈은 더할 나위 없이 투명했다. J는 그곳의 원주민은 될 수 없어도 초원을 걸어가는 관광객의 멋진 모습은 되어 보였다. 어디를 가나 부조화를 연출하는 관광객이 있었고, 완벽히 하나는 될 수 없는 존재이지만 낯선 점 하나는 될 수 있는 관광객이 있었다.

"나를 왜 이렇게 이해하셨죠?"

"그럴 것 같았어요."

"내 꿈을 본 사람처럼 나를 이해했네요."

J는 언젠가 잠자면서 꾼 꿈, 자칭 '초원의 J'를 이야기했고, 미용사는 그 꿈을 J의 희망으로 받아들였다. 어느 것이든 문제될 것은 없었다. J는 항상 꿈을 꾸는 여인처럼 보였다.

"맘에 드세요?"

"네. 아주 많이. 놀라울 정도로. 오랜 친구도 알지 못하는 것을, 머리의 모양 하나로 나를 알 수 있다는 게 신기하네요."

"그냥 제 느낌대로 해봤습니다. 저도 덩달아 좋은데요."

J는 멍했다. 미용사는 사람을 보는 특이한 감각을 가지고 있었다. 그것은 J 자신도 모르는 자신의 어떤 것이었다.

'왜 자신을 아는 사람은 우연히만, 짧게 만나는 것일까? 그 우연을 영원한 숙명으로 만드는 것은 불가능한 일인가?'

그때 문이 열렸다. 그러나 일요일에 문을 여는 이유, 신부화장을 하러 온 처녀가 아니라, 미용사의 여자 친구인 간호사였다. J는 그녀를 단박에 알아보았다. 그러나 그녀가 왜 오전부터 미용실에, 자기가 있는 이 미용실에 왔는지를 의아하게 생각했다. J는 기억과 기억을 연결하여 2주 전 일요일, 머리를 자르던 날 그녀가 여기에 왔었다는 사실을 기억해냈다. 그러나 그녀가 그 일주일 전 월요일, 병원에서 본 여자라는 것을 그 순간에는 기억하지 못했다. 그리고 그 이후 J는 병원에서 다시 그녀를 만났으나 그 연결성들을 전혀 파악하지 못했고, 지금 비로소 두 사람이 연인임을 상기했다. 간호사는 처음에 J를 알아보지 못했다. J는 너무 많이 변해 있었다. 옷차림, 특히 얼굴의 윤기, 머리 모양의 변화. J의 얼굴을 힐끗 두 번 본 그녀가 확신이 생긴 듯 천천히 다가왔다. 얼굴에는 반가움의 미소가 넘쳤다. 그녀는 J의 의자 옆으로 오더니 J의 손을 덥석 잡았다. J는 놀랐다.

"언니! 나야."

J는 당황했다. 자신의 삶을 이전으로 돌려야 했다. 자신을 아는 모든 사람들과 절연하고, 절대고독의 상태로 돌아가 자신의 시간을 기다리는 수행을 하려던 참이었다. J는 그녀의 손이 전하는 강렬한 힘과 온기를 느꼈다. 그리운 것이기도 했다. 그러나 자신을 아는 모든 사람은 위험하다는 것을 알기에 착한 감정에 빠지지 않기로 했다. J는 입술을 깨물었다.

"누구세요? 저를 알아요?"

"네. 못 알아봤어요. 저에요. 제가 사복을 입어서 그래요. 병……."

간호사는 순간 실수를 한 것은 아닌가 생각되었다. 병원에 환자로 온 것을 말하는 것은 옳지 않았다. J도 그것 때문에 자신을 모르는 척 하는 것 같았다. 그래서 그녀는 병원 이야기를 꺼내지 않고 J가 기억할 만한 특별한 이야기를 했다.

"차요! 허브 티. 로즈마리! 맛있다고 했잖아요?"

"어머. 시끄러워라! 미안해요. 나는 허브 티 좋아하지 않아요."

J의 목소리는 야박했다. 간호사가 움찔했다. 그 떨림은 J에게도 전해졌다.

'미안해. 너를 끌어들일 수는 없어. 너는 순수로 남아 있어야 해.'

J는 냉정히 손을 뺐다.

"죄송해요. 제가 사람을 혼동하고 있나 봐요."

간호사는 정중히 사과했다. 그러나 J를 엄청나게 좋아했기 때문에 거절당한 상처가 남아 있었다. 그러나 아직도 일말의 희망을 버리지 않았다. J는 병원에 다녀간 일을 숨기고 싶어 하는 것이라는 생각이 들었다. 그녀가 경험한 J는 자기처럼 사회생활에 조금은 미숙했지만 아주 따뜻하고 솔직한 여자였다. 간호사는 마지막 카드를 꺼냈다.

"언니. 언니 마음 다 알아요. 우리가 헤어지고 난 후 언니가 좋아하는 김현우를 저도 좋아하게 되었어요. 그의 노래는 우리의 마지막 육성의 노래에요. 그리고 언니가 사랑하는 평화, 그 평화를 나도 곰곰이 생각해봤어요. 아우슈비츠의 살인에 대해 언니가 전율한다는 것을 들었고, 처음에는 그것이 우리와 무슨 관계인가 생각해 봤어요. 그리고 제가 도달한 결론은 어쩌면 그 죽은 사람들의 가죽으로 만든 부츠를 지나간 겨울에 신고 다니지는 않았는가 하는 무서움이에요. 나도 그 전율을 언니와 똑같이 느껴요. 느끼려고 해요. 이것이 제가 느낀 거예요. 언니가 나를 아는 척하든 모른 척하든 나는 앞으로 언니 편이에요. 죄송해요. 무례하게 행동한 걸 용서하세요."

J는 소스라치게 놀랐다. 간호사는 위험한 순간에 와 있었다.

"나는 그런 말을 한 적 없어. 나는 육성의 노래도 좋아하지 않고, 학살에도 관심 없어. 내가 중요하게 생각하는 건 나의 아름다움과 나의 논리 속에서 살다가 죽는 거야. 사람을 정말 혼동했구나. 너는 나를 몰라."

"네?"

"나를 봐. 내가 뭐가 아쉬워서 노래를 부르고 평화에 관심을 갖는단 말이야? 지금도 돈 쓰러 나가는 중인데."

"네. 알겠어요."

"앞으로 아는 척 하지 마. 비슷한 사람은 있지만, 내가 네 이미지 안에 있는 비슷한 사람이란 건 참을 수가 없어."

"네."

J는 일어나 계산대로 갔다. 미용사는 두 사람을 아무 말 없이 바라보고 있었다. 도대체 둘이 왜 이러는지 알 수 없었다. J는 돈을 지불했다.

"고마워요."

"네. 안녕히 가세요."

J는 문을 나서며 말했다. 그 말은 아주 천했다. 그녀가 자기에 대해 정나미 떨어지게 만들고 싶었다.

"난 너 같은 애 몰라."

J는 거리로 나왔다. 슬픔과 고독감, 나른한 자유, 시궁창에 버려진 것 같은 감정이 밀려왔다. 그러나 혼자의 용기를 잃지 않기 위해 씩씩한 걸음을 옮겼다. 몸에 달라붙은 오물과 진흙이 떨어져 나가라고. 곧게 뻗은

길을 지나 옆 골목으로 돌아 나가던 J는 위층의 남자가 미용실로 들어가는 것을 보았다. 처음에는 저 남자도 머리를 깎으려나보다 생각했다. 그러다가 자신과 그의 드나듦의 시간의 연동을, 우연성을 생각하고는, 자기가 아직도 여러 의심의 중심에, 진실의 육화인 자신을 향한 보호와 제거의 시선 안에 있다는 것을 깨달았다. 그 의심을 떨쳐내기 위해, 그녀는 이 고요한 공동체가 두려워 할 아무 것도 아니라는 것을 증명하기 위해, 그리고 미래의 시간을 기다리기 위해, 초연하게 걸었다. 그녀의 계획대로 모든 것이 풀리는 것처럼 보였다.

간호사는 J가 왜 그랬는지 이해할 수 없었다. 자기를 대했던 J의 말은 병원에서 따뜻한 호감을 느낀 그녀와 정반대였기 때문에, 너무 적나라하게 정반대였기 때문에 그 말에는 자연스러움 보다는 억지의 틈이 존재하는 것 같았다. 그리고 자기가 본 J는, 돌아갈 때 작은 것에도 고맙다는 말을 했었다. 자기와 사진을 찍기도 했다. 간호사는 휴대전화를 꺼내 만지작거렸다. 폴더를 열어 J를 보았다. 그녀는 밝게 웃고 있었다. 태양은 그녀의 얼굴에 빛을 퍼부었다.

그때 J의 집 위층 남자가 미용실로 들어왔다. 들어오는 모습, 기웃거리는 모습으로 보아 머리를 다듬으러 오는 사람은 아니었다. 남자는 미용사에게 말했다.

"나가신 분 잘 아세요?"

"네?"

미용사와 간호사는 의아한 눈으로 그 남자를 보았다. 서로를 한 번 쳐다보았다. 남자가 다시 말했다. 그는 살짝 웃고 있었다.

"혹시 어떤 말을 했나요?"

"누, 누구신데요?"

"같은 동에 삽니다."

"그런데?"

"이상한 말을 하고 다녀서요."

미용사는 자기 주변을 쳐다보았다. 간호사와 눈이 마주쳤다. 그 남자가 단도직입적으로 물어봐서 권위가 느껴졌다. 미용사는 물었다.

"무엇을?"

"우리 집에 대해서."

"남 얘기는 없었어요."

미용사의 말 뒤에 곧바로 간호사가 물었다.

"그건 왜 물어보시는 건데요? 남의 프라이버시에 대해서. 누구신데요?"

남자는 말했다.

"별 말 없었다는 건가요?"

"네."

미용사는 얼떨떨했다. 간호사가 큰 소리를 냈다.

"아직 제 말에 대답하지 않으셨어요. 남의 프라이버시에 대해 왜 꼬치꼬치 알고 싶으시냐고 제가 말씀드렸을 텐데요?"

"누가 프라이버시를 몰라? 무슨 말을 했냐고 묻잖아. 아가씨."

"그게 그거 아니고 뭐에요? 처음 보는 사람에게 반말하는 용감한 아저씨."

간호사가 반박했다. 미용사가 간호사의 팔을 잡아끄는 바람에 다시 조용해졌다. 남자의 말투가 다소 누그러졌다.

"믿지 마세요. 무슨 말을 하더라도."

"네?"

"이상한 말 없었죠?"

"어떤 이상한? 아저씨가 더 이상해요. 왜 남의 사생활을 자꾸 훔쳐보시는 거예요?"

남자는 더 예의를 갖추고 말했다.

"사실은."

"네. 사실은요?"

간호사는 팔짱을 끼며 물었다. 남자는 멋쩍어 했다.

"이상한 여자입니다. 그 여자가 자꾸 우리 아들이 내 아들이 아니라는 얘기를 동네방네 떠들고 다녀서 집사람이 아주 피곤해 합니다. 웃어넘기기에는 심각한 얘기 아니에요? 경찰에 신고를 할 문제도 아니고. 보다시피 좀 정상은 아니잖아요? 그래서 그 여자가 여기에 있는 걸 우연히 보고 혹시 그러고 다니는 건 아닌가 하는 노파심에 들렀어요. 후-. 이 정도면 내가 노이로제에 걸린 거죠."

"하지만 그런 얘기는 하지 않으셨어요."

미용사가 대답했다.

"또 자기가 누구의 딸이라는 얘기를 하고 다녀서 그 사람 주변에 복잡한 상황이 벌어지고 있습니다. 그런 말도 없었죠?"

"누구의 딸이라뇨?"

미용사는 어리둥절한 상태로 되물었다. 남자가 덧붙였다.

"유명인의."

"모르겠는데요. 왜 그런 말을 하죠?"

미용사가 대답했다. 남자는 자기가 필요한 것을 마지막 질문을 통해 궁극적으로 알아낸 것 같았다. 간호사는 기분이 묘했다.

"실례했습니다. 혹시나 들어도 믿지 말라고요."

남자는 나갔다. 두툼한 허리의 살이 출입문에 닿았을 때 옷 안의 금속이 부딪치는 소리가 울렸다.

"떵."

혁대의 버클은 아니었다. 버클은 바지의 앞에 있었다. 간호사는 그 소리를 들었다. 남자는 잠시 멈칫하며 그 물건을 손으로 만졌다. 그리고 뒤를 슬쩍 보았고, 밖으로 나가버렸다. 미용사는 말했다.

"뭘 믿지 말라는 거야?"

간호사는 생각했다.

'이상해. 형사처럼 허리에 총을 차고 있어. 저 아저씨, 내가 여기에 올 때 이미 미용실을 보고 있었는데. 집에 가다가 우연히 J를 보고 들른 것이 아니란 말이야. J가 죄를 지었나? 아버지란 뭐야? 왜 J는 그런 것에

알람브라 궁전의 석주 | 175

관심을 갖는 거지? 김현우가 딸을 낳았단 루머도 이것과 관계가 있는 건가. 왜 그 아저씨는 또 그런 걸 떠본 거지? 그리고 J가 간 방향으로 갔어. 왜?'

간호사는 마지막 말을 내뱉었다.

"왜!"

미용사는 그녀를 올려다보았다.

"뭘?"

"아냐. 열심히 쓸어. 돈 벌어야지."

간호사는 오빠를 내려다보며 말했다.

J는 골목을 돌아 꽃가게로 들어갔다. 가게 이름은 '비밀의 화원'이었다. 일요일, 결혼식의 꽃바구니를 만들어 배달하느라 사람들이 분주히 손을 놀리고 있었다.

"바빠요?"

"아뇨. 뭘 드릴까요?"

남자가 앞치마를 두르고 자리에서 일어났다.

"꽃 배달 부탁해요. 꽃 종류, 주소, 받는 사람, 보내는 사람은 여기 있어요."

남자는 손에 묻은 꽃잎을 앞치마에 닦고 메모를 보았다.

"네."

그는 안에다 대고 소리쳤다.

"보랏빛 우산 있니?"

"네."

안에서 소리가 울렸다.

"운이 좋으십니다. 특이한 꽃이죠. 찾는 사람도 별로 없고. 그 꽃의 예명을 아는 분도 드문데. 참 근사하죠? 보랏빛 우산."

"추억의 아픔을 되돌려주려고요."

J는 남자가 알아들을 수 없는 말을 했다. 남자는 그저 고개를 끄덕거렸다. 누구나 감상에 젖어 하는 말이려니 생각했다. 남자가 메모를 보며 말했다.

"뭔가 잘못 적혔는데요. 받는 사람과 보내는 사람이 같은 사람이네요."

"맞아요. 같은 사람이 보내고 받는 거예요."

"네?"

"저에요. J."

남자는 물끄러미 메모의 J와 J의 얼굴을 바라보았다. J는 지갑을 열어 5만원을 꺼내 주었다.

"가격은 몰라요. 이만큼만 보내요. 한 다발은 되겠죠?"

남자는 돈을 받았다. 그리고 대답했다.

"네. 충분합니다."

J가 말했다.

"포장을 근사하게 할 필요는 없어요. 다 쓰레기에요. 꽃을 포장한다는 건 자연의 아름다움에 대한 가장 무식한 모독이니까."

남자는 고개를 끄덕거렸다. 그들 옆으로 종업원이 결혼식의 꽃바구니를 담은 상자를 들고 지나갔다.

"제가 결혼할 때 제일 미운 친구가 있었어요. 바구니를 그 애 반대쪽으로 던졌는데 그 애 쪽으로 날아갔지요. 결국 그 애가 바구니의 주인공이 되었어요. 그리고 남편을 빼갔어요."

"무슨 말씀인지?"

"둘이 바람이 났다고요. 날라버렸어요."

"아!"

남자는 말의 의미를 알아들은 것 같았다. 동시에 이 여자는 누굴까? 하는 생각을 하는 것 같았다. J는 남자를 보며 살짝 웃었다.

"유보한 사랑의 세계로."

J는 꽃가게를 나왔다. 남자는 J를 바라보았다.

그때 경찰차 한 대가 빌라 쪽으로 올라왔다. J는 손을 흔들었다. 경찰차는 J의 옆에 급히 섰다. 젊은 경찰이 문을 열고 물었다.

"무슨 일이신가요? 도와드릴 일이라도 있으신가요?"

J는 방긋 웃었다.

"아뇨. 수고하시라고요."

"네에?"

경찰은 문을 닫았다. 그는 옆에 있는 동료 경찰에게 말했다.

"미친 여자야."

"김 순경. 그래도 우리를 반겨주는 건 저 여자뿐이야. 이 생활 5년에 눈물이 나네. 너는 남에게 저런 환한 얼굴을 줘봤어?"

"아니."

"나쁠 거 없잖아?"

"그래. 일요일도 반납하고 일하는데."

J와 말했던 경찰은 다시 문을 열었다. 그리고 소리쳤다.

"고마워요!"

J는 돌아서서 말했다.

"네. 민중의 지팡이."

그리고 주먹을 불끈 쥐고 허공에 치며 말했다.

"수사권 독립 쟁취!"

"검찰이 쉽게 주겠어요?"

"총이 있잖아요. 빵빵."

"빨리 가지."

길 가던 사람들은 J와 경찰을 바라보았다. 꽃가게의 남자도 이 광경을 바라보고 있었다. 경찰차는 위로 올라가고 J는 아래로 내려갔다. 아래로 내려가던 J는 얼마 후 주머니의 차키를 발견했고 다시 차를 가지러 빌라 쪽으로 걸어왔다.

J는 차를 몰고 신사동 거리에서 올림픽 대로로 진입하는 샛길로 들어갔다. 일요일의 올림픽대로는 시원스럽게 뚫려있었다. 그녀는 두 번의

일요일을 생각했다. 처음에는 죽은 성재를 만나러 갔다가 살아있는 건우를 만났고, 두 번째는 그 건우를 만나 그와 헤어졌다. 많은 일이 벌어진 것 같았으나 결국 아무 일도 없었다. 실상 그녀는 아무 것도 원하지 않았다. 그녀가 했던 일들은, 그녀가 은수에게 보낸 편지에 고백한대로 불안의 치료제였다. J는 성재를 영원히 보내고, 이제 죽은 사람을 껴안고 남들에게 동정이나 받으려는 가련한 행위를 끝내고, 또 그 이미지를 멀쩡한 남자에게 덮어씌워 자신의 육체와 정신, 역사까지 사랑해 달라고 윽박지르는 집착을 끝내고, 스스로 현실의 삶을 견디며 살아가겠노라고 그곳에 가고 있는 중이었다. '즐겁게 숨기' '밝은 어둠'. 그녀는 암호를 되뇌었다. J는 이 방문이 마지막일 거라고 생각했다. 그리고 시간이 지나면서 떠오르는 지난 일요일들의 부끄러움도 달게 받아들였다.

그녀는 오솔길을 올라갔다. 7월 중순, 3주의 시간이 흘러 6월 하순에서 7월 중순으로 계절이 변해 있었다. 밝은 녹색은 검푸른 녹색으로 변했으며, 공기는 습기를 머금고 무겁게 내려 앉았다. 모기와 파리가 윙윙거리며 얼굴로 달려들었다. 3주 전에는 따갑지만 가볍게 느껴지던 빛도 뜨겁고 무겁게만 느껴졌다. 나무 사이로 들어오던 빛의 찬란함은 시각적 아름다움을 잃고, 잎과 잎 사이는 열기가 화끈거리며 들어오는 구멍의 구실밖에 하지 못했다. 그녀는 몇 번 쉬면서 오솔길을 올랐다. 오솔길의 끝에 다다랐을 때 J는 멈칫했다. 건우가 그의 어머니 무덤에 와 있었다.

기분이 이상했다. 마치 처음의 그 만남처럼 절묘한 상황이 재현된 것이었다. 그러나 이제 J는 우연의 얽힘을 사랑의 숙명으로 과대 해석하는 여자가 아니었다. J는 잘된 일이라고 생각했다. 그 순간에서 건우와 이별한다면 그 이후 지속되었던 시간은 사라지리라. J는 성재의 무덤으로 다가갔다. 그리고 그 앞에 앉았다. 그녀는 잠시 쉬었다. 그리고 한 마디를 낮고 힘차게 내뱉었다.

"잘 가. 너의 길로. 나는 나의 길로."

J는 전령사, 뱀에게 편지를 건넸다. 아직 전령사는 나타나지 않아서 그 편지는 구멍에 그대로 있었다. J는 그 편지를 다시 들었다. 구멍에 검은 공간이 보였다. J는 편지를 다시 주머니에 넣었다.

J는 혼자 말했다.

"소렌토. 소렌토."

실체가 없었던 것이 사라지는 것은 오래 걸리지 않았다. 진실을 망상으로 보이게 하려는 그녀의 의도는 실패했으나 반대로 그 망상이 진실의 형체를 드러내는 것이었다. J는 편지를 주머니에서 꺼내 태양을 향해 보였다. 하얗게 부서졌다.

K에게.

나는 소렌토에 갈 수 없어. '돌아오라 소렌토로' 혼자 노래를 부르렴. 너 혼자 잘 놀잖아? 그 노래는 이중창에 어울리지 않아. 소렌토의 언덕에서 바라보는 풍경은 내게 전달되지 않았어. 왜냐하면 너는 나에게만은 존재하지 않으니까. 이 말은 아주 중요해. 모든 사람이 너에게 아련한 눈길을 보낸다고 하더라도 네가 가장 원하는 사람인 나에게만 존재를 인정받지 못하는 불쌍한 네 인생! 이유를 묻고 싶구나. 내가 결코 가지 않는다는 것을 알면서도 청승을 떠는 이유를. 솔직히 말하면 너는 유혹의 도사야. 그렇게 사랑하고 못 배길 지경이면 네가 오렴. 그건 싫지? 차비도 들어가고 시간도 들어가고 자존심도 상해야 하니까. 솔직히 말하면 나는 행동하지 않는 모든 마음에 심한 짜증이 났어. 너처럼 가치 있는 인간이 그렇다고 하더라도 나는 이제 단호히 그걸 거절해야겠다고 다짐했어. 어쩌라는 거야? 네가 말하는 슬픈 일상이란 신비로운 것이 아니라 심약해. 사랑을 얻지 못해 슬프다고? 언제 사랑했니? 쇼핑을 즐겨. 거기 좋은 백화점 많아. 나는 피안을 뒤로 하고 이곳에 있어야 해. 서울에. 서울이란 말은 많은 걸 의미해. 단지 지명으로서의 서울이 아니고 표현할 수 없는 감정의 의미를 함축해. 있을 수 있는 한. 고통 뒤에 기쁨이 있는 것이 아니라 기쁨과 고통이 한데 엉겨 있음을 나는 직시해. 공허가 나를 감싸는 걸 느껴. 그러나 승리의 시간도 거기 있어. 그러니 공허 속으로 들어가지 않으면 안 되겠지. 살지 않으면 죽는 것이고 죽는 것이 아니면 사는 것이야. 한 백인남자의 말마따나 항상 그것이 문제야. 사는 것, 죽는 것, 둘 다 행동하는 것 속에만 존재해. 신발을 구겨 신으며 다가가야 하고, 어떨 때는 급하게 어떨 때는 천천히 먹어야 하고, 방아쇠를 당겨야 하니까. 숨이 멈춘 그 다음은 경험해보지 않아서 나도 몰라. 그건 우리가 고민할 문제가 아니야.

J.

그녀는 그 편지를 다시 전령사의 구멍으로 넣었다. J가 왜 K에게 쓴 편지를 성재에게 주는 것인지는 그녀 자신 이외에는 아무도 알지 못했다. 그녀는 태양을 향해 웃었다.

J는 곧바로 일어났다. 한 치의 감상도 없었다. 그녀는 발길을 돌려 아래로 내려갔다. J는 다시 오솔길을 내려왔다. 뒤를 돌아보지는 않았다. 그녀를 잡아끌었던 거미줄, 실 같은 것은 느껴지지 않았다. J는 자기가 삶에 발을 내딛고 있음을 느꼈다. 땅을 딛는 발의 진동을 느꼈고, 스치는 한 줄기 바람이 목과 가슴, 허리로 들어오는 것도 느꼈다.

J는 아래로 내려와 차를 돌렸다. 서울로 돌아가는 일만 남았다. 서울 방향의 버스 정류장에 건우가 서 있었다. 그는 샛길을 통해 버스정류장으로 바로 내려온 것 같았다. J는 처음 만났을 때처럼 차를 세웠다. 그를 외면하고 간다는 것은 감정의 뒤끝이 있었다. 그녀는 그와의 마주침을 더 이상 두려워하지 않았다. 정말 처음으로 돌아가 이미 경험한 시간을 지우려면 그와 동행했던 경춘가도의 추억도 새로운 내용으로 덮어버려야 했다. 한 구석으로 밀어 놓는 것이 아니라 다른 내용으로 바꾸어 버리는 것이었다. '덮어씌우기!' J는 문을 열고 말했다.

"서울로 가세요?"

"네."

"타시겠어요?"

건우는 J의 차를 탔다. J는 차를 몰았다. 이제 한 시간의 주행을 통해 한낱 추억은 뭉개지리라. 사람과 사람이 만나 상식적으로 제안하고 수용하는 범위 내에서만 대화가 흐르고, 모든 꿈과 희망, 열망, 배신, 애착, 이런 것들은 사라지리라. 차는 달렸다. 약간의 시간이 흐르고 J는 물었다.

"어디까지 가세요?"

"옥수동입니다."

"잘 됐네요. 근처에 내려드릴게요."

J의 목소리는 냉정했다. 그러나 감정의 여운을 숨기려는 식의 평온함은 아니었다. 오히려 이 동행이 자신과 J를 다시 사랑하게 만드는 여정이 될 것이라고 착각하는 것은 건우였다. 그는 엄마는 알았지만 여자는 몰랐다. 여자의 사랑. 한 번 끝난 것은 엄마의 사랑처럼 다시 돌아오지 않는다는 것을. 결코 그 연장선 속에 있지 않다는 것을. 그건 그녀들에게 없는 속성이었다. 건우는 약간의 오해만 푼다면 정사 직전의 그 상황으로 돌아가 다시 불꽃으로 타오를 수 있을 것이라는 야무진 꿈을 꾸고 있었다. 나중에 '그렇다면 왜 나를 태웠을까?' 하는 의문은 건우의 몫일 뿐이었다. 혼자 꿈꾸는 것을 누가 막을 수는 없다. 지금의 만남은 J에게 완벽히 새로운 사건이었다. 그게 어떻게 가능하냐고 묻는다면 '공기와 풍경이 다르잖아.'라고, '시간이 선형적으로 우리를 배치하는 것

이 아니라, 우리는 둥근 입체성 시간의 막 중 하나를 선택한다고. 그리하여 자신의 삶을 그 선택된 것으로만 연결한다고.'라고 밖에 대답할 수 없는 것이었다. 건우는 초조함을 느꼈다.

차는 양수대교로 들어섰다. 이전에 길을 잃었던 곳이었다. 그때 J는 누군가를 따돌리기 위해 일부러 길을 헤맸다고 말했다. 다리는 7월의 태양 아래서 하얗게 불타고 있었다. 물기가 고인 듯 착시를 주는 표면에서 아지랑이가 피어올랐다. 건우는 생각했다. 서울로 돌아가지 말고 예전처럼 헤매라고. J와의 시간을 연장해 달라고. 그 속으로. 그렇다면 자기는 그 순간에 서서 J를 사랑한다고 고백하겠노라고. 이렇게 시간을 수정해보겠노라고. 그러나 운전대는 J가 쥐고 있었다. J의 손이 떨리고 있었다.

'어느 시간 속으로 가야 하지?'

차의 진동이 느껴졌다. 경적 음이 뒤에서 들렸다. 건우는 눈을 감았다. 그는 혼자 속으로 말했다.

'헤매라. 그렇지 않으면 난간을 들이받아라. 강으로 떨어져라.'

2부 진실

　의사는 청담동의 'ㄱ'빌라 근처로 들어섰다. 그의 얼굴은 일주일 사이에 초췌한 느낌을 줄 정도로 변했다. 그러나 눈동자는 희망과 행복으로 가득 찼다. J의 웃는 얼굴이 자기에게 다가와 입술을 훔치는 야릇함의 극치를 상상했다. 그녀의 혀는 아주 작고 귀여웠지만 입안에 들어온 혀는 크고 부드럽고 달콤한 덩어리였다. 뭉클했다. 혀는 그녀 전체였다. 그가 자신의 혀로 그 혀를 빨았을 때 그녀의 몸 전체가 혀가 되어 자신 속으로 빨려 들어오는 몽롱함을 느꼈다. 첫 키스와 같은 그 느낌, 예상치 못한 충격, 인식 밖에서 벌어지는 오묘함, 몸이 분해되는 듯 아련함, 그 이후 두 번 다시 그런 충격을 받지는 않았다. 그는 그것이 그리웠다. 그 느낌이 아른거렸다. 두 번 부동산에 들러 위치를 찾는 것은 어렵지 않았다. 자기가 사는 동네보다 훨씬 크고 근사한 집들이 들어서 있었다. 자세히 보니 모두 주택은 아니었다. 유명 상표의 옷가게, 유럽가구를 파는 상점, 웨딩 사진을 찍는 스튜디오, 갤러리도 있었다. 유리 너머로 보이는 그림에는 검은 점이 한 개 찍혀 있었다. 의사는 유리에 눈을 밀착했다. 제목이 '무제'라고 씌어 있었다. 씩 소리 없이 웃음이 나왔다. 그는 생각했다. '왜 아무도 아무 것도 말하려 하지 않는 걸까? 왜 아무 것도 말하지 않고 그림의 가치를 타인의 눈이 증폭시켜 주는 것을 의도할까? 신비한 속임수.' 그는 유리에서 눈을 뗐다. 하늘을 보았다. 그는 행복하게 웃었다. 그 공허를 대체하는 것은 J였다. 그는 더 올라갔다. 길은 더 좁아졌다. 거주단지가 나타났다. 일본식 슈퍼마켓과 프랑스식 빵집, 영국식 미용실, 네덜란드식 꽃집, 뉴욕풍 카페가 보였다. 작기는 하지만 각자의 개성을 세련된 감각으로 뽐내고 있었다. 그러나 인구밀도는 낮았다. 거리는 한산했다. 가끔 신부화장을 한 여자가 친구들의 도움을 받으며 나와 차를 타고 사라졌다. 의사는 망설였다. 더 이상 진행할 수 있는 일이 없었다. J의 집 호수도 몰랐고, 정숙이라는 이름 하나를 가지고 여기저기 묻고 다닐 수도 없었다. 카페에 앉아서 J가 나타나기를 기다리려고 했지만 그녀를 만날 가능성은 아주 희박했다. 이유 없는 그리움과 애착이라는 것은 그 앞에 J의 얼굴을 달고 그를 이리저리 끌고 다녔다. 목줄을 감고 끌려가는 개나 포로처럼.

'한 번만 볼 수 있다면.'

의사는 앞에 J가 있는 것처럼 호흡이 가빠졌다. 그녀를 볼 수 있다면 땅바닥에 무릎이라도 꿇을 수 있을 것 같았다. '돈도 명예도 부질없다.'

그것은 사람의 학력, 지성, 재산, 지위, 모든 것을 무력화시키고 인간을 한 순간이나마 동물의 위치로 끌어내리는 힘을 소유한 유일한 것이었다. 그것이 무엇인지는 경험한 사람만 아는 것이었다. 의사는 그것을 경험하고 있었다. 우리의 인생에서 한 인간에게 그 양이 한정되어 있는 에너지, 운이 좋다면 그것에 빠지지 않고, 운이 나쁘다면 빠지는 것, 두 번이나 세 번에 나누어 적당히 쓸 수 없는 것, 사랑이라는 말은 그에게 명함도 내밀지 못하는 것, 그것은 하나가 죽거나 죽이지 않으면 사라지지 않는 집착이라는 것이었다.

의사는 부동산으로 들어갔다. 그는 말했다.

"집 좀 보러 왔습니다. ㄱ빌라."

의사가 들어가자마자 숨 돌릴 틈도 없이 불쑥 말을 던져서 직원인 청년은 놀랐다. 자리는 세 개 더 있었으나 혼자 근무를 하고 있었다.

"잠깐 앉으세요. 차라도 한 잔 드릴까요?"

"아니요. 괜찮습니다."

의사는 가운데 소파에 앉았다. 직원은 자리에서 나와 의사의 맞은편에 앉았다. 그는 의사의 얼굴과 옷을 스윽 훑었다. 의사는 단지 왜 사람을 저렇게 볼까 생각했다.

"매매를 원하시나요? 아니면 임대를 원하시는 건가요?"

"둘 다."

"며칠 전에 매매로 나온 것이 있습니다. 안타깝게도 임대는 없습니다. 여기 사는 분들은 세 같은 것을 놓을 필요는 없는 사람들이니까요."

직원은 임대에 무게를 두고 말했다. 의사는 그가 얼마나 첫인상의 편견에 사로잡혀 살아왔는지 알 수 있었다. '매매는 있고 임대는 없습니다.'라고만 말하면 되는 것이었다.

'안타깝지만? 뭐가 안타깝다는 거지. 세 같은 것?'

의사는 혼자 이렇게 속삭였다. 그리고 그제서 자신이 옷차림에 별로 신경을 쓰지 않았다는 것과, 앉는 순간 그 청년이 왜 자신을 스윽 쳐다보았을까 하는 의문을 풀었다. 나이도 얼마 먹지 않은 청년이었다. 그는 벌써 얼굴에 기름이 흐르는 어른 세계의 화법을 구사하고 있었다. 상대를 무시하여 필요 없는 손님은 빨리 내쫓는 방법, 이곳이 얼마나 특별한 지역인지를 주지시켜 상대의 자긍심을 자극하고 자기가 우위에 서는 방법, 불리하다 싶으면 화투판을 엉클듯이 논점을 흐리는 방법을 은연중에 알고 있었다. 의사는 청년의 맑은 얼굴과 아직 투명한 목소리, 그러나 거기에 섞인 말의 죽음 사이에서 말할 수 없는 생의 연민을 느꼈다. 얼굴과 말이 어울리지 않았다. 모두가 쉬는 일요일, 혹시 있을지도 모르는 매출을 올리기 위해 그는 홀로 나와 앉아 있었다. 자의 반 타의 반으로. 취업경쟁의 좁은 문을 뚫지 못하고 나름 이 분야에서라도 성공하기 위한 생존의 노력을 하고 있었다. 그 처지에는 연민의 감정이 들었다. 그러나 '사회가 왜 이런 애들의 취업문제까지 같이 고민해야 하는 거지?' 하는 비틀린 생각도 들었다. 화가 났다. 그때 청년이 물었다.

"고민이 되시나요?"

의사는 어이가 없었다. 청년은 남의 표정까지 제 식대로 해석하고 있었다. 의사는 말했다.

"뭐가요?"

"매매요."

"아뇨."

의사는 대수롭지 않게 말했다. 청년은 의사의 말투에서 자신의 생각과의 불일치를 느끼고 고개를 끄덕였다. 약간의 웃음을 띠고. 불일치 속에서도 절대 당황하지 않고 긍정을 표하는 아주 어색하고 어려운 행위. 그것이 자신의 의도를 무로 돌리는 방법이었다. 그리고 생각하는 것이었다. '생각이 있군.' 그 하나하나의 의미가 의사에게는 너무도 명확하여, 그는 이 사회 속에서 그것을 아는 사람만 당하는 구역질을 느꼈다.

'말의 어려움.'

10여 년 전 그는 결혼할 여자, 지금의 부인과 함께 커피 전문점에 있었다. 그들은 에스프레소를 주문했다. 부인은 자리에 앉아 있었다. 그는 커피를 받으며 물었다.

"각설탕은 없습니까?"

"설탕은 저쪽에 비치되어 있습니다. 손님."

일하는 여자아이는 손으로 구석을 가리켰다. 비치대가 보였다. 그는 다시 물었다.

"아뇨. 각설탕이요."

그 아이가 고개를 들고 다시 말했다.

"저기 보이시죠? 설탕은 저 쪽에 있습니다. 손님."

그 아이는 바로 고개를 숙였다. 의사는 소리를 질렀다.

"누가 그걸 모르냐고? 각설탕을 찾잖아? 에스프레소에 넣을! 잘 듣고 그게 없으면 없다고 해야지 너는 계속 설탕 타령이야? 있어? 없어?"

사람들이 그를 쳐다보았다. 자리에 있던 부인이 일어났다. 아이는 동그란 눈을 똑바로 뜨고 말했다. 친절의 테두리 안에서 적의를 품었다.

"죄송합니다. 손님. 저희 매장에서는 각설탕을 비치하지 않습니다. 없습니다."

부인은 그를 데리고 자리로 갔다. 잠시 시간이 지났다. 부인은 커피에 가루설탕을 부었다. 설탕은 밑으로 가라앉았다. 부인은 말했다.

"참아."

"자기 얘기만 하잖아."

"알아. 무엇 때문에 자기가 그러는지. 하지만 저 애는 절대 그렇게 생각하지 않아. 자기가 이런 데서 일한다고 부당한 대접을 받았다고 생각해. 그런 사람들을 너무도 많이 경험했을 테니까. 저 애의 마지막 눈동자를 봐. 친절과 적의. 그게 저 애의 필사적인 저항이야. 매니저한테 쫓겨나지 않으려는. 더 중요한 건, 저 애는 자기가 무엇을 못 알아들었는지도 모른다는 거야. 설탕과 각설탕은 너에게만 의미의 차이가 있어. 저 애에게 설탕은 하나면 돼. 단 맛을 내는 것."

부인은 빈 설탕봉지를 보았다. 끝이 찢어져 가루가 묻어 있었다.

"내가 말하고 싶은 건 네가 까다로운 사람이라고 말하려는 게 아니야. 넌 비록 너만의 취향을 가졌을지언정 남에게 그것만이 옳다고 말하지는 않아. 네 것을 포기할 용기도 있어. 너의 지위와 위치, 학력이나 부로 다른 사람을 무시하는 유치한 행위를 죽기보다 싫어해. 네가 화난 건 사람들이 남의 말을 안 듣는다는 거지."

"그래."

"그러나 어떡해? 여기가 우리가 사는 곳인 걸."

그들은 마치 외국에서 이민 온 사람들이 말하는 것처럼 자기 조국에 대해 말했다.

"사람들은 자기가 치졸한 남자라고 생각해. 본인들이 그렇게 행동하면서도 타인에 대해서는 도덕적으로 잘못됐다고 이중의 잣대를 들이댄다고. 잘 알려고 하지도 않고. 그게 다야. 우리가 살고 있는 곳이야. 자기는 아무에게도 자기가 화난 이유를 설명할 수 없이 그 화를 혼자 참아야 해. 넌 너에게는 너무 쉽지만, 말을 잘 듣고 대답하는 것, 이 사회에서는 정말 어려운 소통을 하려고 해. 그러니까 내 말은 접으라는 거야. 네가 세상과 접촉하는 촉수를. 어떤 것에든 둔감한 촉수를 내밀거나 그렇게 훈련하지 않으면 살 수 없어. 결국 너만 지쳐 쓰러질 걸."

부인과 그는 6년 동안 같은 학교에서 공부했고 인턴, 레지던트도 같은 병원에서 했다. 그녀만큼 그를 잘 알고 있는 사람은 없었다. 남녀를 통틀어서. 그러나 그 6년 동안 한 번도 연애의 선망이 아니었다. 편한 사람이 결혼의 대상이 되었다. 그녀는 예방의학을 택했고 개발도상국 의사들 중 아무도 관심 갖지 않았던 영역, 노동자의 건강권과 의료혜택의 평등한 권리, 이것이 자본가의 이익과 충돌했을 때, 그것을 절충하는 것이 아니라 건강권이 우선이라는 판례를 만들기 위해 노력하는 의사들의 모임에서 활동했다. 그녀를 모순에 빠뜨린 것은 그녀의 따뜻한 마음, 의술은 누구에게나 평등하게 적용된다는 히포크라테스의 의학적 선언만으로 그 문제를 풀 수 없다는 것이었다. 돈을 매개로 하지 않으면 병원에 갈 수도 없고, MRI 기계도 쓸 수 없고, 의사를 만날 수도 없었다. 의사들은 자신을 비싸게 보이려고 방에 꽁꽁 숨어서 한 환자에 1분 동안만 내방을 허락했다. 환자가 뭘 좀 더 물어보려고 하면 간호사가 이미 다음 환자를 들여 앉아있던 사람에게 미안한 마음이 들게 하는 것이었다. 그 수익은 병원과 의사가 나누어 갖고 조연을 한 간호사에게는 더 열심히 하라는 격려의 의미로 월급을 주었다. 병원에 가면 제일 먼저 돈을 내라고 접수대의 번호가 전면에서 빨간 불을 번쩍거렸다. 언젠가 그녀가 넋두리처럼 말했었다.

"그곳에서 번호표를 받지 않으면 안으로 들어갈 수 없다는 금지와 허락의 표시. 이미 갈 수 있는 자격이 결정되어 있어. 표 없이 들어갈 수 있는 틈 하나쯤은 있어도 사회가 무너지지는 않을 텐데. 사실 그런 틈이 있어야 강한 바람에도 벽이 무너지지 않을 텐데."

그렇다고 그녀가 일요일 하루의 봉사활동으로 의술을 베푸는 것은 미담은 될 수 있을지언정 근본적인 문제를 해결하지는 못했다. 그것은 정치의 문제였다. 그녀의 따뜻한 마음이 아니라 차가운 제도의 문제. 좋은 일을 하려던 그녀는 자기가 사회의 거대한 체계 속에서 점점 왜소해짐을 느꼈다. 그러나 왜 방법이 없었겠는가? 사회주의 의료체계를 만들거나, 그 이즘(ism) 때문에 남북분단의 상태에서 보수신문의 눈초리가 부담스러웠다면, 좋은 의미의 거짓말을 해서 스웨덴식 사회민주주의 의료체계를 만들자고 주장하고, 정치제도를 그 쪽으로 변화시키기 위해 노력하면 되는 것을. 그것이 언제 가능하냐는 물음은 중요하지 않았다. 하다보면 되겠지. 의지와 태도가 있다면. 그러나 그녀는 아름다운 모습으로 남고 싶었다. ism(주의)의 성가신 꼬리표를 자기에게 달고 싶지 않았다. 자유로운 인간은 '아무 ism도 받아들이지 않는다는 ism'이 그 시대의 유혹이었다. 그녀는 의대 교수로 발령받았다.

"넌 노무현 같아."

그녀가 불쑥 말했다.

"왜?"

"너무 달라. 하지만 비슷한 기질이 있어."

"어떤 거?"

"달라. 넌 소심하고 그 사람은 대범해. 그런데 원칙주의자야. 네가 원하는 원칙은 아주 사소한 것이고, 그가 말하는 원칙은 아주 원대해. 하지만 같아."

"갑자기 그 사람 얘기는 왜 꺼내는 거야? 그 사람 지지자도 아니잖아."

그들은 잘나서 지지자를 만들지 않았다. 홍위병에 대한 공포도 있었다. 무리를 지어 돌아다니는 시대는 끝나고 가장 큰 무리는 둘인 시대, 연애와 사랑의 시대, 자아와 그 반영으로서의 대상의 시대, 나를 통한 질서로서의 세계가 뒤늦게 열린 것이었다. 그녀가 말했다.

"갑자기 너를 보고. 퍼뜩."

"재미있네. 정반대 아냐?"

"아버님도 그런데."

"우리 아버지? 우리 아버지처럼 얌전한 분이 어디 있어?"

"아니야. 아버님은 참으시는 거야. 넌 그걸 모르고 살았어?"

"그럴지도 모르지."

"그걸 아시니까 너를 걱정하는 거야. 그 피가 어디 가겠어?"

"그래?"

"어머님, 아버님 보면서 안절부절 불안해하시는 거 몰라?"

"정말? 왜?"

"그러니까 아들들은 이기적이야. 자기 배만 부르면 그만이야."

그는 웃었다. 몇 번의 만남으로 그녀는 자기보다 더 부모님을 잘 알고 있는 듯했다. 그는 여자를 잘 선택했다고 생각했다. 시댁에 잘할 것이라고 역시 이기적인 생각을 하는 것이었다. 의사는 오랜만에 나 이외의 것에 대해 말을 꺼냈다. 선규와 헤어진 후 처음이었다.

"김대중 대통령과 그 사람은 공통점이 많지?"

"아니. 지금 김대중 대통령과 그 사람을 보면 정반대의 사람 같아. 한 명은 가혹한 피해자이나 한편으론 귀족적이고, 한 명은 가해의 지역에서 태어났으나 피해자보다 더 가혹한 운명을 타고 난 것처럼 보여."

"어떤 의미에서?"

그는 물었다. 흥미로웠다. 여자의 견해는 항상 남자보다 분석적이었다. 그러나 그것보다는 화제가 돌려지니 화가 가라앉는 듯했다. 그는 커피를 마셨다. 단맛이었다. 그가 원한 것은 쓴맛 다음에 느낄 수 있는 밑에 침전된 단맛이었다. 그녀가 시선을 상호의 알파벳 N에 꽂았다. 그것은 안에서 봐도 N이었다.

"음. 피해자인 김대중 대통령은 광주의 학살을 우아하게 용서로 매듭지으려고 하고, 그 피해와 관련 없는 노무현의원은 관련자들을 죽여야 한다고 하잖아. 물론 죽인다는 말은 그렇지만. 아마 끝까지 파헤쳐서 법의 정당한 심판대에 세워야 한다는 말이겠지. 적당히 얼버무리는 것이 아니라. 형식적으로 감옥 보냈다가 다 풀어줬잖아?"

그는 고개를 끄덕거렸다. 그것이 그의 가혹한 운명과 무슨 관계가 있을까 생각했다. 그녀는 여전히 N을 보고 있었다.

"어떤 것이 옳은 것인지는 모르겠어. 원칙과 상식은 단순한 것 같지만 반대로 제일 어려운 거야. 정작 피해자는 복수를 두려워 해. 당해봤으니까, 죽음을. 두려움, 그건 뭘까? 우리도 모르게 학습된 걸까? 현대사의 죽음의 절반은 전라도에서 일어났어. 또는 전라도에서 태어난 사람들이었어. 그 사람들의 마음을 이해한다면 김대중 대통령의 용서와 화해라는 마음도 이해할 수 있어. 처절하지. 그러다가 또 죽으면 누가 책임질 거야? 또 그들이잖아? 그러면 진정한 청산은 누가 해야 할까?

프랑스나 독일처럼. 노무현이라는 사람이 총대를 메는 것 같단 말이지. 자기 스스로."

대화는 그렇게 흘러갔다. 이 사회에 대해 고민하는 마지막 의례처럼 보였다. 다시는 그런 말을 하지 않을 것 같았다. 며칠 후 결혼과 동시에 새 삶이 시작되리라. 서로의 마음을 꿰뚫는 두 사람만의 왕국에서 더 이상 외부의 몰이해와 부딪치는 피곤한 일은 없으리라.

"친일 청산, 아직도 그 문제는 남아 있잖아? 아니 남아 있는 것이 아니라 하나도 건들지 않고 반일을 이야기하는 모순을 우리는 잘도 견딘단 말이야. 고등경찰의 후손이 자신을 지배하고 있는데. 우리나라 사람들 정말 무서워."

그녀는 우리나라 사람들이라고 말했다. 자기가 거기에 포함되어 있다는 것을 잠시 잊은 채. 아니 잊은 것이 아니라 분리시킨 채. 그는 궁금한 것이 있었다.

"그래서 그 사람의 가혹한 운명이란?"

"그래서 그 사람은 통쾌하고 두려움을 줘."

"어떤?"

"상식과 원칙에선 통쾌하고 그 실현에는 낯선 두려움을. 피해자가 해결하지 못하는 모순을 짊어진 가해지역의 사생아. 그래서 그는 현대사에서 우리를 가장 괴롭히는 인간이야. 아마 그는."

"아마?"

"죽을 것 같아."

"응?"

"몰라. 그런 생각이 들어. 타인에 의해서든, 자기 폭발에 의해서든. 그는 너무 일찍 왔어. 아무도 그 준비를 하지 않았는데."

그녀는 천천히 N에서 시선을 거두었다. 그리고 커피를 마셨다. 그녀가 말한 것은 비논리적인 것이었다. 그러나 여성의 말은 미신적이기도 하고 때로는 놀라운 통찰력을 선사하기도 했다. 그녀는 읊조렸다.

"여러모로 위험해 보여."

"그래 그건 사실이야. 그는 가장 단순하고 가장 어려운 일을 하려고 해."

그가 대수롭지 않게 말했다. 일어날 때가 되었다. 마지막으로 그는 물었다.

"그런데 내가 그 사람을 닮았어?"

"아니. 응."

그녀는 횡설수설했다. 그리고 어깨를 으쓱했다.

"말했잖아. 가장 단순하고 어려운 일을 하려 한다고. 그 영역은 다르지만. 너는 완전히 너 개인의 영역에서. 그 사람은 이 전체의 영역에서. 다 잊고 가자."

그는 고개를 끄덕거렸다. 그들은 마지막 커피의 찌꺼기를 남기고 자리에서 일어났다. 그리고 며칠 후 결혼식을 올렸다. 선규에게만 청첩장을 보내지 않으면 이상하고, 보내는 것도 이상해서, 의대친구들 모두에게 초대장을 보내지 않고, 양가 가족만 참여하는 결혼식을 한다고 말했다. 신혼의 창은 바람을 막아주었고 그 창을 통해서만 밖을 보다가 사랑을 나눌 때는 유리 위에 커튼을 쳤다. 알몸을 보여주는 용기는 수줍음이라는 마음의 벽을 넘지 못했다. 그것이 허공이었을지라도.

의사는 생각했다.

'분명히 둘 다라는 의사를 표했는데 왜 얘는 내가 임대를 원한다고 생각한 걸까?'

직원은 의사의 말을 기다렸다. 의사는 망설였다. 자신이 무엇을 하려 했는지 잠시 잊었다가 기억했다.

"시세는 어떻습니까?"

"15억입니다."

"비싸군요."

"시세의 영향을 받지 않는 지역입니다."

직원은 의사의 몸 전체를 바라보았다. 이 사람이 정말로 사려고 하는 것인지, 그럴 능력은 있는 사람인지 직업적 눈썰미로 살피는 것 같았다. 그러나 티는 내지 않았다. 의사는 살피는 것과 티를 내지 않으려는 것, 둘 다를 알았지만. 의사는 생각했다. 이사를 올 수도 있을 것 같았다. 자기가 사는 아파트 가격에 주식을 팔아 더하거나 충청북도 강변에 사놓은 땅을 처분하면 되었다. 주식은 별로 재미를 보지 못했지만 남한강변의 논은 4대강 사업으로 관광단지가 조성된다는 전망 때문에 가격이 세 배 올라 있었다. 그런데 왜 여기에 이사를 오려고 하는지, 자기가 미친 것은 아닌지, 자기가 그런다고 부인을 설득해서 올 수 있는 것인지, 아이들의 교육은 새로운 환경에서 어떻게 해야 하는 것인지 도무지 갈피를 잡을 수 없었다. 의사는 이성과는 반대로 말했다.

"지금 볼 수 있나요?"

"매매요?"

"네."

"가능할 겁니다."

직원은 컴퓨터 파일에서 무언가를 찾아 전화를 걸었다. 전화를 받지 않는 것 같았다. 의사는 물었다.

"사람이 살고 있나요?"

"네."

"그럼 언제 가능할까요?"

의사는 잘됐다고 생각했다. 없었던 일로 하면 되는 것이었다. 연락이 오면 이미 다른 집을 구했노라고 말하면 되는 것이었다. 그는 웃었다. '정말로 이사를 와서 뭘 어떻게 하겠다는 거야? 다른 방법으로 만날 수 있겠지. 그게 더 낫지.' 침울하면서도 안도감이 생겼다. 의사가 일어서려고 할 때 직원이 말했다.

"가시죠?"

"어딜?"

"집이요."

"갈 수 있나요?"

"네. 위임을 받았거든요."

"네."

직원은 파일을 들고 나섰다. 의사는 어떤 판단을 내려야하는지 몰랐다.

"선생님, 명함을 하나 주시겠습니까?"

"왜요?"

"아, 만일을 위해서요."

"만일?"

"네."

"연락처는 보고 난 다음에 드려도 되지 않나요?"

"그게 아니라."

"그게 아니라?"

"구역이 구역인지라 만일을 위해 신원을 확인해야 합니다. 선생님께만 적용하는 것은 아닙니다. 그 정도는 감수하셔야 합니다."

"아, 만일이라는 경우가 그런 거군요."

"네."

"하지만 그런 거라면 명함을 위조할 수도 있지 않겠습니까?"

"그렇게까지 하겠습니까? 확인해보면 바로 알 수 있는 거구요."

청년은 의사의 말투까지 따라하며 반문했다.

"그렇군요. 그러죠."

의사는 주머니에서 지갑을 꺼내 명함을 주었다. 명함을 받은 청년이 그를 보고 말했다.

"의사 선생님이신가요?"

"네."

그는 얼굴 표정을 호의적으로 바꾸었다.

"가시죠. 의사 선생님. 집은 괜찮을 겁니다. 의사 선생님이 거주하시기에 아주 좋은 집일 겁니다. 뒤로는 숲이 있고 광장을 바라보는 남향입니다. 3층이고요. 이웃은 교수, 변호사, 기업가입니다. 자수성가한, 이름만 무늬인 전문직 종사자들이 아닙니다. 태어날 때부터 부자인 사람들이죠. 월급으로만 이 빌라를 소유하긴 벅찹니다. 그리고 스타 연예인들이에요. 시크가 그 앞 동에 삽니다. 아시죠?"

"아뇨."

의사는 고개를 저었다. 의사는 딴 생각을 했다. 딴 생각이라기보다는 명확한 무엇을 생각하지 않았다. 이끌리는 대로 흘러갔다. 직원은 만면에 웃음을 띠었다. 한편으론 의사의 급이 어느 정도인지 생각했다. 이렇게 말하는데도 의사가 집을 보러 따라나선다면 어쩌면 계약을 성사시킬 수 있다는 희망에 부풀어 있는 것 같았다.

"그런데 의사 선생님 같지 않으세요."

"어떤 게 그런 거죠?"

"수수하다고나 할까. 그러고 보니 이 아웃도어의 상표가 그것 아니에요? 몽클레어. 아, 그렇구나."

의사는 머리가 아팠다. 속으로 소리쳤다.

'네가 나를 인정할 권리는 없어!'

그 기분은 상놈에게 칭찬 받는 양반의 모멸감이었다.

"가시죠."

그의 목소리가 꾀꼬리처럼 울렸다. 의사는 청년을 따라갔다. 그는 J가 있는 곳으로 가고 싶었다. 그녀의 살냄새가 그를 유혹하는 곳으로. 자신도 용서할 수 없는 자신의 가장 밑바닥 감정을 인내하며.

그들은 빌라의 정문에 다다랐다. 청년은 경비에게 위임장과 자신의 명함을 주었다. 경비는 그 청년을 이미 알고 있는 듯이 바라봤다.

"매매자의 신분증."

청년은 의사를 바라보았다. 의사도 그 말을 들었다. 의사는 지갑에서 명함을 또 꺼냈다. 청년이 말했다.

"명함은 됐습니다. 지금 필요한 건 주민등록증이나 운전면허증입니다."

"왜요?"

"여기 규칙입니다. 집 안에 들어간 사람의 신분을 정확히 알고 있어야 합니다."

"그렇군요."

의사는 망설였다. 이제는 자신이 여기 들렀다는 사실이 정확하게 기록되는 것이었다. 어떤 공포가 다시 밀려왔다. 그것은 부인에 대한 미안한 감정이기도 하였고, J에 관한 야릇함과 공포이기도 하였다.

"선생님. 뭘 생각하세요? 신분증 주셔야죠."

의사는 웃었다. 감정과 행동이 일치되지 않았다. 그는 주민등록증을 주었다. 청년은 그 주민등록증을 경비에게 주었고, 경비는 그 주민증을 복사하고는 되돌려주었다. 그들은 광장을 둥글게 돌았고 땅콩처럼 붙은 두 번째의 광장으로 들어갔다. 큰 나무는 없었다. 마음만 먹으면 큰 나무를 조경하여 풍취를 낼 수도 있었으나 그 빌라는 건조한 풍경을 내세운 듯 했다. 지중해의 어느 곳에 있는 귀족의 저택이나 영지의 별장 같은 모습이었다. 작은 등나무 한 그루가 광장 한가운데에 작은 그늘을 만들었다. 그 아래에 흰색 나무 의자 한 개가 놓여 있었다. 그것마저 누가 앉아 쉬는 용도라기보다는 시선의 즐거움을 위해 설치한 것처럼 보였다. 등나무에 보랏빛 꽃이 몽환적으로 핀 계절이었다.

그는 어디서인지 쳐다보고 있을지도 모르는 J를 생각했다. 혹시 그녀를 만난다면 어떻게 인사를 해야 하나? 또는 그녀가 광장을 걷고 있는 자신을 보면서 놀랄까? 그런 생각들이 두서없이 머리에 떠올랐다. 빌라의 대리석 외벽은 하얗게 빛나며 그의 눈을 찔렀다. 하얀 구멍이 뚫린 듯 했다. J의 시선이 자기를 통째로 삼키고 있는 두려운 생각이 들었다. 그리고 다른 쪽에서는 부인이 야릇한 미소를 머금고 자기를 쳐다보고 있었다. 그는 몸을 떨었다.

"선생님. 괜찮으십니까?"

"뭐가요?"

"땀이 많이 나요."

의사는 얼굴을 손으로 만졌다. 땀방울이 손에 묻을 정도로 흘러내리고 있었다.

"덥군요."

"네. 그렇긴 하지만 제가 묻는 건 괜찮으시냐고요?"

"네. 내가 이상해보여요?"

"아뇨. 피곤해보여요."

"괜찮아요. 안 피곤해요. 가시죠."

의사는 손수건을 꺼내 땀을 닦았다. 청년이 말했다.

"디자인이 참 좋은 거네요."

"좋죠? 얼마쯤 되어 보여요? 우리나라 것이 아니라는 것은 알겠죠?"

"네. 그럼요."

"난 좋은 것을 쓰는 사람이죠. 좋은 사람은 아니지만."

"좋은 분이죠."

"왜요? 왜 내가 좋은 사람이죠?"

"좋은 것을 쓰니까."

"아. 그렇구나. 좋은 것을 쓰니까. 참 좋은 말이네."

"들어가시죠."

"어딜?"

"집이요. 보기로 한 집."

"그렇군요. 집을 보러 왔지."

청년은 의사를 물끄러미 바라보았다. '하하하' 웃었다.

"왜 웃는 거지?"

"허점이 보여서요."

"그게 왜 웃긴 거죠?"

"웃기잖아요."

청년은 그렇게만 말했다. 의사는 자신이 이상한 상황에 빠졌다고 생각했다. 말은 허공에 맴돌았으나 무엇을 말하려 했는지 명확한 논점을 찾아낼 수 없었다. 그들은 빌라의 출입구에 닿았다. 카메라가 그 입구를 보고 있었다. 청년은 비밀번호를 눌렀다. 의사는 그의 손을 유심히 보았다. Z를 그렸다. 문이 열렸다. 그들은 안으로 들어갔다. 안으로 걸음을 내딛는 순간, 의사는 스산한 기운을 느꼈다. 화강암과 대리석의 찬 기운이 그의 어깨에 닿았다. 의사는 말했다.

"춥군."

"네. 이 건물은 덥지 않습니다. 워낙 두꺼운 대리석으로 열을 차단하니까요. 계단에 별도의 냉방을 하지는 않습니다. 인공적 조절을 입주자들이 싫어하니까요."

의사는 언젠가 자기가 이런 건물에 들어간 느낌이 들었다. 의사는 아래로 내려가려고 했다. 청년이 말했다.

"지하를 보시려고요? 그건 차고로 들어가는 계단입니다. 거기에 차고가 있다는 건 어떻게 아셨습니까? 대단위 아파트 단지에나 있는 구조인데요. 저렴한 빌라는 보통 그렇게 만들지 않습니다."

"그래요? 차고군요."

의사는 무엇을 생각했다. 청년이 말했다.

"집을 먼저 보시고 부대시설은 다음에 보는 것이 순서가 아닐까요? 설마 선생님께는 차고가 제일 중요한 건 아닐 테죠? 어떤 차를 가지고 계신가요?"

"소렌토."

"선생님은 차에는 별로 흥미가 없군요."

"네. 차는 실용적인 거죠."

"사모님은요?"

"없어요. 운전을 안 해요. 항상 느릿느릿 걸어 다니죠."

"아, 웰빙?"

"웰빙?"

"모르세요? 웰빙."

"몰라요."

"이런 곳에 사는 것."

"아. 그렇구나."

의사는 고개를 끄덕였다. 새로운 것을 배운 것 같았다. 청년이 말했다.

"올라오세요. 집을 먼저 보시죠."

"네."

의사는 지하로 가는 아래를 한 번 보고 위로 올라왔다. 청년은 앞장 서서 둥근 계단을 빠른 걸음으로 종종종종 올라갔다. 몸에 탄력이 남아 있는 자들이 내는 구둣발 소리가 경쾌하게 울렸다. 통. 통. 통. 통. 청년은 위에서 말했다.

"어때요? 선생님께 이 건물의 바닥 재질 탄성을 들려드리려고 그랬답니다. 경쾌하죠? 하지만 실내에서는 이 소리가 울리지 않아요."

"네."

"한 번 체험해보시겠어요? 물론 전용 엘리베이터도 있지만 그건 내려오실 때 보시죠. 선생님은 연세가 어떻게 되시죠?"

"내일 모레면 허리 잘린 평균수명."

"하하하. 최연소 입주자님. 올라오세요. 이제 곧 선생님의 휴식처가 될 집으로!"

의사는 청년이 하는 것처럼 빠른 걸음으로 계단을 둥글게 올라갔다. 경쾌한 소리가 울렸다. 2층으로 올라가니 한 번 더 그 경쾌함을 체험해 보고 싶었다. 그래서 의사는 청년을 뒤에 두고 먼저 뛰어 올라갔다. 통. 통. 통. 통. 통. 더 잰 걸음으로. 3층이었다. 계단은 다시 위층으로 곡선을 그리며 부챗살처럼 퍼져 있었다. 우아한 굴곡의 청동난간은 얇고 단단한 자태를 뽐냈고, 계단 위를 따라 올라가며 끝에서 살짝 물결쳤다. 한 층에는 한 가구가 있었다. 보통 두 집이 문을 마주 보는 구조가 아니었다. 더구나 출입구는 계단에서 보는 시야에서 완전히 차단되어 있었고, 공간적으로도 수 미터 안으로 충분히 들어가 위치하고 있어 완벽한 사적공간을 만들어주고 있었다. 청년이 뒤에서 말했다.

"선생님. 초인종을 눌러 보세요. 이제 곧 선생님 집이 될 테니까요."

의사는 몇 걸음 안으로 들어가 출입구에 닿았다. 초인종이 있었다.

알람브라 궁전의 석주 | 209

그는 누르려다가 손을 떼었다. 누가 안에 있는 것 같았다. 청년이 그의 뒤에 다가왔다. 의사는 얼굴을 돌렸다.

"안에 누가 있는 것 같아요."

"없습니다."

"이 소리는 뭐죠?"

그들은 귀를 기울였다. 피아노 소리가 들렸다. 아주 작게. 그것은 그저 공기 중에 떠도는 미세한 진동 같았다. 청년은 문에 귀를 댔다.

"아무 소리도 안 나는데요."

"잘 들어 봐요."

청년은 눈을 찡긋거렸다. 의사는 속으로 웃었다. 귀로 듣는데 왜 눈을 찡긋거리는 것인지.

"나는 것 같기도 하고. 뭘 틀어놓고 나가셨나?"

"아뇨. 이건 실제 소리예요."

"그래요?"

"조금씩 높낮이가 다르잖아요. 그렇죠?"

"그런 것까지 구별하시는군요. 제 귀에는 아무 소리도 안 나는데. 그런데."

분명히 소리는 청년에게도 들렸다.

"아, 이건 위층 소리입니다. 위층에 피아노 치는 학생이 있습니다. 맞아요, 그 댁이 이사 올 때 피아노가 있었어요."

"그런 것 까지 알고 있나요? 이 동네 부동산은."

"아뇨. 조금 기분이 상했죠."

"왜요?"

"우리가 이 빌라 매매를 관리하는데, 물론 법으로 관리하는 건 아니고요. 통상적으로. 저 집은 우리를 통하지 않고 매매가 이루어졌죠. 내막은 잘 모르겠고. 그래서 어떤 특별한 사람들이 이사를 오나 봤을 뿐이에요. 특별하긴 한데 아래로 특별했죠."

"아래로?"

"보기보단 굉장히 저렴한 사람들이더라고요. 뭔가 여기와 잘 안 어울리는 듯한데. 그래서 싸게 계약을 했나보다 그 정도."

"주인과?"

"아뇨. 몰라요. 그럴지도."

청년은 의심스럽게 말했다. 그리고 물었다.

"주인과 직접 계약하시려고요?"

"아뇨. 왜 그렇게 물어요?"

"안 된다는 말을 미리 말씀드립니다. 이 계약의 주체는 저희 부동산입니다."

"알고 있어요."

청년이 층계를 우아하게 둘러보았다. 그는 낮게 말했다.

"자기 오디오를 틀지 않아도 은은한 음악이 흐른다. 괜찮죠?"

"네. 방해받을 정도는 아닌 것 같습니다."

청년이 초인종을 눌렀다. 안에서는 반응이 없었다.

"보세요. 정확하죠? 없죠? 선생님은 더 편하게 집을 둘러보실 수 있습니다. 주인처럼 소파에 앉아서 밖을 바라볼 수도 있고 화장실의 수압을 천천히 살펴볼 수 있습니다. 마치 주인처럼. 좋죠?"

"네."

청년은 비밀번호를 눌렀다. 의사는 그의 손이 그리는 모양을 바라보았다. 'J'였다. '1. 3. 8. 4.' 그는 숫자를 바라보며 글자를 썼다. 그리고 속으로 말했다. '제이.' 문이 열렸다. 청년이 한 걸음 물러서 손으로 길을 터주며 말했다.

"들어가시죠."

의사는 안으로 몸을 들이밀었다. 여인의 냄새가 배어있는 집이었다. 옅은 베이지색 커튼이 큰 창에 드리어져 있었다. 그 천을 투과한 빛이 쪽나무를 촘촘히 깐 거실 마루에 은은하게 반사되고 있었다. 무더위 속에서도 청량한 느낌이었다. 의사는 구두 벗는 것을 잊고 마루로 발을 디디려 했다.

"선생님. 아직 이사 온 것은 아닙니다. 이삿짐을 나를 때도 이 집은 신발을 벗어야 할 걸요. 모노륨 장판이 아니잖아요?"

의사는 턱에 걸려 넘어지려다가 간신히 구두를 벗고 마루에 올라섰다. 뒤따라 청년이 마루로 들어왔.

"커튼을 걷을까요?"

"아뇨. 지금이 좋아요. 광장 방향이라는 거 다 알고 있어요. 거기에 무엇이 있는지도."

의사는 자기의 시공간 감각으로 3층에서 내려다보이는 광장의 풍경을 상상했다. 등나무의 보랏빛 꽃의 향연, 그 위에 쏟아지는 여름 빛, 그 빛이 꽃 사이를 투과하여 아래 그늘에 놓인 흰색 나무 의자에 알록달록한 흑백의 무늬를 수놓은 것을. 아름다운 풍경이었다.

"그래도 한 번 보시는 게 좋지 않을까요? 뿌듯한 마음으로."

"아뇨. 지금이 좋아요."

"그럼 선생님이 원하시는 대로 하세요. 나중에 불평하지 마세요."

"네."

집 안의 가구가 천천히 모습을 드러냈다. 있을 만큼만 있으되 규모가 큰 것은 없었다. 의사는 전체적인 풍광이 마음에 들었다. 표내지 않는 소박한 질서와 우아함이 있었다. 눈썰미가 있는 사람이 보면 각각의 가구가 만만치 않은 품격을 지닌 것이라는 것을 한 눈에 알 수 있었다. 물론 드러낸 상표는 없었다. 청년은 말했다.

"검소하신 분들이죠? 하긴 가구야 선생님 것들로 다시 바꾸는 거니까. 이 분들은 이 집이 부담스러우셨나?"

의사는 청년의 말에 아무런 대꾸를 하지 않았다. 대신 자신의 관심사를 물었다.

"이 분들은 어떤 분들인가요?"

"노. 말씀 드릴 수 없습니다. 선생님은 집만 보시는 겁니다."

"그렇군요."

"보세요. 안방만 빼고. 안방은 뒷산으로 창이 있고 별도의 화장실이 있습니다. 더블침대와 장롱, 화장대, 그리고 간이 탁자를 놓을 수 있을 정도로 충분한 공간을 가지고 있습니다. 됐죠? 살짝 보여드릴 수도 있지만 꼭 그렇게 하시지 않아도 이 집은 충분한 매력을 담뿍 가지고 있지 않습니까?"

의사는 고개를 끄덕였다. 의사는 집이 마음에 들었다. 그런데 집 덩어리가 마음에 들었다기보다는 그 안에 배인 주인의 마음과 품격이 마음에 들었다. 작은 방에는 오래된 전축이 있었고 역시 오래된 LP판이 가지런히 꽂힌 나무 장식장이 있었다. 남자의 서재에는 법률관련 책뿐만이 아니라, 문학, 철학, 자연과학 책들이 단행본으로 꽂혀 있었다. 읽다만 책이 책상 위에 놓여 있었다. 그것은 '빛보다 빠른 입자'였다. 화장실이나 옷방, 다용도실, 뒤쪽 테라스 등은 그의 관심사가 아니었다. 그보다 그는 이 집에 백 퍼센트의 진심으로 이사를 오기 위해 온 것은 아니었다. 뭔가를 행하지 않으면 견딜 수 없었다. 그런데 집의 내부를 보는 순간 이 공간에 살고 싶다는 욕심이 생겼다. 흩어져 있는 재산을 한 데로 몰아 이 집을 소유하고 싶었다. 그리고 아주 간단하게 J와 이웃으로 인연을 맺으면 되는 것이었다. 의사는 물었다.

"떨어지지는 않겠죠?"

"선생님."

"네. 여기 있어요."

"왜 떨어진다고 생각하세요? 일본이 그렇다니까. '은마'가 떨어지니까."

"그러니까."

"일본을 극복해야죠. 안 그래요?"

"네."

의사는 대답하고 말았다. 멍했다. 청년의 말이 맞는 것 같았다. 그렇게 되면 좋겠다는 생각을 했다. 어차피 이 집이 나의 소유가 된다면.

"큰돈은 못 모으시겠군요. 앞 동을 보세요. 복층에 여기 이 집의 두 배입니다. 그럼 몇 배가 되는 거죠? 네 배죠. 맞죠? 이이는 사."

"네."

"그럼 얼마가 되겠어요? 계산해보시죠."

의사는 가만히 있었다. 30억이었다. 의사는 바보처럼 그의 말에 초등 생처럼 대답하고 말았다.

"30억."

"네? 네 배가 30억이라고요. 선생님 설마 이 집 7억 5천이라고 생각하고 계신 거예요?"

"15억."

"그런 네 배면 얼마겠어요? 제가 가르쳐 드려요? 60억."

"네?"

의사는 놀랐다. 사람이 사는 곳에 60억이 왜 필요하다는 것인지 이해할 수 없었다. 의사는 물었다.

"160평을 쓴다는 말이에요?"

"왜 못 써요? 마음만 먹으면 필요한 게 얼마나 많은데요? 침실, 서재,

식당, 아기방, 의상실, 영화감상실, 와인바, 카페, 파티장, 거실, 손님방, 손님화장실, 손님욕실, 간이헬스장, 선생님은 그런 것을 갖고 싶지 않아요? 동네에 사람이 안 보이는 것 모르셔요? 차만 왔다 갔다 하잖아요."

"글쎄요. 너무 넓어서 이상할 것 같아요. 길을 잃을 것 같군요."

"길을? 하하하."

의사는 청년의 과장된 웃음이 웃겼다. 청년이 말했다.

"길을 잃는 것은 할인마켓에 간 서민 아줌마죠. 싼 것을 찾아 이 구석 저 구석 헤매다가 길을 잃는 것 아니겠어요. 하하하. 아, 눈물이 다 나네."

"그런데요?"

"뭐가 그런데에요? 이 사람들이 집값이 떨어지도록 방치하겠어요? 친구에 친구는 전부 국회의원이나 정부 요직에 있는데. 지금은 전부 교회에 가셨어요. 지금 털면 다 털 수 있는데. 쳇."

마지막 한 마디가 그 청년의 본심이라면 본심이었다. 아마 그는 반지하 전세방이나 옥탑에서 서울의 하늘을 아예 못 보거나 하늘의 풍경에만 질려버린 삶을 살고 있는지 몰랐다. 청년은 커튼을 살짝 들추고 앞동을 보았다.

"수요가 가격을 결정한다고, 여기 탐내는 사람들 줄었어요. 얼마나 좋아요? 결혼도 좋은 집안을 쉽게 만나 잘할 수 있는데. 앞집에 국회의원 딸과 뒷집의 장로님 아들."

의사는 고개를 끄덕였다. 자기도 남부럽지 않게 사는 축이라고 생각했는데 그들이 보면 의사 나부랭이는 버둥대는 서민이었다.

"그럼 왜 이 작은 집이 여기 들어와 있느냐? 그건 무슨 세금 감면 받으려고 편법을 쓴 걸로 알고 있어요. 저기는 가벽을 만들고 허무는 거죠. 명의는 아버지, 어머니, 아들, 며느리, 손자 이렇게 나뉘어져 있어요. 한 집인데도. 40평. 정확히 39.9평. 0.1에 돈의 비밀이 있어요. 이거 사실 매매해도 얼마 남지도 않아. 서비스로 해주는 거지."

그는 집 안을 한 번 둘러보고 냉소적으로 말했다.

"귀족 저택에 붙은 하인들 합숙소 같은 거죠 뭐."

청년은 바로 의사를 바라보고 또 말했다.

"선생님이 그렇다는 건 아닙니다. 혹시 알아요? 선생님이 저 복층으로 가실지? 제 말씀의 요지는 이곳은 반드시 오른다는 겁니다. 왜냐? 지금 말씀드린 이유로."

의사는 안심이 되었다. 닭도 먹고 꿩도 먹는 것이었다. 닭은 돈이고 꿩은 은밀한 집착이었다. J의 얼굴이 떠올랐다.

"그런데 30대 초반의 부부가 이런 곳에 살 수 있을까요?"

"왜요? 누구 아세요?"

"그냥. 누군가에게서 그 얘기를 들어서요. 그 부부를 아는 사람이 이곳을 와보고 저한테 추천을 했거든요. 아주 좋은 곳이라고."

"왜 불가능하겠어요? 있겠지요. 제가 알지만 말할 수 없다는 것도 알고 계시겠죠?"

청년은 알쏭달쏭한 말을 했다. 그것은 있다는 말이었다.

"어떻게 30대 초반에 이런 재산을 모을 수 있을까요?"

"말씀드렸잖아요. 태생적으로 부자들이라고, 타고 난. 월급을 모은 사람들이 아니라."

청년이 괜스레 단호히 대답했다. 의사가 집을 둘러보며 물었다.

"이 집 주인은 누구십니까?"

"Nou!"

청년은 소리쳤다. 그리 큰 소리는 아니었으나 접시가 깨지는 것 같은 억양에 귀가 쨍했다. 이와 입 사이에서 발음을 씹는 소리였다. 다행히 소리는 곧 방음이 잘 된 벽에 흡수되었다. 의사는 청년이 왜 그러는지 의아해했다.

"왜요?"

"말할 수 없습니다. 말해서는 안 됩니다. 선생님, 왜 그런 관심을 자꾸 갖나요?"

청년은 이상한 눈빛으로 그를 바라봤다. 청년은 덧붙였다.

"금방 매매가 될 집입니다. 선생님 맘에 드셨다면 다른 사람들도 다 마음에 들지 않겠습니까?"

"그건 그럴 것 같군요."

의사는 견고한 외벽, 우아한 벽지, 정갈한 집안의 소품을 보며 말했다. 그 사이에 청년은 고개를 갸우뚱했다.

"그런데 왜 집 외적인 것에 관심이 있으십니까?"

"가구를 모두 가지고 가시나요?"

"이 분들이요?"

"네."

"그건 또 왜요? 당연히 치워드려야 되겠지요. 걱정하지 마세요. 그렇게 허술하게 일을 하지는 않으니까."

"그게 아니라."

"그게 아니라면 선생님이 어디에라도 팔까 생각 중이신 건가요?"

"가구와 함께 집을 파는 것은 아닌가? 이 상태가 좋아서요."

"네?"

"가구와 함께 이 집을 사고 싶다고요."

"왜요? 가구가 없으세요? 외국에서 오시는 건가요?"

"아뇨. 이 집 이대로가 마음에 들어서요."

"선생님 취미도 특이하십니다. 사모님은 차를 안 가지고 계신다고 하고."

"네."

"또 선생님은 선생님의 그 옷 몇 벌 값밖에 안 되는 소렌토를 타고 계신다니."

"소렌토요?"

"네. 아까 선생님이 그렇게 말씀하시지 않았습니까?"

"그랬나요?"

의사는 소렌토를 타지 않았다. 그는 경비를 세무회계의 방법으로 털기 위해 BMW를 구입했다. 어차피 필요한 거라면 세금을 내는 것보다는 재산으로 차를 간직하고 있는 것이 나왔다. 또 그것에 의해서 교제의 폭이 넓어지고 그 사람을 통하여 언론을 통해서는 알 수 없는 실세의 사람들이 움직이는 방향을 알 수 있었다. 탈세는 아니었다. 그는 자신이 왜 그 말을 했는지 이해할 수 없었다. 광고의 어떤 장면이 마음에 들었을까? 그는 생각했다. 청년의 목소리가 울렸다.

"지하 차고에 내려가려고 하실 때 제가 집 먼저 보자고 말씀드렸을 텐데요? 그때 말씀하셨잖아요? 소렌토. 저희는 고객 한 분 한 분의 상태에 맞게 집을 드리려고 노력합니다. 물론 두 대는 충분히 가능하지만 혹시나 스포츠카를 한 대 더 가지고 계시지는 않은지 확인하려고. 보세요. 여기 동그라미를 치지 않았나요?"

청년이 보여준 파일 위의 서류에는 자동차란에 동그라미가 쳐져 있었다. 의사는 생각했다. 왜 지하로 내려가려고 했을까? 그는 거기에 지하차고가 있다는 것을 알지 못했다. 청년이 말했다.

"물어볼 수는 있습니다."

"뭘요?"

"참."

청년은 계집애처럼 한숨을 쉬었다. 이번에도 감정이 과잉이 되어 마루에 넘쳐흐르는 듯 했다. 의사는 이상한 세상이라고 생각했다. '도대체 상대가 뭘 잘못했다는 거지?' 그것은 도처에 만연된 전염병 같았다. 아무 것도 아닌 일에는 감정을 담뿍 담아 말하고 정작 심각한 일에는 냉담한 감정을 보이는 것이었다.

"선생님은 선생님께서 말씀하신 것을 잠깐 사이에도 까먹으시나요? 주인에게 가구를 어떻게 할 것인지 물어보겠다고요. 처분할 거라면 그대로 두시라고요. 그리고 이도저도 아니라면 매매할 의향은 없으신 건지."

그는 다시 서류에 무엇을 적었다. 이 논의를 잊지 않기 위해 메모하는 것 같았다. 청년은 말했다.

"됐지요? 그것이 선생님의 희망사항이시죠? 다른 것은 다 괜찮고."

"네."

"선생님이 궁금해 하시는 주인은 계약하실 때 뵐 수 있습니다. 그렇게 궁금하시다면. 집에 하자가 있는 것을 숨기는 일반인들은 절대 아닙니다."

청년은 의사를 안심시켰다. 의사의 마음은 그것이 아니었다. 그것은 자기가 맘에 드는 이 공간을 꾸민 사람들에 대한 끌림과 호기심이었다. 청년이 불쑥 말했다.

"그럼 계약은 오늘 하실 건가요?"

"네?"

"그럼 내일?"

"저. 조금 생각해보고 하면 안 될까요?"

"얼마나 조금이요? 금방 나갈 텐데. 계약금 십 프로가 아니라도 돈 몇 백만 원은 걸어놓고 가시는 게 좋을 텐데요."

십 프로란 일억 오천 만원이었다. 의사는 막상 계약을 하려니 이 집이 어마어마한 덩어리라는 것을 실감했다. 계약금만 지불하려고 해도 웬만한 월급쟁이가 김치와 밥만 먹으며 꼬박 10년은 모아야 하는 돈이었다. 의사는 말했다.

"안방을 안 봤군요."

"꼭 보셔야겠어요? 이건 예의가 아닌데. 아까 설명 드리지 않았어요?"

"예의가 아니라는 건 알지만."

"선생님. 참 특이합니다. 거실의 커튼은 안 열어도 된다. 그러나 침실은 보고 싶다."

그는 곁눈질로 의사를 바라보았다. 엉큼하다는 표정으로.

"그건, 집 사람의 의견 때문에. 아무래도 여자란."

청년은 그 눈길을 거두었다.

"그건 그래요. 안 되는 일이지만 그렇게 해야겠죠? 선생님과 제가 아무 말도 하지만 않는다면."

"그렇게 금지되어 있는 건가요? 어차피 이사를 갈 거라면."

"이 동네선."

청년은 손가락을 치켜세우고 발음의 끝을 매몰차게 닫으며 말했다. 의사는 그 말에도 억지가 있다고 느꼈다. 청년은 '저 동네는 되지만 이 동네는 안 된다.'는 말을 입에 담고 그것이 필요할 때마다 했다. 그리고 시내 어디서 만난다면 아무 것도 아닌 자가 큰 권위나 지닌 것처럼 그 말을 하고 있다고 느꼈다. 복덕방 말단 직원인 주제에. 마치 이 동네의 권위를 다 위임받은 것처럼. 그리고 자기가 왜 별 반감 없이 이 청년의 말을 받아들이고 있는지 의아했다. 그것은 청년에게 빼앗긴 주도권 때문이었다. 의사는 이 집이 마음에 들었고, 그 마음을 청년에게 들켜버린 것이었다. 이 집의 색감과 냄새는 야릇한 흥분을 불러왔다. 침실은 어떨까? 주인이 남긴 흔적만으로도 숨이 막힐 듯 했다. 그리고 그를 통하지 않고는 그곳에 접속할 수 없다는 것이 묘한 아이러니를 느끼게 했다. 의사는 난생 처음으로 하잘 것 없는 인간에게 아첨하는 자신을 발견했다. 그것은 참을 수 없는 일이라고 생각하고 있었으나, 참을 수 있는 것이라는 것을 지금 몸소 체험하고 있는 것이었다. 의사는 이상하리만큼 침실을 보고 싶었다. 은은한 휘장이 쳐진 침대 안에서의 삽입에 대한 에로틱한 욕정이 생겼다. 의사는 자신이 점점 천해진다고 느꼈다. 동시에 자신을 에워싼 교양의 석상이 허물어지며 알몸이 해방되는 쾌감을 느꼈다. 청년이 웃었고, 의사도 살짝 웃었다.

청년은 안방 문으로 다가갔다. 사업상 금지된 일을 한다는 것을 의사에게 각인시키려는 듯이 본인과 의사만 있는 거실을 누가 있는 듯이 한번 둘러보았다. 그리고 출입구 쪽도 스윽 보았다. 그것은 교활한 장난기였고 금지된 것을 당신에게만 허락한다는 교태였다. 의사도 덩달아 주변을 보는 행동을 하고 말았다. 의사는 살짝 웃었다.

"선생님. 혹시 주인이 안방 문 위에 칠판지우개를 올려놓았으면 어떡하죠?"

청년은 의사에게 윙크했다. 의사는 먹먹했다. 그리고 또 동조하며 웃어주고 말았다. 그러자 청년은 문을 열었다.

"어차피 계약하신다고 하셨으니까."

의사는 가슴이 철렁했다. 그 말을 한 적은 없었다. 그러나 문은 열렸다. 칠판지우개는 떨어지지 않았다. 의사는 당황했다. 청년의 말을 못 들은 척, 그의 말을 허공으로 날리기 위해 목을 비틀었다. '두두둑.' 소리가 났다.

처음에 의사를 덮친 것은 살 냄새였다. 그것은 집에서 맡던 생활의 냄새가 아니었다. 의사는 호흡을 하며 눈을 감았다가 떴다. 잠시 후 그 냄새는 사라졌다. 거실보다 어두운 실내가 서서히 눈에 들어왔다. 창은 아직 보이지 않았으나 거기서 드는 연한 보랏빛이 침대 위의 하얀 시트를 은은하게 수놓고 있었다. 밖에 나무가 있다는 것도 그 빛의 흔들림을 통해 알 수 있었다. 찐득한 느낌이 아니라 상쾌한 침실이었다. 의사는 발을 안으로 디뎠다. 의사는 말했다.

"깔끔하군요."

"깨끗하지요?"

둘은 이렇게 대화를 나누었다. 침실에 대하여 깔끔하다는 것, 깨끗하다는 것은 부부에 대한 모독이었다. 청교도 독신자의 침실이라면 모를까? 작고 딱딱한 나무 침대와 회벽, 거기에 걸린 십자가는 생각만 해도 끔찍했다. 의사는 그렇게 느끼지 않았다. 그 침실에는 정선된 욕정이 있었다. 반짝이는 유리의 향연이 화장대에서 춤추고 있었고, 하얀 시트에는 연한 녹색 넝쿨무늬가 우아하게 물결치고 있었다. 보라색 커튼의 질감은 무거운 느낌을 주지 않기 위해 아주 얇았고, 색은 엷었으며 밖으로 내뿜는 광택이 있었고, 창으로 투시되는 풍경, 아무도 없는 뒤의 산, 그 너머에서 누군가 바라보고 있는 것 같은 착각을 주는 관음성과 노출의 이중적 시선을 자극하는 방이었다. 의사는 이 느낌을 감추어두었다. 문을 열어준 대가로 뭔 말은 해야겠기에 청년에게 이해될 수 있는 말로 그냥 깔끔하다고 말했다.

'야릇한 집이군.'

의사가 침실의 분위기에 황홀해하는 순간, 진심으로 이사를 오고 싶다고 결정을 하는 순간, 이제 자연스럽게 J를 만날 수 있다고 생각하는 순간, 그는 한 장의 사진을 발견하고 말았다.

J.

운전대를 잡은 J의 손이 떨렸다. 차는 커브를 그렸다가 우회전을 하더니 곧게 뻗은 길을 달렸다. 안정감을 느낀 건우는 눈을 떴다. 시간은 J의 시간으로 달려가고 있었다. 서울 방향이었다. 이제 반 시간 남짓이면 둘의 만남은 끝나리라. 건우는 아쉽고 애타는 마음이 들었다. 진퇴양난에 빠졌던 자신의 솔직한 마음을 털어놓을 시간도 없이 만남은 끝나버릴 것이었다. 건우는 J의 옆 얼굴만을 똑바로 쳐다보았다. 풍경은 보이지 않았다.

"그 얘기요. 세상에 알리고 싶으세요?"

J는 말이 없었다. 그녀는 앞을 주시했다. 건우는 시선을 거두지 않았다.

"나는 당신 이름도 알게 되었습니다. 당신 때문에."

"그게 뭘 보장해야 한다는 거죠?"

"당신이 절실하게 원했던 것을. 그러면서까지 원했던 것을."

"무슨 얘기인지 잘 모르겠어요? 그런 식의 대화는 너무 복잡해요? 사랑의 고백을 책임지라는 얘기인가요? 우리가 고등학생이에요? 아니 고등학생들도 웃겠군요?"

J는 대답의 내용을 물었다. 건우는 J의 얼굴이 아니라 눈을 보았다.

"누구에게 묻는 거죠?"

"나에게요. 당신에게 하는 말을 나에게 되묻는 거예요. 대답해드릴 게요. 나는 아무 것도 원하지 않아요. 현재로 말씀드리는 거예요. 그것만이 중요해요. 당신의 추억은 당신이 정리하셔야 해요."

건우가 말했다.

"도와드릴게요."

J는 대답하지 않았다. 건우는 그답지 않게 단호히 말했다.

"누구도 누구를 도와줄 의무나 권리가 없다는 말을 하고 싶은 거죠? 그건 잘못된 말이죠. 나는 이렇게 말하고 싶어요. 당신이 어떻게 생각하든 나는 당신을 나라고 생각합니다. 이 말을 어떤 깊이로 받아들일지는 당신에게 달렸어요. 그것은 이해자의 문제니까요."

J는 차를 몰았다. '서울 30km'라는 표지판이 보였다. 수십 년 전의 경제속도로 달리면 반 시간이 남았고 지금의 경제속도로 달리면 20분이 남았다. 나무가 빠르게 지나갔다. 먼 풍경은 차를 따라왔다. J는 건우의 마지막 말이 마음에 걸렸다. '당신이 거부하든 수용하든 나는 당신을

나라고 생각합니다.' 그것은 백치의 막무가내 순수성이었다. 건우는 세련된 방식으로 사랑하는 기술을 습득하지 못한 인간이었다. 그에게 무슨 일이 벌어질지 몰랐다. 그가 그렇게 말한 나는 J의 몸, 정신, 그녀의 아픈 역사, 모두를 지칭하는 것이었다. J는 가슴이 아팠다. 그녀는 차를 세우고 말았다.

'그를 돌려주어야 한다.'

건우가 말했다.

"내내 가슴이 아팠어요."

J는 무슨 말을 할지 고민이 되었다. 어디서부터 어떻게 이야기를 해야 하나 생각했다. 건우가 말했다.

"왜 그런지는 모르겠어요. 당신이 나를 사랑하지 않는다고 하더라도 나는 변함이 없어요."

J는 무서움이 엄습함을 느꼈다. 계산하지 못하는 인간 종류는 가장 단순한 화법을 지녔다. 그녀는 그런 두려움을 느꼈다. 건우의 음색은 그 본성을 감추지 못했다. 심장의 울림이 뇌로 올라가지 않고 목과 입을 통하여 나오는 의도 없는 순수의 소리. J는 혼자 말했다. '나로 인하여 당신이 살해당할 수는 없어요. 나는 아무 것도 아니고 당신은 고귀해요. 구원의 철학이 통탄할 일이에요.' 차들이 지나갔다. J는 다른 길을 보았다. 그 길은 새 길이 곧게 닦이면서 폐쇄된 구 신작로였다. 도로는 군데군데 파이고 쑥부쟁이나 망초가 자라고 있었다. 그 도로는 강변 안으로 완만하고 둥근 원을 그리고 있었다. 강변의 나무나 긴 풀이 그 모

습을 가려서 길이 아닌 것 같기도 했다. 〈길 아님〉이라는 오래된 표지판이 녹을 드러내고 옆으로 기울어져 있었다. 멀리 미루나무 한 그루가 강을 이등분하며 서 있었다. 정겹고 슬픈 느낌을 자아내는 풍경이었다. J는 그리로 들어가고 싶었다. J는 천천히 차를 몰고 들어갔다. 얕은 턱을 넘어서는 순간 차가 흔들렸다. 들어서는 순간 먼 과거, 가까운 과거, 또는 둥글게 돌아올 가까운 미래, 그 안의 다른 겹, 어느 시간이라고 규정할 수는 없지만 다른 곳으로 들어간다는 착각이 들었다. 건우는 J를 바라보았다. 차는 시속 30km의 속도로 안으로 들어갔다. 안에서는 새 도로가 잘 보이지 않았다. 마치 그 길만이 있는 것 같았다.

J는 차문을 열고 밖으로 나갔다. 무더웠다. 한줄기 강바람이 그나마 위안이었다. J는 바람이 열기를 식히고 시원한 공기를 머금고 오는 강을 향해 내려갔다. J는 실수했다. 그녀의 시간을 쉼 없이 질주했어야 했다. 누구도 누구를 위해 희생을 감수하지는 않는다. 그것이 희생이라면 그 자신의 존엄한 가치를 위한 희생일 뿐이다. 그것은 건우의 인생이다. 무엇이 그녀를 현혹하여 시간의 샛길로 들어서 정지하게 만들었을까? 운명? 숙명? 사명? 과녁의 십자가가 그녀의 심장을 조준하고 있는데! 아니다. 그녀는 몸이 피곤하여 쉬고 싶은 것이다.

J는 물가에 서서 강을 바라보았다. 물이 전달하는 시원한 공기가 목과 얼굴을 어루만졌다. 하지만 태양은 그녀의 얼굴에 작렬했다. J는 모순의 상태, 시원함과 뜨거움의 상태에서 자신이 고요를 느끼고 있다는 사실을 깨달았다. 그녀는 혼자 말했다. '나른하다.' 뒤에서 건우가 다가

왔다. 그들은 지난 일요일 사랑의 순간에 다시 서 있는 것 같았다. 비록 그들을 품은 풍경은 달랐을지라도. 해질녘의 고요가 땡볕의 오후로 바뀌었을지라도. 지난 일요일의 그 순간은 두려움과 격정이 교차했고 애욕과 공포가 뒤범벅되었다. 왜 그 순간을 넘기지 못했을까 하는 아쉬움이 드는 것도 사실이었다. 그러나 지난 시간을 되돌리는 것은 불가능했다. 자꾸 더 멀리 앞으로만 가는 것이다. J는 강을 보며 뒤에 있는 건우에게 말했다.

"아무 일도 없었던 게 좋을 것 같아요."

"진심인가요?"

"네."

"나는요?"

건우는 그 대답을 알고 있었다.

"아무 일도 없었던 건가요?"

"있었어요. 그런데 그건 지금 어찌할 수 없는 거라고요. 우리는 그 연장선 속에 있지 않아요. 나는 일주일의 시간 동안에 다른 사람이 되었고 건우씨도 다른 사람이 되어버렸어요. 그런데 우리가 어떻게 지금의 서로를 부정하고 과거의 우리가 된다는 생각을 할 수 있어요? 많이 보았잖아요? 다른 사람들의 인생 속에서. 우리만 그걸 피해간다고 생각하세요?"

건우는 할 말이 없었다. J의 말은 이해는 되었지만 수용이 되지는 않았다. 침착한 J의 목소리가 들렸다.

"전 떠나요."

"어디로요?"

"일단 먼 여행을."

"도망가시는군요."

"그런 말에 저 자신을 설명할 수 없어요. 타인이 생각하는 편견을 제가 어떻게 할 수 있어요? 그래요. 도망가요. 이렇게 대답하는 것이 가장 현명하다는 것을 깨달았어요."

"죄송합니다. 언제 돌아오나요?"

"돌아와도 예전의 나는 절대로 아닐 거예요. 그걸 아셔야 해요. 생각해봐요. 지금 건우 씨를 좋아한다고 말하면 다 쉽게 풀릴 일인데 내가 괜히 어렵게 살 필요는 없잖아요. 그렇다고 내가 뭘 튕길 수 있는 그런 성격의 여자라고 생각되지도 않잖아요? 정말 나는 건우 씨를 좋아하지 않아요."

건우는 말을 잇지 못했다. 사랑의 감정은 인력으로 안 되는 것이었다.

"그러니까 저를 잊고, 저에 대한 모든 기억을 지우세요. 나는 아무 것도 아니고 당신이 가치를 둘 만한 대상이 아니라는 걸. 아셨죠? 그리고 고백할 건."

"네."

건우는 고개를 들었다.

"그건 망상이었어요. 망상 속에서 어떻게 망상을 아냐고요? 지금은 망상 속에 있지 않으니까요. 망상 속에서 당신을 사랑했고 지금은 아니에요."

그러나 J는 진실의 주관성에 대해 알지 못했다. 사랑하면 무조건 그녀가 진실 자체가 된다는 것을. 나로부터 멀리 떨어진 사실이 존재한다고 해서 나와 무슨 상관이란 말인가? 누가 죽었든, 살았든. 주체의 인지 작용을 거치지 않는 한 그것은 아무런 의미가 없는 객관이라는 것을. 그래서 J가 말한 것은 건우에게 아무 의미가 없었다. 그녀는 그에게 진실이었다. 망상이라고 말하는 그것까지 그녀의 진실이었다. 건우의 얼굴에 태양이 그늘을 만들었다. 오후의 해는 머리 위에 있었다. 건우는 피로웠다. 그녀는 그에게 진실일 뿐인데 그녀는 떠나려고 한다. 말라버릴 것 같은 마음에 마실 수 없는 물은 유유히 흐르고 있었다. 이 풍경은 초 현실이었다. 돌들이 뜨겁게 달아오른 땡볕의 강가에 양산조차 없는 연인의 눈물. 이것은 누가 본다면 남자화장실에서 나오는 여자를 본 기이함이었다. 왜냐하면 그것은 삶의 정상적 흐름이 잠시 샛길로 들어선 것으로 거기에 남의 시선 같은 것은 존재하지 않는 해방의 구역이기 때문이었다. 그 문을 누군가 작게 두드렸다.

"저길 봐요."

건우는 J가 가리키는 곳을 바라보았다. 자기의 뒤쪽이었다. 벤 두 대가 강변에 섰다. 벤에는 하얀 풍선들이 매달려 바람에 퍼덕이고 있었다. 한 여자가 앞의 벤에서 내렸다. 그녀는 카우보이모자를 쓰고 가슴을 끈으로 여미는 흰 가죽조끼를 입고 있었다. 청바지를 입고 긴 갈색의 가죽부츠를 신고 있었다. 그녀의 뒤를 이어 두 남자가 내렸다. 그들은 선글라스를 끼고 검은색 양복을 입고 있었다. 남자들이 호위하는 여자는 멋있어보였다. 뒤의 벤에서는 저렇게 많은 사람들이 탈 수 있나 할 정도로 십여 명의 사람들이 나왔다. 젊은이도 있었고 노인도 있었다. 그들은 찡겼던 몸을 풀었다. 풍선과 피켓을 들고 있었다. '당신을 사랑하는 것이 내 최고의 행복입니다.' '당신의 노래를 부르며 걷는 것이 나의 두 번째 행복입니다.' '당신의 노래를 나의 아들딸에게 들려주는 것이 나의 세 번째 행복입니다.' '내가 결혼을 원한다면 바로 단지 그 이유 때문이라는 것을 당신은 알아두세요.'라는 영문이었다. J는 말했다.

"그녀에요."

"누구?"

"J. B."

"아, 그 J. B."

건우는 J. B.를 바라보았다. J가 덧붙였다.

"내한공연을 한다는 포스터를 봤어요. 얼마만이던가요?"

"그녀는 우리가 태어나기 전에 왔었어요. 맞아요?"

"아뇨. 그 이후 같기도 해요. 나는 그녀를 본 것 같기도 해요. 아주 어렸을 때. 이제 그녀는 할머니가 되었어요."

"그래도 멋져요. 피부는 주름이 생겼지만 호기는 여전하군요."

"곱게 늙었어요. 아니 거칠게 젊어졌어요. 저 뇌쇄적인 눈망울은 아직도 남자 꽤나 후리겠어요."

"하지만 바이칼 호수처럼 맑기도 해요."

"할아버지들은 껍죽대다가 코피를 흘리고 다 죽어버리겠죠?"

"저 가슴으로 빈약한 얼굴을 질식시켜버리겠어요. 코가 삐뚤어지겠지요."

J와 건우가 그녀를 바라보고 이렇게 말할 때 그녀가 물가로 성큼성큼 걸어왔다. 그녀는 기타를 어깨에 둘러매고 있었다. 달의 여신처럼 늠름하고 아름다웠다. 사람들이 뒤따라 뛰어왔다. 그 무리들은 건우와 J에게서 백 미터쯤 떨어진 곳에 있는 바위 근처로 갔다.

여자는 바위 위로 올라갔다. 사람들이 외쳤다.

"리허설! 리허설!"

그녀가 말했다.

"여러분. 나는 리허설 같은 거 안 해요. 무엇을 위해 리허설이 필요해요? 이건 실제에요. 모든 건 실제에요. 꿈도 마음속의 희망도."

"와! 그렇다면 더 좋지!"

그녀는 바위 위에서 다리를 아래로 늘어뜨리고 앉았다. 사람들은 그녀의 주위를 둘러쌌다. 땡볕이었다. 모두들 그 뜨거움을 느끼지 않는 것 같았다.

건우의 목소리가 J에게 맑게 울렸다.

"카리스마가 넘치는 여자군요."

"춘천 남이섬으로 가는 도중인 것 같아요. 공연을 알리는 포스터가 나부끼고 있었지요. 그게 오늘이었네요."

알람브라 궁전의 석주 | 233

J도 편히 말했다. 그들은 그 여자의 출현으로 인하여 애착에 대하여 냉정해지는 것을 느꼈다. 그녀는 건우와 J에게 쉼을 선사했다.

그녀가 기타를 튕기며 입을 열었다. 맑고 청아한 소리가 여름의 대기 속으로 한 줄기 빛을 던졌다. 그것은 그녀가 부를 노래의 제목이었다.

"The wild mountain thyme."

"와! 본토 발음! 빨리 듣게 해줘요! 당신의 달콤한 목소리를."

사람들이 소리쳤다.

"보채지 말아요. 그러잖아도 오늘 아침에 꿀을 바른 토스트를 먹었어요."

"트림은 하지 마시고."

"물론."

"벌이 날아오면 어떡해?"

사람들이 기쁨에 겨워 웅성거렸다. 그녀가 말했다.

"쉬! 당신들 말고도 이 노래를 들을 사람이 있어요. 저기 있는 그들을 위해 목소리의 힘을 저장하고 있는 중이에요."

사람들은 그녀가 손으로 가리키는 곳을 보았다. J와 건우가 자갈의 열기 속에서 신기루 속에 서 있는 것과 같은 모습으로 무리를 보고 있었다. 그리고 심호흡을 한 그녀의 목소리가 울렸다.

Oh, the summertime is coming.

And the leaves are sweetly blooming.

And the wild mountain thyme grows

around the purple heather.

Will you go, laddie go?

오, 여름이 오고 있습니다.

나뭇잎들은 상큼하게 피어오르고,

야생 백리향은 자홍색 관목 주위로

자라고 있습니다.

이봐요. 같이 가지 않을래요?

And we'll all go together to pull wild mountain thyme,

all around the purple heather.

Will you go, laddie go?

우리 모두 함께

자홍색 관목 주위에 자란 야생

백리향을 뜯으러 갈 겁니다.

이봐요. 같이 가지 않을래요?

If my true love, he won't go,

I will surely find another to pull wild mountain thyme,

all around the purple heather.

Will you go, laddie go?

만약 내 사랑,

그가 가지 않으려 하면,

나는 당연히 다른 이를 찾아서,

자홍색 관목 주위에 자란 야생

백리향을 뜯으러 갈 겁니다.

이봐요. 같이 가지 않을래요?

And we'll all go together to pull wild mountain thyme,

all around the purple heather.

Will you go, laddie go?

우리 모두 함께

자홍색 관목 주위에 자란 야생

백리향을 뜯으러 갈 겁니다.

이봐요. 같이 가지 않을래요?

I will build my love a tower at the foot of yonder fountain.

And then on it I'll put all the flowers of the mountain.

Will you go, laddie go?

나는 저쪽 샘물 끝에
내 사랑을 위한 탑을 지을 겁니다.
그리고 그 위에 산 속 모든 꽃들을
올려놓을 겁니다.
이봐요. 같이 가지 않을래요?

And we'll all go together to pull wild mountain thyme,
all around the purple heather.
Will you go, laddie go?

우리 모두 함께
자홍색 관목 주위에 자란 야생
백리향을 뜯으러 갈 겁니다.
이봐요. 같이 가지 않을래요?

그녀의 노래가 끝났다. 그리고 기타 소리가 소실점을 향해 작게 떨렸다. 두 손을 꼭 쥐고 그 소리의 끝을 애타게 기다리던 사람들이 몸을 뒤틀며 환호성을 질렀다.

"와우!"

"빨리 자식을 낳을 짝을 찾아야지."

주책없는 노인이 한 처녀에게 윙크를 하자 그 처녀가 노인의 뺨을 때렸다.

"어딜 넘보는 거야? 죽을 준비나 하시지."

그때 그녀가 말했다.

"여러분. 조용히 하세요. 고백할 것이 있어요."

"뭔데요?"

그녀는 시간을 끌었다. 사람들 사이에서 한 청년이 말했다.

"밥을 하시려나. 왜 뜸을 들인담?"

그녀가 입을 열었다.

"나는 여러분이 알고 있는 그녀가 아니에요."

"네? 뭐?"

좌중에 침묵이 흘렀다.

"농담치고는 후져."

"농담이 아니에요. 그녀는 한국에 오지 않았어요. 그리고 다시 온 나도 그녀가 아니에요."

"그걸 말이라고 해요? 당신은 얼굴 생김새도 옷도 노래도 목소리도 다 그녀인데 그녀가 아니란 말이야? 열사병의 초기 증상인가? 그럼 빨리 병원엘 가야지. 그런데 생글거리는 걸 보니 그건 아닌 것 같은데. 저런 자신감으로 약점을 말하는 것은 쉽지 않아. 진실을 말해줘요."

누군가 반신반의 하면서 말했다. 그녀는 웃으며 말했다.

"나는 사기꾼이에요. 그녀의 옷과 노래, 목소리를 훔쳤을 뿐이에요."

그녀는 가슴의 가죽 끈을 열어 가슴과 가슴 사이의 점 하나를 보여주었다. 사람들이 웅성거렸다. 그녀가 말했다.

"이제 아시겠어요? 그녀의 가슴에는 점이 없어요. 그리고 그녀의 가슴 크기는 나보다 훨씬 빈약해요. 나는 D컵이고 그녀는 B에요. 나는 나의 장점인 풍성한 가슴을 많이 조여야 했어요."

사람들은 아연실색했다. 실망과 탄식이 흘렀다. 태양의 뜨거운 열기는 얼른 그 탄식과 실망의 침방울을 태워버려 대기 중에는 여전히 물질적으로는 아무 것도 남아있지 않았다. 남아있다면 허무라는 것이었다.

"하지만 우리는 당신을 좋아했는데 어떡하면 좋아요? 물려야 되나요? 분하다!"

한 사람이 그동안 쏟은 애정을 통탄해 하며 그녀에게 소리쳤다.

"이봐, 정말 가짜야?"

"가짜라니까!"

"진짜는 오지 않는 거야?"

"진짜가 왜 필요하지?"

"무슨 소리야?"

"내 노래가 너를 살게 하고 여기로 데리고 왔으면 된 거 아냐? 내가 그녀든 아니든 무슨 상관이지?"

"나에겐 중요해."

"그럼 물려. 너도 부정하는 네 영혼을."

알람브라 궁전의 석주 | 239

"말을 꽉꽉 돌리네. 저 가짜 가시나."

"가짜. 가짜. 자꾸 그러니까 가짜에 원한이 맺힌 것처럼 네가 진실해 보일 거라 생각하나 보지? 자기도 긍정하지 못하는 진짜라는 게 무슨 의미인지 너는 모르니?"

사람들은 두 사람의 싸움을 구경했다. 어사무사한 것이 있었지만 자기들에게도 해당되는 내용이었다. 입에 거품을 물었던 그 자가 그녀에게 계속 대들었다.

"너는 왜 그녀를 훔쳤지? 네 스스로 너를 사기꾼이라고 말했잖아. 설마 사기꾼이라는 말을 멋있는 말로 착각하는 건 아니겠지? 예술은 사기다. 그런 건 아니겠지? 그건 팔아먹는 놈들이 지껄이는 소린데. 넌 본래 의미의 사기꾼이야. 그리고 훔친 것으로 왜 우리를 속였지? 너 유통업자지?"

"아니. 난 노래를 불러. 창조자야."

"그럼 왜 속였지?"

"난 속이지 않았어. 처음부터 그녀를 닮았을 뿐이라고. 속고 싶은 건 너희들이었지. 그녀는 너희들의 우상이었으니까."

"그럼 왜 너는 스스로를 사기꾼이라 말했어?"

"사기꾼이라고 해야 너는 거품을 물고 쓰러질 테니까. 그래야만 네가 충격을 받거든."

"뭐? 속인 것도 모자라서 속은 사람들을 원통하게 만든다고?"

"그래."

"뭐가 잘났다고 그래야?"

그가 소리를 꽤액 질렀다. 그녀는 그를 약올렸다.

"말했잖아. 속고 싶은 건 너였고, 원통해하는 것도 너라고. 꺼져버려! 나는 내 노래를 그런 것과 상관없이 즐기는 사람들하고만 친구가 되려고 해. 아이 즐거워라."

사람들이 웅성거렸다. 서로의 눈치를 보는 것 같았다. 그녀가 말했다.

"여러분. 미망을 거두어요. 나는 노래를 불러요. 그것이 나의 전부죠. 나는 무엇에 의해서도 규정되어 있지 않아요. 여러분이 무엇을 생각하고 있다면 그걸 거두고 나를 직시하세요. 여러분의 오감으로만. 햇빛에 불타는 지금의 나를. 나의 노래가 여러분의 몸을 진동시킨다면 그것이 나를 사랑하는 이유의 다예요. 그 순간 다른 것들은 사라질 거예요. 다른 것들이란 반영이고 이미지예요."

그러자 무리의 반이 사라졌다. 그러나 이상한 것은 사람들은 사라진 것들을 눈치 채지 못했다. 누군가 이렇게 말했다.

"가시죠."

그녀는 기타를 메고 바위에서 내려왔다. 그녀의 주변을 에워싸고, 서로의 어깨를 걸고, 손을 잡으며, 더러는 혼자 떨어져 하얀 풍선을 휘날리며, 누구는 피켓을 솟구치며, 그들은 밴으로 갔다. 그녀가 밴에 타자 보디가드들이 탔다. 뒤의 밴에 사람들이 구겨져 들어가자 두 대의 밴은 거리를 유지한 채 춘천 쪽으로 떠났다. 그 소음이 환상의 환청처럼 사라지고 강변은 다시 조용해졌다.

J와 건우는 강변에 서 있었다. 태양은 동정 없이 뜨거웠다. 건우와 J는 다시 물 쪽으로 고개를 돌렸다. 그녀는 의미없이 읊조렸다.

"거느린 것들은 다 똑같아요."

둘은 이상하리만치 평화로운 감정을 느꼈다. J는 불현듯 시간을 또 하나의 시간으로 완벽히 덮어서 지워버린다는 디지털의 강박이 우스웠다. 그녀는 생각했다. '마루에 얼룩 하나 있다고 죽는 건 아니잖아. 창에 파리똥 한 점 있다고 밖이 안 보이는 건 아니잖아. 무심한 양말이 그 얼룩을 지우거나, 밖에서 들이치는 비가 그 파리똥을 언젠가는 지우겠지. 그렇다고 그것이 사라지겠어. 양말에 묻어서 다른 마루를 딛고, 물에 흘러서 어딘가에서 거름이 되겠지. 그냥 살자. 지나간 것은 지나간 것대로 다가오는 것은 다가오는 것대로. 피곤할 따름이야. 대충 살자. 앞으로 내 목표는 인생에 너무 많은 가치를 두지 않는 것. 그런데 내가 이것을 알자고 지금까지 숨 쉰 거란 말이야?'라고, 애원, 완력, 모든 것을 동원해서라도 J를 넘어뜨릴 수 있을 것만 같았던 건우는 그 힘이 모두 빠져나간 상태, 스스로 포기한 상태를 느꼈다. 그리고 포기의 희열이 솟구치는 것을 느꼈다. 그들은 이렇게 각자의 감정 속에 있었다. 건우는 J를 사랑하지 않는다는 것을 인정했다. 그는 아무도 사랑할 수 없고, 사랑한다고 하면서 물러서고, 물러서는 상대를 쫓는 행위를 반복하다가, 결국 아무도 사랑할 수 없는 외로운 자신으로 다시 되돌아왔다. J는 한 발을 떼었다.

"뜨거워요. 구두가 타버릴 것 같아요. 발에 열기가 느껴져요."

"네."

"가겠어요."

건우는 말이 없었다.

"아무 일도 없었어요. 꿈을 꾸었다고 생각하세요."

"네."

"잘 사세요. 모두들 이렇게 말하지만 그 말은 맞아요."

"네."

"그만 할게요. 이별의 말은 끝이 없어요. 안 하는 게 좋아요."

"네."

"하지만 꿈이 삶의 일부였다면 다시 그 꿈속으로 침잠하겠지요."

건우는 발밑의 돌을 툭툭 찼다. J는 건우를 두고 몸을 돌려 차 쪽으로 걸어갔다. 그녀의 눈에 이슬이 맺히는 것인지, 햇빛에 망막이 반사되는 것인지 알 수 없었다. 건우는 정숙을 바라보며 그 자리에 그냥 서 있었다. 이상한 일이었다. 그는 자신에게 물었다.

'애착도 미련도 없는데, 그렇다고 후련함도 아닌 이 나른한 상태는 뭐지?'

J는 차에 시동을 걸었다. 건우가 앉았던 자리 옆에는 그의 가죽가방이 놓여 있었다. 건우와의 인연을 만들어준 그 가방이었다. J는 장난스럽게 혼자 말했다.

"저 가방을 또 가지고 갔다가 다시 돌려줘?"

그리고 유쾌하게 웃고 말았다.

"정말, 사람의 간계란."

J는 건우의 가방을 차문 밖으로 내려놓았다. 건우가 이 모습을 보았다. 그도 강변으로 올라와 가방을 잊지 않고 가지고 갈 것이었다. 풀섶에 세워둔 가방은 옆으로 쓰러졌다. J는 차를 몰았다. 20여 분 후에는 서울에 도착하리라. 아무 감정이 없는 상태, 회한도 애착도 없는 상태, 그렇다고 무작정 냉정한 감정도 아닌 진공의 상태가 지속되었다. 잠시 차를 몰던 J는 브레이크를 밟았다. 건우가 있는 곳으로 한 남자가 다가가는 것을 보았다. 그녀는 미심쩍은 듯 그를 바라보았다. 그는 어디서 본 남자였다. 공포가 밀려왔다. 아지랑이가 피어오르는 강변에 서부의 황무지에서처럼 두 남자가 마주 보고 서 있었다.

건우는 그 남자를 보았다. 어디서 본 남자였다. 그는 양복바지에, 검은 구두를 신고, 면 티셔츠를 입고 있었다. 거기까지는 괜찮았으나 티셔츠 위에 얇은 점퍼를 걸치고 있었다. 뜨거운 여름이었다. 붉게 달구어진 다부진 얼굴에서 땀이 흘러내렸다. 그는 종잡을 수 없는 정체를 지니고 있었다. 건우는 어디서 본 사람일까를 생각하고 있었다. 그가 말했다.

"김건우 씨?"

건우는 눈살을 찌푸렸다. 머리는 어지러웠다. 건우는 대답했다.

"네."

"나에요?"

"누, 누구시죠?"

"마리의 남편."

"아, 그러세요?"

"기억 안 나요?"

"나, 나요."

"몇 번 만났죠?"

"네? 네."

건우는 마리와의 지난 월요일 밤을 생각했다. 왜 그녀가 마지막을 고했을까? 생각이 잡힐 듯 말듯 머리에 맴돌았다. 앞에 있는 남자의 상이 더 명확해졌다. 2주전 일요일, 사복을 입고 경춘가도에서 J와 자신을 검문했던 사실이 떠올랐다. 그는 이상하게도 건우를 주시했었다. 살인사건이 일어났다고 하면서. J는 말했었다. '당신을 바라보던 그 남자의 눈이 생각나요. 나한테 뭘 원해요?'라고. 그리고 클럽에서 연주를 마치고 집으로 돌아갈 때 신사동 언덕길에서 만난 남자일 거라고 생각했다. 그리고 다음 일요일 J와 강변에서 사랑을 나눌 때 건너편 바위 위에서 그들을 바라보던 남자의 눈빛을 기억했다. 또 병원에서 나와 길을 걷다가 J와 통화할 때 자기를 향해 다가오던 남자를 생각했다. 몇 개는 분명하고 몇 개는 불분명했다. 그 몇 개의 경우 중에 이 남자가 존재하는 것은 분명했다. 마리는 그 사실을 알고 자기에게 마지막을 고했을까? 아니면 우연의 일치일 뿐일까? 알았다면 왜 그 사실을 자기에게 말하지 않았을까? 그냥 육감일 뿐이었을까? 그가 말했다.

"반갑소."

"네."

건우는 말했다.

"마리는 만나지 않습니다."

"알고 있어요."

"그녀를 찾고 있다면."

"아니."

"그럼 무슨 일로 저를?"

건우는 주변을 두리번거렸다. 아무도 없었다.

"용서하려고 했지. 마리를 사랑하니까. 돌아오기만을 기다렸지."

"잘됐군요."

"그런데 돌아오니까 돌아온 것을 참을 수 없었어."

"네?"

"차라리 돌아오지 않았다면 영원히 살 수 있었을 걸."

그가 슬픈 미소를 띠었다. 건우의 눈꺼풀이 잠시 가늘게 떨렸다. 붉은 태양이 흔들렸다.

"어."

건우의 눈에서 눈물이 왈칵 쏟아졌다.

"마리!"

태양은 대답하지 않았다. 태양이 물에 휩쓸려가는 것인지 태양이 물을 뿜어대는 것인지 알 수 없었다.

"마리!"

그다지 질기게 사랑하지도 않았던 여자를, 마지막까지 건조한 이별을 했던 여자를 그는 목 놓아 불렀다. 건우의 성격 속에서 체험한 사랑은 그녀와의 그것 뿐이었고 그래서 그는 유일한 사랑의 추억을 잃은 것이었다. 그의 속에는 아무 것도, 공허조차 남아있지 않았다. 건우는 어디선가 진실의 종이 울리는 소리를 들었다. 그는 태양을 보았다. 이번에도 태양은 대답하지 않았다. 위벽을 쓸어내리는 산에 배가 쓰렸다. 건우가 말했다.

"나를 어떻게 하려고요?"

"어떻게?"

"그래."

"너는 저항할 수 있어."

"아니."

건우는 아무 행동도 하기 싫었다. 귀찮았다. 도망갈 수도 있었지만 건우는 그 자리에 그대로 있었다. 그가 말했다.

"마리가 돌아왔지. 내가 참을 수 없었던 것은, 결국 마리가 돌아온 것도 너를 위한 것이었다는 거야."

"마리!"

건우는 작게 외쳤다. 그녀는 모든 일이 조용히 끝나기를 간절히 원했다. 자기가 원하는 것을 포기하면 된다고.

"우리는 사랑했지."

남자가 그녀를 사랑했다는 의미는 아직 무엇인지 알 수 없었다. 있었던 마음의 집착인지 아니면 구체적인 사랑의 행위인지. 건우는 전자이기를 간절히 바랐다. 그녀가 자기의 것이었기를. 그는 말했다.

"그녀가 돌아온 날 나는 그녀를 사랑했지. 그리고 그녀의 얼굴에 침을 뱉었어."

건우는 눈을 질끈 감았다. 그 침이 자기 얼굴에 튄 것 같았다.

"그래서?"

"뭘 그래서야. 그랬다고."

"밑바닥. 똥구멍의 밑바닥."

"너한테 칭찬받을 생각은 없어."

"나를 죽일 용기는 없었지만 여자에게 복수할 인내는 꼴사납게 가지고 계셨군."

"그녀를 죽인 건 너야."

"어째서?"

"마리를 보냈기 때문이지."

건우는 마리를 생각했다. 혼자 내뱉었다.

'결국 사랑을 책임지지도 못하는 놈. 나쁜 새끼.'

그리고 자기를 생각했다.

'결국 그 작자 그늘에 있었어. 아. 외롭다.'

마지막 눈물방울이 흘러내렸다. 그가 말했다.

"하고 싶은 말 없어?"

"없어."

건우는 모든 것이 귀찮았다. 빨리 생각 없는 곳으로 가고 싶었다. J에게 진짜 이별을 고해야 할 것 같았다. 건우는 멀리 있는 J의 차를 향해 가라고 손짓했다. 건우는 속으로 말했다. 무슨 말인지 의미를 알 수 없는 소리였다. '으. 음. 으.' 그는 점퍼 안에서 총을 꺼냈다. 그리고 방아쇠를 당겼다. 건우는 자갈 바닥에 쓰러졌다. 자갈 위로 흐르는 붉은 피가 끓었다가 돌 사이로 스몄다.

J는 멀리서 이 광경을 보았다. 그제야 건우의 행동을 이해했다. 그 남자는 J가 있는 곳으로 다가왔다. J는 차 문을 열고 밖으로 나왔다. 건우가 있는 곳으로 비틀거리며 뛰어갔다. 그 남자는 J를 향해 총을 쏘았다. 총알은 J의 어깨를 스쳤다. J가 꽉 고꾸라졌다. J는 그 상태에서도 건우를 쳐다보았다. 그 남자가 더 가까이 J에게 다가왔다. 그때 다시 총소리가 들렸다. 그 남자가 머리에서 피를 튕기며 나뒹굴었다. 피가 하늘로 솟구쳤다가 분수의 물방울처럼 돌 위에 튀었다. 뛰어온 남자는 위층 남자였다. 그는 J를 일으켰다. 그리고 그녀를 어깨에 메고 차가 있는 곳으로 갔다. J는 건우에게 가려고 했으나 그녀의 몸은 육중한 남자의 어깨에 실려 있었다. 그녀는 건우의 시체가 왜 멀어지는 것인지 알 수 없었다. 위층 남자는 J를 차 안에 눕혔다. J의 쇄골이 드러났다. 다행히 총알은 어깨를 관통하지 않고 옷과 살을 스쳤다. J는 위층 남자에게 물었다.

"누구에요?"

"알 필요 없습니다."

J는 그를 기억하지 못했다. 또는 그가 그라고 생각하지 못했다. 그는 손수건으로 J의 어깨와 팔을 감았다.

"운전할 수 있지요? 정신 차려요."

"왜요?"

"해야 합니다. 자, 잡아봐요."

"왜 운전을 해야 하냐고요?"

그는 J의 손을 운전대에 강제적으로 갖다 놓았다. J는 운전대를 잡았다.

"됐어요. 가요."

"어딜?"

"여기."

그는 쪽지를 내밀었다. J는 그 쪽지에 적힌 것을 보았다. 무슨 뜻인지 해독할 수 없었다. 그가 말했다.

"뒤로부터. 중간부터는 왔다갔다. 한 칸 더 앞으로 한 칸 뒤로. 알겠죠? 읽어봐요. 소리는 내지 말고."

J는 쪽지를 그가 시키는 대로 읽었다. 어딘지 알 것 같았다. 그리고 어떤 이의 이름도 적혀 있었다.

"그런데 왜 이 분이?"

그가 J의 입을 틀어막았다.

"쉬!"

"나는 어떻게 되는 거예요?"

"아무 것도 아닌 상태로."

"누구세요?"

그가 J의 얼굴에 자신의 얼굴을 밀착하고 작게 말했다. 눈과 눈이 아주 가까이서 서로를 보고 있었다.

"당신은 ㄱ. ㅎ. ㅇ.의 딸이에요. 이건 비밀이 아니에요. 당신에게만 비밀이죠."

"무슨 얘기?"

"불쌍한 J."

"뭘?"

"다시 한 번 말해요. 당신은 ㄱ. ㅎ. ㅇ.의 딸입니다. 나는 당신을 보호하려고 30년을 노력했어요. 이제 힘이 부치는군요."

"왜요?"

"서약입니다. 맹세죠."

"어떤 것과?"

"당신 아버지와."

"아빠."

J는 눈물을 흘렸다.

"아버지를 기억할 수 없어요. 하지만 피가 흐르는 느낌이 들어요."

"그럼요. 아기씨."

"아기씨?"

"시간은 맹세의 순간에 멈춰져 있으니까요. 당신은 영원히 아기씨에요."

"고맙군요."

"시간이 없어요. 이제 저는 힘이 없습니다. 아주 작은 인형이라면 제 몸에라도 품어 뱃살이라고 놀림을 받아도 상관없지만 이제 아기씨는 너무 커서 혼자 살아가셔야 합니다."

남자는 J의 손을 잡아 시동을 걸게 했다. J는 온 힘을 다해 그의 손을 뿌리쳤다.

"놔요. 난 저 사람에게 할 말이 있어요."

"제가 전해줄게요."

"직접."

"죽은 사람한테 직접 해봐야 듣지도 못해요!"

"그래도 그의 얼굴에 대고. 그의 눈을 보고."

J가 절실하게 몸을 비틀었다. 육중한 그의 몸이 흔들렸다.

"용서하세요."

그리고 그는 J의 뺨을 후려갈겼다. J는 외마디 비명을 질렀다.

"아!"

그리고 그 고통이 각성이 되어 그녀를 찔렀다. 제정신으로 돌아온 것 같았다. 그는 눈을 떨구었다.

"용서하세요."

"난 살 수 있을까요? 내가 비밀이라면."

"네."

"어떻게요?"

"민감한 자들만 당신을 죽이려 하니까요."

"그건 무슨 애기죠?"

"무심한 다수와 민감한 소수. 당신은 그 두 세계를 가졌어요. 무심한 세계 속에서 당신은 숨을 쉴 수는 있지만 살 수는 없었고 민감한 세계 속에서는 살아 있다고 느끼지만 죽음의 위험을 안고 있어요. 어느 세계를 선택하든 당신의 자유죠. 자유는 위험, 평화는 허위, 해방은 폭발, 구속은 안정. 가요, 당신의 세계로."

그때 차 한 대가 그들을 향해 다가왔다. 그가 소리쳤다.

"가요. J. 우리가 만난다면 다른 세상에서."

그는 밖으로 나갔다. 그리고 J에게 총 하나를 던졌다. 그가 말했다.

"최후의 순간에. 가요! 이제 비밀의 생명은 끝났습니다. 모두에게."

그는 그렇게 소리치고 다가오는 차를 향해 총을 쏘았다. 차는 바퀴가 터졌다. 미루나무를 들이받은 차는 연기를 내며 섰다. 그 안에 있는 남자 둘이 그를 향해 총을 쏘았다. 순식간에 위층 남자는 육중한 몸뚱이를 바닥에 처박았다. J는 차를 몰았다. 그녀의 차체에 총알이 튕겨나가는 소리가 들렸다. 백미러로 보이는 패인 아스팔트 위에는 그 남자가 쓰러져 있었다. J는 어디로 가는 것인지도 모르고 달렸다. 차가 크게 위로 덜컹거렸다. 그녀는 새 길로 들어섰다. 옛길은 곧 시야에서 사라졌다.

남자 두 명은 연기가 나는 차 안에서 나왔다. 한 명은 다리를 절뚝거렸고 한 명은 가슴을 만졌다. 그들은 이우식과 최종현이었다. 이우식은 위층 남자처럼 덩치가 크고 두터운 몸매였으며 최종현은 중년 사업가의 모습이었다. 그들은 뉴욕의 살인현장과 서울의 골프장까지 J의 주변을 배회하고 있었다. 둘은 위층 남자의 주검에 다가가더니 물끄러미 내려다보았다. 덩치 큰 자가 말했다.

"안 됐군."

"왜 갑자기 이런 상황이 됐지?"

"아는 자는 모두 제거해라."

"J는 더 이상 필요없어. 그 비밀도."

"어르신은 그들과 deal에 성공하셨어."

"무서운 사람이야. 30년 동안 비밀을 보호하여 자기의 목적을 성취하고 이제 그 살인자들과 같이 축배를 드네."

"그것이 정치일까?"

그들은 아래를 물끄러미 바라보았다. 주검이 그들을 보고 있었다. 두 손으로 움켜 쥔 가슴에서 흘러나온 피가 바닥에 검붉게 흐르고 있었다. 덩치 큰 자, 이우식이 말했다.

"우리는 이 헌신적인 자를 이용했어. 그리고 결국엔 죽였고."

"선지 같군."

"성실했지만 불쌍해."

"성실한 인간들은 왜 비극적이지?"

"눈이라도 감겨주어야겠어. 빛에 눈이 타겠군."

"난 나를 보지 않았으면 좋겠어. 아."

최종현은 자기 눈길을 치웠다. 이우식은 위층 남자의 눈꺼풀을 스윽 아래로 내렸다. 그러자 위층 남자의 얼굴은 평온해보였다. 최종현이 허공을 보며 말했다.

"우리에겐 무엇을 주시려나?"

"이 자가?"

"어르신."

"뭔가 주시겠지."

"넌 받을 수 있을 것 같아? 난 못 받겠어. 살인자의 손에 남아있는 피냄새는 코를 막으면 참을 수 있지만 어르신의 비린내는 살 속으로 스며드는 것 같아."

"맛있는 똥 냄새."

"악취야 향기야?"

"맛있지만 토할 것 같아."

"하지만 결국 너는 받을 걸."

이우식은 큰 얼굴을 끄덕거렸다.

"그래. 그것만이 내 삶의 긍정이지. 부정한다면 나는 죽어야 하니까."

"무슨 말인지나 알고 하는 헛소리야?"

"뭘? 나는 그런 말 못할 줄 알아?"

"그게 아니라. J를 죽이는 것도 긍정하겠다는 거야? 그게 너의 긍정이야?"

"그건 모르겠어."

"J를 정말 쏘려고 했어? 그녀가 우리 앞에 있었다면."

"그런 상황이 안 닥쳤는데 내가 그걸 어떻게 알아? 우리는 자신에 대해 몰라. 그때그때 행동을 하고 그에 대한 긍정을 해나갈 뿐이야."

"그래."

그들은 대화를 멈추고 돌아섰다. 마리의 남편이 보였다. 그가 머리에서 피를 뿜어 올려서 주변에 붉은 베고니아 꽃잎을 뿌려놓은 것 같았다.

"저 자는 누구지?"

"모르겠어."

"이 자의 손에 죽은 걸 보니 이자의 적. 그렇게밖에 모르겠네."

"피를 많이 뿜었군."

그리고 그들은 멀리 물가에 쓰러진 건우를 보았다. 그들은 자갈밭을 디디며 건우에게로 다가갔다. 건우는 처참하기보다는 고뇌의 생을 마감한 듯 편안한 표정으로 누워 있었다. 그 사이 태양을 보기 위해 가까스로 몸을 뒤집은 것 같았다. 가슴에 흐른 피에 모래가 더덕더덕 붙어 있었다. 그 피는 찐득하게 말라 손에 엉겨 있었다. 자갈 사이에 앉은뱅이 꽃이 노랗게 피어 있었다. 그들은 말했다.

"평화롭군."

"J는 어디로 갔을까?"

"차라리 우리 눈에 띄지 않았으면 좋겠어."

"그래."

"그녀를 만나는 것은 두려운 일이야."

"그래도 우리는 그녀를 찾아야겠지."

"이 무슨 운명이지?"

"우리 스스로 그녀를 보호하고 배신하다니. 끝끝내 죽여야 하다니."

"우리 J가 가지 않았을 곳으로 생각되는 곳으로 가자고."

"그게 가장 현명한 짓이군."

"만난다면 죽일 수밖에 없으니까."

"J 이름이 뭐지?"

"정숙."

"오랜만에 불러보는 이름이네."

"산산이 부서진 이름이여."

"부르다가 내가 죽을 이름이여."

"네가? 내가?"

"잘 모르겠는데."

"그녀가? 우리가?"

"아, 아름다운 그녀를 찾아야겠지만 제발 우리 눈앞에 나타나지 않기를!"

"찾는다면."

"죽여야 하니까."

"진실은 이 강물과 같은 것이라네. 소독액을 부으면 악취는 사라진다네. 당신들은 이 물을 마신다네. 그리고 말한다네. 수돗물 정말 좋아졌어라고."

그들은 자신들의 운명을 합리화하는 얄팍하고 악독한 냉소를 퍼부으며 노래를 흥얼거렸다. 그렇게 하지 않고서는 몸 한 구석에서 살을 찌르는 양심의 칼을 무디게 할 방법이 없었다. 최종현은 건우의 주머니에서 빠져나온 한 장의 사진을 집어 들었다. 그것은 건우의 어머니였다. 그녀는 밝게 웃고 있었다. 햇빛에 사진이 반짝였다. 그는 말했다.

"누구지?"

"미인이군."

"저건 뭐지?"

최종현은 사진을 꺼내면서 딸려 나온 종이 한 장을 집었다. 그것은 사등분으로 접혀진 편지였다. 아주 오래 전에 보낸 듯 종이는 누렇게 색이 변해 있었고 요즘은 사용하지 않는 모나미 볼펜으로 쓴 편지였다. 파란색 모나미 볼펜의 획은 가늘었고 가끔은 꾹꾹 눌러야 잉크가 고르게 배어나왔기 때문에 군데군데 희미한 선을 그리다가 다시 선명해진 모습을 띠고 있었다. 최종현은 호기심으로 그 편지를 읽었다. 그것은 건우의 오랜 지기, 독일에서 돌아온 친구가 자신의 음악 프로젝트의 후원자로 건우의 아버지를 만나려다가 건우와 말다툼 끝에 헤어지고 한참이 지나서 쓴 편지였다.

건우야. 잘 있냐? 나는 잘 있어. 나는 지금 강원도 태백의 탄광촌에 있어. 마지막으로 갈 곳 없는 사람들이 남아서 석탄을 캐고 있어. 그리고 라스베이거스에나 있을 법한 카지노가 들어왔어. 업주와 유지들에게는 좋은 일이지만 어떤 이는 석탄을 캐고 받은 돈마저 그곳에서 잃고 탄식하는 곳이야. 여기엔 희망이란 없는 것처럼 보여. 시커먼 하늘에 돈이 주르르 흘러내리는 전광판의 이미지는 순박한 청춘의 눈에 때로 눈물이 맺히게 만드는 마력을 지녔어. 결혼했다. 아내는 초등학교에서 음악을 가르쳐. 그리고 이곳 자기의 고향으로 발령을 받았어. 그 사람의 월급으로 우리는 가끔 돼지고기를 먹을 수 있고 약간의 저축을 할 수도 있어. 여기서는 석탄가루 때문에 돼지고기는 먹어줘야 해. 네 말대로 먹고 싶다고 항상 먹을 수 있는 건 아니었어. 너의 아버지를 찾아가지는 않았어. 네 말이 맞아. 네가 원치 않는 이상 내가 그 관계를 이용하는 것은 부도덕한 상행위라는 것을 알았어. 너를 친구로 다시 맞이할 준비가 되어있다는 말도 전해. 우정이 더 중요했다. 내가 하는 일들은 때론 순조롭고 때론 삐걱거려. 군내를 돌면서 방과 후 교사로 오케스트라를 조직하고 있어. 처음에는 반신반의 하던 아이들과 학부모들이 관심을 보이기 시작했어. 해결해야 할 일들은 한두 가지가 아니야. 공간, 악기, 악보, 판. 방과 후 교사의 월급으로는 턱없이 부족해. 여러 탕을 뛰고 있기는 하지만. 지역의 유지가 후원을 하겠다고 해도 그 후원은 자기의 정치행보를 위한 것이 많아. 국회의원이나 군수, 기초의원, 도의원이라도 해 먹으려고. 다 좋단 말이지. 자신의 욕망을 가지고 있다는 건. 그런데 너무 치졸해. 악기에 자기의 이름을 써 넣어야 한다는 식이야. 자기 출판기념회에서 연주도 해주어야 하고 단장으로 넣어 달라고 하기도 해. 또 카지노업체에서 주는 후원금은 받을 수가 없어. 자기들의 아버지가 카지노에서 돈을 잃고 자살한 아이들에게 그 돈을 받아서 악기를 사서 희망의 연주를 하라고 줄 수는 없어. 어쨌든 주는 금액에 비해서 요구하는 것들이 너무 많아. 더 빼먹기 위해서야. 섣달그믐, 카지노 폐장식 날, 아버지를 죽게 한 욕망의 건물 앞에서 그 자식이 그들이 준 악기로 환희의 송가를 연주할 수는 없잖아? 순수한 후원은 아주 작은 것에서 나와. 시장의 아줌마가 간식을 제공하거나, 읍내에 집이 두 채인 아저씨가 아주 싼 값에 집을 빌려 주는 것, 그런 거야. 항상 돈이 모자라. 그래서 주말에는 원주나, 때로는 서울의 부잣집으로 고액의 과외교습을 하러 다녀. 정말 모순이지? 하지만 그 삶의 모순은 내가 짊어지면 되는 것이고, 아이들에게는 아무 조건이 담기지 않은 순수한 의미의 악기를 주고 싶어. 그래야 진정 그 아이들의 것이 될 테니까. 아직 할 일이 많아. 내 뜻대로 될지도 모르겠고. 하지만 난 행복해. 처음엔 이곳 사람들이 나를 실패한 음악가로 바라보는 시선이 힘들었어. 오죽했으면 여기까지 왔겠어? 신도 버린 척박한 땅에. 이런 눈 있잖아. 나도 인정을 원해. 자존심이 무척 상했지. 음악에는 문외한인 이곳 사람들도 베토벤은 몰라도 요즘 뉴스에 나오는 바스티유 오페라의 지휘자 정명훈과 가수 조수미에 대해서는 알고 있더군. 한 명은 한국인이기 때문에 차별을 받아 바스티유에서 해직되었다는 것 때문에, 한 명은 그런 편견 속에서도 유럽을 휩쓸고 있는 한국가수라는 것 때문에. 물론 훌륭한 사람들이지. 나는 이렇게 말했어.

그 분들이 여러분의 삶과 무슨 상관이 있어요? 외국에 계신 분들인데. 하지만 실패한 저는 여러분과 같이 있습니다. 여러분의 자식들이 직접 음악을 체험할 수 있도록. 여러분께 이득이 되는 것은 저 아닐까요? 사람들은 내 말을 수긍했어. 그리고 먼저 인사를 건네기도 했지. 나는 그들에게 이득이 되는 사람이니까. 시골에서는 절대 먼저 인사하지 않아. 1미터 떨어진 곳에서도 모른 척 지나쳐. 절절 매면서 불편한 건 나야. 그것은 수줍음이기도 하지만 아무 것도 가진 것 없는 이 사람들이 취할 수 있는 마지막 권력행위야. 국회의원들도 그들에게는 손을 잡고 머리를 조아려야 해. 한 표를 갈취하기 위해. 사람들은 딴 곳을 보며 그 한 표를 움켜쥐어. 그래야 더 조아려. 그것이 이 사람들의 슬픈 자존이야. 그런 사람들이 먼저 인사를 한다니 혁명적 변화지. 독일이나 서울에서는 엘리베이터 안에서 옆집 사람이 인사를 한다고 해서 거기에 어떤 조건이 붙는 건 아닐 거야. 나를 좋아하는 것도 아니고 나를 싫어하는 것도 아니야. 그건 그냥 침묵이 어색하기 때문이지. 어떨 때는 그 인사가 싫기도 해. 무의미라면 꼭 해야 할 이유도 없어. 어쨌든 나는 문화는 관습이고 거기에 어떤 우위성이 있다고 생각하지는 않아. 그래서 나는 이곳 사람들의 친구가 되었어. 아니 하나의 문을 통과했지. 그 수업료는 내가 실패한 사람이라는 것을 인정한 내 자존심의 쓰라림이고. 그런데 이상한 일이 벌어졌어. 나는 대단한 사람이 되었어. 알고 보니 우리 애들을 가르치는 그 음악선생이 독일에서 박사를 받은 재원이라네. 사실은 괴팍한 천재라네. 정명훈이라는 사람이 극찬했다네. 그런 황당한 것까지. 난 학위를 받은 적도 없고 그 분을 만난 적도 없는데. 너무 창피해. 차라리 실패한 음악가가 훨씬 좋아. 난센스! 얼굴이 화끈거려. 그건 아니라고 해도 이 사람들은 나를 겸손한 사람으로 받아들여. 한국에서 사기가 왜 통하는지 알 것 같아. 마음만 먹으면 카라얀의 직속 후계자였다고 해도 돼. TV건 사람들이건 종교적으로 심취하는 것을 원해. 내가 힘들어하는 건 진실을 어떻게 이야기해야만 하는가야. 나에 대한 진실은 상관없어. 어차피 나는 내가 어떤 말을 해도 그들이 필요한 것이 그들의 진실이 될 테니까. 나는 그들의 밥이야. 나쁘게 생각하지 않아. 모르지. 나중에라도 이 프로젝트가 성공해서 본의 아니게 이름을 크게 날리면 시기의 어떤 눈이 나를 사기범으로 몰고 갈지도. 내가 하지도 않은 말까지 증거로 제시하면서. 하지만 이건 그런 명예가 생길 일은 아냐. 그런데 문제는 거기에 있어. 사람들은 그런 성공을 원해. 아이가 제2의 정명훈이나 조수미가 되기를 원하고 하다못해 전국 오케스트라 경연대회에 참가하여 상을 받고 마을이 유명해지기를 바라고 있어. TV에 나오는 것은 이들의 소원이야. 그것은 그들의 삶이 무시당하지 않는 척도야. 이 아이들은 서울이나 대도시의 숙련된 아이들을 이길 수 없어. 그리고 그런 경쟁을 위해 음악을 시키고 싶지도 않아. 이 아이들의 생명은 비숙련성과 비세련성이야. 나는 이런 말을 해. 아이가 음악을 즐기고, 음악을 통해 삶의 즐거움을 알고, 협동의 의미를 알고, 고통에 빠졌을 때 음악이 위안이 되고, 나중에 사랑하는 이에게 플루트 한 소절을 서툴게라도 연주할 수 있다면 그것이 아이의 인생을 위해 중요한 일 아니겠어요? 라고. 하지만 사람들은 내 말을 잘 이해하지 못해. 그것을 위해 왜 음악을 해야 하냐는 거지. 선생님도 그렇게 해서 유명해지려고 하는 거 아닌가요? 또는 선생이 자신 없으니까 뺀다고 수군거리지. 승자가 독식하는 제로섬 게임의 규칙이 이 사람들에게도 뼛골 깊이 박혀 있어. 끝과 중간은 다 무의미한 거야. 왜 이토록 한국사회는 추앙받는 한 명이 되는 것에 환장했을까? 문제가 여기일 줄은 몰랐어. 돈만 있으면 나머지는 탄탄대로일 줄 알았지. 다시 나는 성공시킬 자신 없는 실패한 자가 되었어. 그들은 사기를 원해. 진실은 아픔을 가중시킬 뿐인데 내가 뭐가 잘나서 그 아픔에 또 아픔을 가할 수 있단 말이야? 여기가 내가 처한 지점이야. 너라면 어떻게 하겠어? 진실이 삶을 배신할 만큼 배신해서 남은 것은 악뿐인데 또 진실나부랭이를 가지고 떠들 수 있어? 가장 순수한 음악도 그 그물을 피해가지 못해. 서글프다, 이 현실이. 건우야, 너는 어떤 혜안을 가지고 있니? 남은 이해할 수 없는 너만의 진실 속에서 너는 어떻게 그 진실에 질식당하지 않고 빛나는 용기로 살고 있는지. 놀러 와라. 언제든지. 집사람도 너를 보고 싶어 해. 같이 막걸리 한 잔 하면서 베토벤 삼중주 어때? 너는 피아노, 나는 첼로, 집사람은 바이올린. 아마 10년이 더 지나면 우리가 베토벤의 격정과 고뇌를 이해할 나이가 될까? 해석의 발자국을 넘어서. 가진 건 많지 않아도 네가 기거할 방과 음식은 충분해. 너를 기다려.

친구 ㄴ.

최종현은 편지와 건우의 얼굴을 번갈아 물끄러미 바라보았다. 그가 말했다.

"이 자는 피아니스트야. 이 편지가 이 자의 것이라면."

"그런데 왜 이런 일에 말려든 걸까?"

"모르지. 우리가 모르는 자들이 너무 많으니까."

"무슨 얘기가 있어? 그 편지에는."

"안부 편지야."

"아주 오래 전에 보낸 것 같은데. 왜 그걸 들고 다녔을까?"

최종현은 편지를 다시 보며 말했다.

"이 자만 알겠지. 그 이유를."

이우식은 주변을 보며 물었다. 적막했다.

"뭐 중요한 얘기야?"

"아니. 우리 일과는 아무 관련이 없어. 태백에서 청소년 오케스트라를 만드는데 놀러오라는 얘기야. 사적인 편지야."

"태백 청소년 오케스트라?"

"왜?"

이우식은 뭔가 생각난 듯 말했다.

"TV에 나왔잖아. 영화로 나왔고."

"난 처음 듣는데."

"폐광촌의 성공신화로 세상이 떠들썩했잖아. 전국대회에서 대통령상을 받고 영화가 대박을 쳤어. 아이들도 출연했고. 그 마을이 관광지로 개발되고 너도 나도 갔잖아. 그런데 그 결말이 더 황당했었지."

"결말?"

"소송이 걸렸어. 주민들이 음악선생을 고소했어. 그 음악선생이 혼자 영화 판매대금과 출연료를 챙겼다는 거야. 그동안 받은 후원금도 사실은 자기가 유용했다더군. 아이들을 이용했다는 거야. 알고 보니 독일 왕립음악학교 졸업장도 가짜였대."

"그래?"

"아수라장이 되었지. 오케스트라는 없어지고 아이들은 다시 비행청소년이 되거나 카지노 삐끼들 꼬붕 노릇을 한다는군. 그런데 어느 고발 프로그램에서 그 아이들을 만나서 음악선생에 대해서 솔직한 심정을 물었다는 거야, 어른들 몰래. 그랬더니 아이들이 울더래."

"왜?"

"다시 음악을 하고 싶다고."

"아이들은 거짓말을 안 하잖아."

"하긴 하지만, 울면서 거짓말은 안 하지."

"그래. 그건 너무 어려워."

"내 딸년과 같지."

"응?"

"생긋 웃으며 아빠는 멋지대. 그건 인형을 사내라는 거짓말이지. 안 사주면 울면서 아빠는 나쁘대. 그게 진실이란 말이지."

"허."

알람브라 궁전의 석주 | **265**

그리고 최종현은 쥔 편지를 보더니 다시 물었다.

"선생은?"

"이상한 건 그 음악선생이 자기 자신에 대해서 아무런 변론을 하지 않았다는 거야. 인터뷰도 거절하고 떠났대."

"왜? 억울하잖아."

"모르지."

최종현은 그 편지와 사진을 만지작거리더니 다시 건우의 주머니에 넣었다. 이우식이 말했다.

"마지막으로 이런 말을 했대."

"어떤?"

"양심은 약한 자의 것이다."

"의미심장하군."

"어째서?"

"역설 아냐?"

"어떤?"

"그 사람들은 처음부터 약하지 않았다. 약한 것은 자기였다."

"모르겠네."

그들은 자기들이 서 있는 곳을 둘러보았다. 나무와 풀에 가려진 강 안쪽이었다. 멀리 달리는 차들이 내는 소리가 웅, 하고 공중에 울렸다. 강물이 흘러가는 소리인지 차 소리인지 바람 소린지 분간하기 어려웠다. 이우식이 말했다.

"가야지."

"그래."

"그런데 우리는 진실을 말했나?"

"어떤?"

"J가 가지 않았을 곳으로 우리는 가야 한다고."

"자네 마음은 어떤데?"

"사실 나는 지금도 그 말을 하면서 내 의지와 다른 말을 한다고 느껴. 있잖아, 그것은 미래를 염두에 둔 처신의 알리바이를 만드는 것 같단 말이야. 운명이 우리를 양심의 길로 이끌어 왔다고 말이야. 차라리 나는 J를 죽여야 한다고 자신 있게 말할 수 있으면 좋겠어. 그건 비겁하지는 않잖아? 그게 더 용감한 것 아닐까?"

"J를 죽인다고?"

"아니. 만약에 죽인다면."

"왜 그런 말을 해?"

"모르겠어. 모르겠어."

이우식은 커다란 덩치 위에 달린 머리를 좌우로 흔들었다. 그는 눈을 껌뻑거리며 다시 말했다.

"왜 우리는 이 일에 말려들었지?"

"말려들다니? 누가 자네를 이끌고 왔단 말이야? 또 책임소재가 불분명한 운명 얘기를 하려고? 이 일을 한 건 자네야. 자네가 선택한 거라고. 내 말이 틀렸나?"

알람브라 궁전의 석주 | 267

"맞아. 그러는 자네는 왜 비틀거리나? 뭐가 두렵나?"

"아니. 난 비틀거리지 않아. 보라고! 피 묻은 조약돌에 잠시 미끄러졌다고!"

최종현은 구두에 묻은 건우의 피를 모래에 문질렀다. 마지막 남은 한 점을 닦으려고 노란 꽃잎을 뭉겨버리고 말았다. 떨어진 앉은뱅이 노란 꽃잎은 건우의 얼굴에 날아올라 그에게 생의 마지막 향기를 전해주고 멀리 강으로 날아갔다.

정숙은 달리고 있었다. 태양은 기울어져 있었다. 그녀의 얼굴에 햇빛이 정면으로 들이쳤다. 햇빛이 들이칠 때만 차창에는 더러운 것이 드러났다. 때와 먼지, 작은 모래에 의해 금이 간 자국들이 빛에 산란하며 시야를 혼란스럽게 만들었다. 정숙은 햇빛 가리개를 내렸다. 시야가 좁아졌다. 정숙은 쪽지의 내용을 암기했다. 풀리지 않는 의문이 있었다. 왜 그곳인가? 그곳은 그리 안전한 곳이 아니다. 그리고 왜 그는 그곳에서 기다리고 있는 것일까? 그가 그곳에 있을 이유가 없다. 그러나 그가 지정한 그곳으로 가야한다. 그것만이 그녀가 할 수 있는 일이었다. 정숙은 마음이 급했다. 그곳에서 그를 만나고 다시 어디로 가야한다면 시간이 없었다. 자신을 보호해준 남자를 죽인 남자들도 그녀를 따라올 것이었다. 그 순간, 정숙은 커브를 발견하지 못했다. 그녀가 브레이크를 밟으며 핸들을 돌리자 가드레일이 바로 눈 앞에 있었다. 끝이라고 생각하는 순간, 차는 가드레일을 스치며 섰다. 정숙은 핸들에 얼굴을 부딪쳤다. 이마가 쓰렸다. 살이 까진 것 같았다. 사이드 미러가 깨지고 문짝이 찌그러졌다. 정숙은 백미러를 보았다. 이마 위에 피가 가늘게 흘러내렸다. 그녀는 휴지로 피를 닦았다. 바로 지혈이 되었다. 시동을 거니 차는 앞으로 나아갔다. 다행이었다.

J였다. J가 의사를 보고 있었다. 한 남자와 같이 있었다. 나이로 보아 그녀의 남편인 듯했다. 그 사진 액자는 뒤로 돌려져 있어서, J는 화장대 거울을 통해서만 의사를 보고 있었다. 부동산 청년은 다른 각도에 있었기 때문에 침실의 주인을 발견하지 못했다. 의사는 멍했다.

"좋은 안방이군요."

"됐나요?"

"네."

"그럼 나가실까요?"

"네."

청년은 서류 위에다 무슨 의미인지는 모르나 동그라미와 꺽쇠를 그렸다. 의사는 천천히 방을 나왔다. 청년은 문을 닫았다. 그는 흡족한 듯이 말했다.

"참 알차고 깨끗한 집입니다."

의사는 집에 대하여 알차다는 표현은 처음 들었으나 그가 지껄이는 대로 내버려두었다. 의사는 딴 생각을 하고 있었다. 어떻게 계약을 하지 않을 거라는 말을 하지? 그 방법이 고민이었다. 집을 세세하게 보는 것은 입주자가 누려야 하는 당연한 권리였지만, 청년과 자기 사이에는 이미 무언의 약속, 계약을 전제로 당신에게만 침실을 보여준다는 약속이 깔려 있었다는 것을 부정하기 어려웠다. 의사는 이미 처음부터 제 스스로 마음의 약점을 잡히고 상대에게 이끌려 왔다. 그러나 안타까운 것은, J가 이사 가는 곳에 그가 이사를 올 이유는 없었다. 의사는 J를 보고 싶다는 열망, 가까이 있고 싶다는 열망, 언젠가 안고 싶다는 열망, 그녀와 몸을 섞는 숙명을 만들고 싶은 열망을 가지고, 무엇에 이끌리는 것처럼 기이한 행동을 했을 뿐이었다. 그러다가 차츰 매력적인 이 집의 분위기에 사로잡혀, J 곁으로 실제로 이사를 와도 좋겠다는 현실적인 생각을 했다. 그런데 하필이면 이 집이 그녀의 집이었다. 청년이 거실을 걸어가며 말했다.

"계약을 언제 한담? 주인은 빠르면 빠를수록 좋다고 했고. 선생님도 너무너무 흡족해하시니 내일이라도 도장을 찍으면 되겠네. 등기부등본은 됐고. 선생님 내일 잠깐 부동산에 들르시죠?"

"아. 네. 잠깐만요. 집 사람에게 일단 얘기는 하고요."

"당연하죠. 선생님이 사모님의 의중을 다 보셨잖아요?"

"그렇죠. 얘기를 잘 해야죠."

"잘 해요?"

"얘기를 한다고요."

"어차피 형식적인 절차 아녜요?"

"네. 그렇죠."

의사는 쩔쩔맸다. 의사는 다른 생각을 하고 있었다. J는 왜 이 곳을 떠나려는 걸까? 남편은 누구일까? 왜 나와 만났을 때 남편 얘기는 하지 않았을까? 보통 살 의지가 있다면 흉을 보거나 하는데 그런 것도 없이. 남편에 대한 예의를 차려주던 행동은 뭘까? 끝난 걸까? 아니면 완벽하게도 아무 문제가 없는 걸까? 돌려진 사진은 짐을 싸다가 일어난 우연한 상황이었을까? 다른 것들은 다 제대로 있는데. 의사가 그런 생각을 하며 일단 어떻게 계약을 거절할 것인가의 고민을 잠시 잊었을 때 위층에서 피아노 소리가 그쳤다. 의사는 그 희미한 소리의 마침을 식별할 수 있었다. 그의 뇌는 쪼그라질 대로 쪼그라져서 말라버릴 듯 예민해지기만 했다. 부동산 청년의 발소리는 대포소리처럼 쿵쿵거렸다. 그 쿵쿵거리는 소리가 '계약' '계약'이라고 외치는 청년의 목소리처럼 들렸다. 양복을 고를 때, 점원이 다가오면 멀리 도망갔다가 눈으로 점찍은 양복을 사는 의사는, 입어 본 것이 미안해서 점원 앞에서는 절대 거부하지 못하는 사람이었다.

문을 열었을 때 위층에서 청년이 내려왔다. 문이 자동으로 닫혔다. 청년은 손에 꽃바구니를 들고 있었다. 청년은 두 남자를 보고 놀랐다.

"어. 아줌마?"

부동산 청년이 말했다.

"우린 앞 황금 부동산 사람들이야. 너는 남자 여자도 구별 못하니?"

"그게 아니라."

"그게 아니라면 사람을 정확히 보고 말을 해야지?"

위집 청년은 부동산 청년의 말에 황당해하는 것 같았다. 그는 우물쭈물했다.

"제가 꽃을 받아 놓았거든요."

"무슨 꽃. 꽃이 어쨌다고."

"이 집에 온 거라고요."

"처음부터 그렇게 얘기해야지. 옆에 놔. 주인 없는 문을 다시 열 수는 없어. 아니면 다시 가지고 올라가든지."

"제가 외출을 해야 할 것 같아서요."

"그럼 옆에 놔. 답답한 친구네. 그런 걸 나한테 얘기하면 어떡해. 내가 꽃바구니 들고 서 있을까?"

위집 청년은 꽃바구니를 출입문 옆에 놓았다. 그리고 미심쩍은 표정으로 의사를 바라보았다. 의사는 꽃바구니의 리본을 보았다. '비밀의 화원'이라고 적혀 있었다. 그 안에 작은 카드가 걸려 있었다. 'J에게. J가.' 이렇게 적혀 있었다. 의사는 그 글자를 읽고 있었다. 부동산 청년이 말했다.

"이 분이 여기 이사 오기로 하셨어. 의사 선생님이셔."

위집 청년은 의사를 보고 꾸벅 인사를 하였다.

"잘 부탁드립니다."

"응."

의사는 아니라고 말하고 싶었으나 그 말이 입 밖으로 나오지 않았다. 의사는 카드의 문구를 보고 있었다. 꽃을 받은 J가 그녀라면 꽃을 보낸 J는 누구일까? 위집 청년이 부동산 청년에게 말했다.

"아줌마네 이사 가세요?"

"그럼 내가 여기 왜 왔겠어?"

"네."

"너희 집은 괜찮니?"

"네?"

"피아노 소리가 밖으로 새어나오는 것 같던데. 물론 여기로 이사 오실 의사 선생님은 음악 폐인이라 오히려 좋다고 하시지만. 집 벽에 문제 없어? 그래도 우리 부동산에서 계약했으면 그런 것까지 다 해결해주었을 텐데. 어떻게 이사 온 거니?"

위집 청년은 의사를 보고 웃었다. 의사는 피아노 소리가 들린다고 말했지, 그 소리가 좋다고 말하지는 않았으나 가만히 있었다. 그 소리는 생활을 방해받을 만한 크기는 아니었다. 부동산 청년은 그 소리조차 듣지 못했다. 그의 자기편의적 발언에 일일이 대꾸하는 것은 끝이 없이 피곤한 일이었다. 위층 청년이 우물쭈물하며 말했다.

"잘 모르겠는데요."

"오래도 생각한다. 그래. 엄마 아빠는 계시니?"

"아뇨. 두 분 다 외출하셨어요."

"집 내놓을 일 있으면 황금부동산에 맡겨보시라고 얘기해. 밤에 침실에서 보면 건너 교회 십자가가 붉게 타잖아? 눈이 부실 정도로. 밤에는 커튼을 쳐야하지?"

"어떻게 아세요?"

"이 구역은 빠삭해. 그런 것까지 다 해결해준다고."

"어떻게?"

의사는 그가 교회의 십자가를 어떻게 해결해주는지 궁금했다.

"뭘? 그쪽에 서서 십자가를 가리는 거지."

의사는 멍했다. 부동산 청년은 위집 청년에게 명함을 건넸다. 위집 청년은 쓸모없는 명함을 버리지도 못하고 손에 쥐었다.

"가시죠. 선생님."

의사는 청년의 뒤를 따라 계단을 내려갔다. 전용 엘리베이터는 나중에 타보겠다는 청년의 말을 기억했다. 그러나 임무를 완수했다고 생각하는 청년은 모든 것을 잊은 듯했다. 의사는 관심이 없었다. 어차피 이곳으로 이사 오지는 않을 것이었다. 계단을 내려와 출입구에 도착했을 때 지하차고로 내려가는 계단이 보였다. 청년은 나중에 지하차고를 보여준다는 말도 잊은 것 같았다. 의사는 반대로 그가 지하차고를 보여주면 어떻게 거절할 것인가를 생각하고 있었다. 그 지하실은 자기 내부의 이상한 기억을 상기시키는 것 같았다. 의사는 J와 J의 역사, J의 공간인 이 건물, 대리석이 내뿜는 냉기, 그리고 자기가 체험한 지하 해부실의 공간, 그 안에 있었던 금속상자와 그 금속상자 안에 있었던 피의 근원, J의 아버지, 이런 것들이 중첩되면서 가져오는 연상의 두려움으로부터 빨리 벗어나고 싶었다. 다행히 청년은 지하실을 보여준다던 자신의 약속조차 잊고 밖으로 걸음을 내딛었다. 단 한 번 청년은 의사를 안심시켰다.

그들은 밖으로 나왔다. 광장의 열기가 후끈했다. 서늘한 동굴에서 밖으로 나온 느낌이었다. 청년이 광장을 둥글게 걸어가며 말했다.

"내부가 참 시원하지요? 에어컨 하나 돌리지 않았는데 대리석 벽이 워낙 두껍다보니까 단열이 잘되는 거예요. 집값을 하는 거죠. 겨울에는 반대로 온난하지요."

의사는 웃음이 나왔으나 참았다. 내부가 온난하다는 말은 처음 듣는 것이었다. 의사는 하나의 광장을 돌아 정문이 보이는 다음 광장을 돌 때 묘안을 발견했다. 그는 속으로 쾌재를 불렀다. 계약을 거절할 방법을 찾았다. 아주 단순한 방법이었다. 다음 날 가겠다고 약속을 하고 가지 않는 것이다. 그리고 전화가 오면 받지 않는 것이다. 그것이 한국 사회에서 통용되는 거절의 방법임을 알고 너무나 통쾌해서, 자기도 대한민국 국민이 된 사실을 기뻐하면서 아무 부담도 없이 씩씩하게 광장을 돌았다. 정문을 나갈 때 청년은 수위에게 나간다는 인사를 하였다. 그리고 뒤에 오는 분이 이사를 올 것이라는 것을 암시하는 듯 수위에게 엄지손가락을 치켜세우는 것이었다. 수위는 무심한 척 고개를 끄덕였다. 그들 사이에 어떤 거래가 있는 것 같았다. 아주 작은 권력도 자기 것을 챙기는 것에 이용됐다. 그러거나 말거나 의사는 개의치 않았다. 잠시 후 헤어지면서 할 말을 미리 생각해두었다. 그들은 섰다. 의사는 흔쾌하게 말했다.

"그럼 내일 오겠습니다. 한 시는 어떨까요?"

"당연히 괜찮지요. 이렇게 흡족해 하시니 저희도 기분이 좋습니다."

알람브라 궁전의 석주 | 275

"별 말씀을. 좋은 집을 소개해 주셔서 제가 감사할 따름이지요."

"가 계약금이라도 걸어놓고 가셔야지요? 오늘도 많이 보러 올 텐데요."

의사는 활짝 웃었다. 평소에 안 쓰는 근육을 움직이며 가식적으로 웃어보는 것은 처음이었다. 아귀가 아팠다. 의사는 이를 드러내고 말했다.

"됐어요. 내일 한꺼번에 드리지요. 계약금 중도금 잔금 모두."

"하긴, 번거롭기만 하지요."

청년은 확실한 도장을 찍지 못해 아쉬웠지만 확신에 찬 의사의 얼굴을 보며 굳이 그럴 필요는 없다고 생각했다.

"선생님. 등본 떼어오는 것 잊지 마세요. 인감도."

청년은 생긋 웃으며 말했다. 등골이 오싹할 정도로 애교 넘치고 붙임성 있는 목소리였다.

"알겠습니다. 정말 마음에 쏙 듭니다."

의사는 가뿐한 마음으로 악수를 청했다. 둘은 악수를 하고 길 가에 서서 목례를 몇 번 더 하고서야 헤어졌다. 끝내려 하면 청년이 다시 조아리고 의사가 조아리니 상대도 다시 조아리는 몇 번의 행위가 반복되고서야 거추장스럽고 음흉한 거래가 끝났다. 속이 약간 불편하고 얼굴이 당겼지만.

오늘 부동산 청년은 의사에게 인생의 많은 것을 가르쳐준 것 같았다. 그리고 의사는 그가 가르쳐 준 것을 토대로 통쾌한 복수를 했다. 그런데 그 기분은 명쾌한 승리의 감정이라기보다는 승부조작을 통하여 억지로 이긴 것 같은 느낌이었다. 합리적이고 지성적인 아내, 거짓이 뭔지를 모르는 맑고 순수한 아이들, 배려와 이해의 폭이 넓은 전문인 친구들을 주로 만나고, 안락한 집과 서구식 주택형태의 병원을 연결하는 서울에서 가장 잘 다듬어진 가로수 길, 멋스런 작은 카페와 각양각색의 다국적 음식점들, 고유의 아름다움을 뽐내는 작은 보세 옷가게들이 위압감을 주지 않고 정겹게 미소 짓는 가로수 길을 사색 하듯이 오가며 세상의 잡스러움, 아귀다툼, 지리멸렬함, 낯 뜨거움, 부조리와 부딪칠 일이 없었던 의사는 근사한 옷을 입고 똥통에 빠진 느낌이 들었다. '그런데 저 자식은 언제 이런 것을 배웠을까? 하층에서. 나는 상류층에 있으면서도 오늘 처음 알았는데.' 궁둥이를 씰룩거리며 걸어가는 인생의 일일교사 청년의 뒷모습을 보며 의사는 옷과 체형이 어울리지 않는다는 것을 느꼈다. 의사는 앙갚음의 독설을 퍼부었다. '양복 좀 품위 있게 입어라, 제발. 이탈리아 풍은 무슨 얼어 죽을 이탈리아 풍이야. 네 엄마도 널 낳고 미역국을 먹었겠지. 내가 왜 이러지? 별 일도 아닌데. 후. 찌네.' 욕을 하던 의사는 제풀에 죽었다. 이마에서 땀이 흘러내렸다. 그는 손수건으로 땀을 닦았다. 의사는 청년이 부러움의 호기심을 보였던 손수건의 무늬를 보며 생각했다. '애기 기저귀 가방 무늬. 어디서 많이 본 무늬인데 이게 그렇게 유명한 거야? 땀을 닦는데 왜 그런 유명세가 필요한 것일까?' 그 청년은 처세의 방법 중에서 가난한 자의 약삭빠름, 교활함과 상층 지배자들의 가식, 권력의 맛을 배웠는데 둘 다 그의 몸에서 유체 이탈한 것처럼 느껴졌다. 그의 몸은 종합선물세트처럼 그때그때 상황에 따라 자기에게 유리하게 취해야 하는 행동, 말해야 하는 단어, 표정과 눈빛의 강도가 저장된 기계처럼 보였다. 정직함, 솔직함, 착함, 순수함, 깨끗함, 정면성, 대담성, 투명성, 이런 긍정적인 단어와는 완전히 담을 쌓은 유기체처럼 보였다. 명랑함은 있었으나 그것은 자기의 의도대로 상대를 끌어당겼을 때 나타나는 천박한 흥분이었다. 병원의 간호사가 가지고 있는 미덕, 상대를 편하게 해주는 명랑함이 절대 아니었다. 의사는 생각했다. '너를 위해 국가가 뭔가를 해줄 필요는 없다.' 최악의 날이었다. 청년이 호들갑을 떨었던 '몽클레어' 상표를 보며 의사는 얼굴이 붉어졌다. 그것은 가짜였다. 의사는 그 상표의 존재도 몰랐다. 예쁘고 편해보여서 사 입었을 뿐이다. 지금까지 사람들이, 의사가 자신을 과시하기 위해 그 상표를 입었다는 상상을 했다고 생각하니 더 오금이 저렸다. 그러나 청년에게 이 옷은 가짜라고 말하지도 않았다. 의사는 왜 그랬을까 생각해보았다. 그 사소한 속임을 인내하는 것도 의사에게는 말할 수 없이 불편했다. 속일 이유도 없고, 그럴 가치도 없는 것이었다. 그러나 의사는 청년이 보여준 경박한 호의를 내버려두었다. 그것이 더 유리하다고 판단해서였을까? '세상에 내가 그런 얕은 생각을 하다니? 용기는 어디로 갔지?' 그는 허탈하게 웃었다. 아무튼 오늘은 의사의 성격에 맞지 않는 낯 뜨거운 상황들이 이중 삼중으로 겹을 만들어 빠져나오기 힘든 시간들의 연속이었다. 의사는 멍하니 생각했다. '나는 내일 약속한 시간에 오지 않을 것이고 네가 전화를 하면 나는 받지 않을 것이다.' 의사는 이렇게 자기 생의 궤적에서는 상상할 수도 없었던 치졸한 결심을 하고 말았다. 한국인, 남녀노소, 부자와 가난한 자, 개인이나 회사, 모두가 아무 거리낌 없이 행하는 약속의 일방적 파기나 먼저 연락 안 해주는 행위, 상대를 안달나게 하는 파렴치하고도 유치찬란한 권력적 행위, 필요하면 네가 전화해 나는 받지 않을 테니까, 나는 아무 것도 말하지 않을 테니까 네가 알아서 판단해, 그 모호한 영역으로 그는 처음으로 발을 딛는 것이었다. 사람들은 싫으면 싫다고, 채택되지 않았으면 채택되지 않았다고, 단순히 자기의 의사를 표현하는 것보다 상대의 코를 나 중심으로 어떻게 꿸까? 어떻게 골려줄까? 어떻게 나를 계속해서 그에게 필요한 사람이나 조직으로 인식시켜 그를 힘들게 하고 방황하게 만들까? 이런 장난에 골몰해 있었다. 일에서나 사랑에서나. 그것이 정신병이라는 것을 인식하지 못하고 신경정신과 의사는 그 불안정한 다수의 뇌파 속으로 밀려들어갔다.

'무엇을 해야하지?'
의사는 길에 서 있었다. 인적이 없는 서울의 거리였다. 천만 명은 다 어디에서 바글거리는 걸까? 뜨거운 태양이 드리운 건물의 검은 그림자는 골목에 길게 눕기 시작했다. 그 풍경은 적막하고 음산한 느낌을 주었다. 명확한 음영의 구별 때문에 눈이 더 부셨다. 하얀 곳을 바라보다 검은 곳을 바라보면 일시적으로 아무 것도 보이지 않았다. 의사는 눈을 비볐다. 건조한 눈에 통증이 느껴졌다. 눈물이 흘렀다. 얼마의 시간이

지나서야 검은 그림자 속에 파묻혔던 사물이 보였다. 비로소 의사는 거리의 소음을 약간이나마 들을 수 있었고, 액체 속에서 희미하게 어른거리는 색채의 향연을 볼 수 있었다. 붉은색, 노란색, 녹색, 보라색, 하얀색이 한데 어우러져서 흔들리고 있었다. 꽃집이었다. 의사는 간판을 보았다. 넝쿨이 가지 끝에서 구부러질 때 부드럽고 날렵하게 휘어지는 모양으로 '비밀의 화원'이라고 쓰여있었다. 그 황동의 활자는 화원의 벽을 타고 올라가는 것처럼 보였다. 의사는 눈을 닦고 그리로 걸어갔다. 무엇인가 확인해보고 싶은 충동이 생겼다. 아니 지금 생긴 것이 아니라 지니고 있던 충동의 답답한 정체가 그 꽃집을 발견함으로써 확연해진 것이었다. 주인 남자는 오전의 바쁜 일정을 마치고 밖의 화분을 정리하고 있었다. 의사는 말했다. 지친 와중에도 해야 할 일은 해야 한다는 회생의 노력이 힘들게 묻어나는 목소리였다.

"실례합니다. 말씀 좀 묻겠습니다."

남자는 앞치마에 손을 닦으며 일어섰다.

"네. 말씀하세요."

"저기요. 꽃 배달 주문도 받지요?"

"네. 그럼요. 지금 주문하시게요?"

"아, 아뇨."

"그럼?"

의사는 어떻게 말을 할까 고민했다. 타인, J의 꽃 배달에 대하여 미주알고주알 물어볼 수 없었다. 의사는 입술을 떨며 이렇게 말해버리고 말왔다.

"꽃이 잘못 배달된 것 같아서요."

"누구신대요?"

"ㄱ빌라. A동. 302호."

"글쎄요. 배달이 한 둘이 아니라서."

주인 남자는 안에다 대고 직원을 불렀다.

"저기야. 잠깐 나와 보지."

"예."

그리고 어린 남자 직원이 꽃을 다듬던 가위를 든 채 나왔다. 가위가 반짝 빛났다.

"ㄱ빌라 A동 302호 갔었지?"

"네."

"이 분이 뭔가 잘못됐다고 그러시는데."

그리고 주인은 의사를 보며 말했다.

"받은 분 맞죠?"

의사는 얼떨결에 대답했다.

"네."

그리고 등줄기에 땀이 떨어지는 천둥소리를 들었다. 주인 남자가 직원 아이에게 말했다.

"잘 배달 됐어?"

"네. 아무도 안 계셔서 돌아오려는데 마침 위층 학생이 달라고 해서 맡겼어요. 잘 아는 사이라고 하던데요. 금방 들어오실 거라고 하더라고요. 혹시 뭐가 잘못 되셨나요?"

의사는 얼굴이 화끈했다.

"아뇨. 꽃은 잘 받았어요. 그 학생은 잘 압니다. 피아노를 잘 치죠."

"그런데요?"

"저기. J가 누군가요?"

"무슨 말씀이신지."

"받은 사람은 제가 맞아요. J."

"그런데요?"

"그런데 보낸 사람이 누구인지 알 수 있나요? J라고 되어 있는데 그럴 사람이 없어서요. 직접 주문을 했나요? 아니면 전화로 한 건가요?"

"무슨 말씀이신지. 왜 J가 두 명이죠?"

직원이 의사와 주인을 번갈아 보며 물었다. 그때 주인이 비밀을 알아낸 듯 웃었다.

"아. 부인이시구나."

"네?"

"하하하."

"보낸 분이 부인이세요. 오전에 나가시면서 꽃 배달을 맡기셨어요. 그때는 저도 좀 이상해서 물었거든요. 죄송합니다. 잘못된 건가 해서요. 되게 재미있게 사신다. 남편 분도 J. 아내 분도 J. 맞죠?"

의사는 말없이 듣고 있었다. 황홀했다. 사랑의 달콤한 거짓말이 사탕이 용해되는 듯 감미로움으로 몸속에 스며들었다. 정말 그렇다면 부귀영화 다 버리고 그렇게 살고 싶었다. 하지만 J는 다른 남자의 아내고 자신은 다른 여자의 남편이었다. 의사는 정말 착한 인간이었다. 사랑의 맹세를 꼭 지켜야 한다고 생각하는 바보였다. 의사는 고개를 끄덕였다. 눈물이 흘러내렸다. 그 눈물은 안구의 통증이 아니라 마음이 저려서 나오는 것이었다. '용기도 없는 도덕의 노예, 불행한 인간.'

의사는 조용히 말했다.

"알겠습니다. 실례했습니다."

꽃집 주인 남자는 의사의 얼굴을 보며 말했다.

"행복하시겠습니다. 미인이시고, 마음도 명랑하시고. 감동받지 않을 남편이 어디 있겠습니까? 모든 여자들은 받기를 원하잖아요."

"네. 그럼."

의사는 꽃집에서 물러났다. 자신을 바라보는 꽃집 주인과 직원의 시선을 느끼며 빌라 쪽으로 걸어갔다. 그들의 시선이 닿지 않는 모퉁이를 돌았을 때 의사는 머리를 담벼락에 대고 섰다. 그는 현기증이 나는 듯, 팔을 담에 기댄 자세로 서서 생에 대한 아쉬움의 눈물을 흘렸다. '정말 그렇다면 얼마나 좋을까.' J가 그의 아내이고 그가 J의 남편이라면. 법적으로 보장된 관계 속에서 언제까지나 알몸인 채 안고 있어도 되는 것이었다. 하루에 수십 번의 사랑을 해도 누가 뭐라 하지 않을 그런 소유의 상태. 의사는 지금의 이 기분, 꿀맛 같은 환상에 머리가 빙글 돌았다. 그가 보기에 J는 망상 속에 있지 않았다. J는 망상의 연기를 할 뿐이었다.

꽃 배달의 수신인과 발신인이 동일인이라는 것도 J의 그런 행동의 하나에 지나지 않았다. 왜 그녀는 담을 쌓고 혼자만의 세계로 피신하려는 것일까? 세상에 대한 냉소와 외로움을 맞바꾸며. 그리고 모두가 그녀의 진실을 모를 때 자기는 그것을 알고 있다고 생각하니 자기만이 그녀의 유일한 구원자가 된 것 같은 생각이 들었다. 그 책임감이 그를 J에게로 더 애잔하게 끌어당겼다. 그때 뒤에서 누군가가 의사를 부르는 소리가 들렸다.

"선, 선생님?"

의사는 고개를 들어 뒤를 보았다.

간호사였다. 그녀는 남자친구와 길을 걷다가 걸음을 멈추었다. 더운 날씨임에도 팔짱을 꼭 끼고 있었다. 그래도 행복해보였다.

"선생님? 그냥 지나칠 뻔 했잖아."

그녀는 팔짱을 풀고 의사에게로 천천히 다가왔다.

"선생님. 괜찮으세요? 여긴 웬일이세요?"

"아. 그냥. 볼 일이 근처에 있었는데 돌아가는 길이야."

의사는 웃으며 말했다. 명확한 이성이 잘 돌아오지 않았다.

"아. 그런데 괜찮으세요? 많이 편찮아 보여요. 택시라도 불러 드릴까요?"

"아니 됐어. 머리가 좀 뜨거워서."

"네."

간호사는 남자친구를 가리키며 말했다.

"제 남자친구에요. 오빠 인사드려. 선생님."

미용사는 자세를 단정히 고치고 의사에게 머리를 숙여 공손히 인사를 하였다.

"잘 부탁드립니다. 최인호입니다."

"알고 있어요. 잘은 뭐. 그런데 곧 결혼한다지?"

"네."

"그래. 내가 저녁이라도 한 번 살게."

"고맙습니다."

미용사는 다시 한 번 공손히 목례를 하였다. 의사는 말했다.

"잘 가요."

"네. 그럼."

그들은 걸어갔다. 간호사는 걱정이 되어 의사를 한 번 바라보았으나 이내 걸음을 옮겼다. 의사는 그들의 행복한 뒷모습을 바라보았다. 그들은 다시 팔짱을 끼었다. 간호사는 자신의 머리를 남자친구의 어깨에 살포시 놓았다. '그래 저 순간이야. 인생에서 가장 중요한 건 저 순간이야. 나를 상대처럼 느끼는 저 순간.' 의사는 웬일인지 오늘이 간호사와의 마지막인 것 같은 이상한 생각이 들었다. 그리고 그들에게 저녁을 사겠다는 약속도 지키지 못할 것 같은 기이한 느낌이 들었다. 의사는 반대 방향으로 걸음을 옮겼다. 순간 다리가 휘청거렸다. 그것은 육체가 기진 맥진한 것이 아니라 심신의 허함에서 나오는 무력감이었다. 이제 그 앞에 놓인 삶에는 아무 목적도 희망도 없는 듯 했다. 사랑의 그 순간이 다시는 없을 것 같은 삶이 무슨 의미가 있겠는가. 일순간에 사라진 지난 생의 의미는, 과거도 추억도, 아무 간직할 거리도 없는 무의 상태가 되어 허공의 한 소실점으로 그를 이끌어가는 것 같았다. 거기를 걸어가는 그는 균형을 잡을 수도 잡을 필요도 없었다. 소실점이란 그림이나 사진에서만 존재하는 것이어서, 실제의 무한한 공간에서는 가도 가도 잡히지 않는 영원히 없는 것이었다. 없는 것인데 있다고 생각하고 무엇 하러 힘든 걸음을 옮긴단 말인가. 그는 그 현혹된 각성의 상태가 좋았다. 허무에 파묻힌 나른한 상태. 아무것도 하지 않아도 되는 상태. 그는 그만의 세계 속으로 들어가 버린 것이었다. 멀리서 한 점이 형체가 되어 다가왔다. 간호사였다.

"선생님. 정말 괜찮으세요? 걱정이 돼서요. 혹시 술 드셨어요?"

"허허허."

"그럼 왜 이렇게 풀어지셨어요? 언제나 완벽한 분이. 아프신 것도 아니라면서. 속상해요."

"네가 왜 속상하니?"

"몰라요."

"몰라?"

"네."

"괜찮다. 인생이 너무 허무해."

"어머. 말도 안 돼."

"왜 나는 그런 것도 안 느끼고 살 것 같아? 자격 없다 이거지?"

"웃겨. 웃겨."

"왜?"

"그런 말은 선생님이 제일 싫어하는 것 아니에요? 허무. 또 뭐더라. 응, 불안, 또, 공허."

"그래. 잘도 외웠네. 그런데 나는 그런 걸 느껴."

"호호호. 정말 웃음이 나와요. 그러시면서 남의 정신건강을 상담하셨단 말이에요?"

"좀 웃어줘라, 실컷. 야, 이 나이 되도록 비웃음도 피했다면 얼마나 재미대가리 없는 인생이겠어."

"갈수록 태산이야."

"내 병명은 뭘까? 너 똑똑하잖아."

"탈영병."

"하하하."

"선생님은 진짜 탈영병이 될 수 없어요. 내가 선생님을 모를까봐. 가끔은 그런 것을 꿈꾸시긴 하지만. 탈영을 하려면 심각한 폭력을 참을 수 없거나 죽도록 사랑하는 애인이 있을 때에요. 선생님은 그런 게 없잖아요?"

"하하하."

의사는 웃었다. 그리고 속으로 통쾌하게 말했다. 그런 게 있다면? 그 비밀은 숨이 막히도록 혼자 간직하고 싶었다. 왜냐하면 말하는 순간에 그 비밀의 고귀한 가치는 뚝 떨어질 것 같은 느낌이 들었다. 그는 속마음을 감추고 말했다.

"맞아. 너는 나를 가장 잘 아는구나. 네가 의사해라."

"제발 그만하세요."

간호사는 주변을 돌아보았다.

"선생님을 누가 알아볼 수도 있어요."

"알아보라 그래. 그런 거 너무 싫다. 이런 저런 시선에 갇혀 사는 거 숨막혀"

"그럼 아주 노래를 부르세요. 병원 폐업 신고는 제가 해드릴 테니까."

"푸."

"그렇죠? 그런 상황까지 갈 건 아니죠? 그럼 저 좀 걱정 안하고 가게 해주세요. 데이트하다가 선생님 때문에 불이 식어버렸어. 선생님 저는 젊어요. 우리는 시간이 아깝다고요. 다시 불을 지피려면 그만큼의 시간이 다시 필요한 거 모르세요?"

"그래. 미안하다."

"정말 괜찮으신 거죠? 내일 아침부터 예약 꽉 찬 거 아시죠? 댁에 가셔서 쉬실 거죠?"

"그래. 먹고는 살아야지."

"어머. 먹고 살기 위해 일하세요? 그럼 내가 월급 줄게요. 그만큼만. 88만원이면 되겠어요?"

"후후, 고맙다. 남자친구가 기다리잖아. 가 봐. 헤어지겠다 말겠다, 난리를 피우더니 내가 보기엔 너보다 백배는 낫다."

"알았어요. 이제 좀 정신이 드시나봐. 사람도 보실 줄 알고."

"그런데?"

"네. 그렇다고요."

간호사는 동시에 수줍음의 얼굴을 붉혔다. 의사가 슬며시 웃었다.

"너 많이 변했다."

"뭐가요?"

간호사는 머릿결을 만지며 물었다. 머리는 바뀌지 않았다는 표정이었다.

"그게 아니고. 저 친구를 정말로 사랑하는 것 같아."

"어머. 언제는 제가 사랑하지 않았어요?"

"솔직히 재지 않았어? 불만이 가득했잖아. 삼성 다닌다는 나이 많은 사람하고는 끝났니?"

"재지 않는 여자가 있어요? 자기 팔자가 걸린 문제인데. 그런 얘기 오빠한테 하시면 안 돼요. 지금은 오빠 없으면 저는 외로움에 죽어버릴 것 같아요."

"그런데 왜 분위기가 180도 바뀌었는지를 묻는 거야. 얼굴에 나는 사랑에 빠진 여자에요라고 씌어 있어. 어떻게 그럴 수 있지?"

"맞아요. 저는 사랑에 빠졌어요. I'm fall in love!"

"왜?"

"이상한 일이에요."

"이상한 일?"

간호사는 의사에게로 가까이 다가왔다. 비밀스런 표정이었다. 간호사는 주위를 스윽 한 번 둘러보았다. 아무도 없었다. 미용사는 멀리 그늘에 서서 어딘가에 전화를 하고 있었다. 조용한 골목에 들리지 않던 일상의 소음이 작게 들렸다. 어디선가 나뭇잎이 살짝 떨어지는 소리, 어느 집에서 아주 가볍게 날아오는 내용을 알 수 없는 목소리, 창문을 여닫는 소리, 그리고 큰 길에서 창공을 통해 울려오는 차들의 경적소리가 희미하게 들렸다. 간호사가 말했다.

"선생님. J를 만났어요."

의사는 가슴이 철렁했다. 숨이 턱 막혔다. 얼굴을 찡그렸다.

"응."

"괜찮으세요?"

"응."

의사는 J의 소식을 듣는 것이 반가웠다. 그러나 간호사가 주변을 두리번거리며 숨겨야 하는 표정으로 J의 이야기를 하자 두려운 마음이 생겼다. 그것은 그녀가 의사의 비밀을 알고 있는 것 같은 느낌이었고, 한편으로는 J에게 무슨 좋지 않은 사건이 일어난 것 같은 느낌이었다. 어느 것인지 확신할 수 없었으나 둘 모두 의사에게 공포감을 주었다.

"어디서?"

"미용실에 왔었어요. 저는 남자친구를 만나러 왔고요. 정말 우연이었지요."

"그런데?"

"머리를 이상하게 한 거예요. 짧은 흑인의 머리처럼. 오빠는 괜찮다고 했지만 저는 묘한 느낌이 들었어요. 그 머리에 대한 이야기는 복잡해요. 저희 병원에 왔을 때는 멋진 단발이었잖아요?"

"그, 그랬나?"

의사는 기억나지 않는 듯이 말했다. 그러나 그는 그녀의 얼굴을 너무 정확히 기억해서 괴로움에 빠져 있었다.

"그 전에는 어깨까지 내려온 우아한 물결이었어요. 그 상태로 돌려달라고 해서 궁여지책으로 그렇게 된 거예요. 저는 J가 왜 그러는지 알 것만 같았어요."

"어떤?"

"여자는 급격한 심리적 변화를 느낄 때 스타일에 과감해지거든요. 남의 관심을 받기 위해서도 그렇지만 그런 걸 전혀 느낄 필요가 없을 경우에도 그래요. 자포자기의 심정이랄까? J는 두 번째로 보였어요."

"그래?"

"그리고 저한테 이상하게 대했어요."

"어떻게?"

"일부러 정을 떼려는 느낌이었어요. '나는 너를 모른다. 너 같은 건 내 친구가 아니다.' 이러는 거 있죠. 너무나 매정하고 정나미가 뚝 떨어지도록 그런 말을 하는 거예요. 황당하지요? 보세요."

간호사는 휴대전화의 폴더를 열어 J와 병원 앞에서 찍은 사진을 보여주었다. 둘은 정답게 활짝 웃고 있었다. 의사는 숨이 막혔다. 그녀의 얼굴을 손으로라도 만져보고 싶은 충동이 일었다. 그리고 자신에게만 크게 울리는 자신의 신음소리를 들었다. J는 태양에 눈이 부셔하며 이 사진을 보는 이에게 야릇한 매혹의 홀림을 주는 것이었다. 간호사는 야속하게 곧바로 휴대전화를 닫아버렸다. 그리고 말했다.

"이것이 증거에요. J는 사랑의 거짓말을 하고 있어요. 아픈 거짓말. 아픈 거짓말."

간호사는 천천히 점점 작아지는 목소리로 반복했다. 의사는 물었다.

"왜 그랬을까?"

의사는 J의 상황을 판단할 수 있었다. 가슴이 저렸다. 그러나 모른 척했다.

"사라지려는 거예요."

"사라져?"

"선생님. 저도 그런 기분을 느낄 때가 있어요. 우리 여자들은 남자들과 달라요. 결심하면 정말 무섭다고요. 확 돌아버리는 거예요."

"그, 그러니?"

"네."

"어디로 사라지려는 걸까? 어디라고 생각되는데? 알고 있니?"

"선생님. 어디로 간다는 의미가 아니에요. 부산을 간다. 광주를 간다. 미국을 간다. 그런 게 아니에요."

"그럼?"

"그건 자신을 숨긴다는 거예요. 여기 있든 저기 있든 없는 것처럼. 세상 뒤로. 너무 안됐어. 난 충분히 공감해."

"그런 거구나. 나는 여자들에 대해서 잘 모르겠어."

"당연하죠. 선생님은 분명히 여자의 신체를 가지지 않았으니까. 오빠도 마찬가지로 답답한 것들로만 구성되어 있어요. 그런데요."

"그런데?"

"누군가 J를 미행해요."

"응?"

의사는 가슴이 철렁했다. 그것은 공포였다.

"왜?"

"모르겠어요. 사실은 선생님께 여쭤보려고 했어요."

"뭘?"

"김현우의 딸 이야기."

"응?"

의사의 목소리가 긴장했다.

"가수 김현우의 딸 이야기는 루머잖아요. 그런데 미행한 남자가 또 김현우의 딸 이야기를 하지 않았느냐? 뭐 그런 걸 물었어요."

"누가? 누가 했다는 거야?"

"J가요."

"했어?"

"아뇨. 그 사람이 J가 그런 얘기 안 하냐고 묻고 다녔어요."

"왜?"

"그걸 제가 어떻게 알아요."

"다야?"

"왜 그렇게 닥달하세요? 내가 선생님 환자에요? 선생님께 묻고 싶었다고 했잖아요."

"뭘?"

"지금 말하고 있잖아요. 김현우가 누구고 그 사람이 J와 무슨 관계가 있는 건지. 그때도 병원에서 무슨 살인자니 이런 얘기를 J가 분명히 했었는데."

"아니야."

"우연치고는 너무 쉽잖아요. 머리 나쁜 내가 봐도."

"예진아."

의사는 간호사를 작게 불렀다.

"네. 선생님."

"너 이 얘기 아무에게도 하면 안 돼."

"왜요?"

"내 말 들어. 오빠는 모르지?"

"모르죠. 그 남자 허리에 총이 있었는데도 눈치 채지 못하는 게 남자들의 감각인지 저는 정말 처음 알았다니까요. 대충대충 사는 게 남자라는 거 이해 못하면 머리가 터져 죽을 거예요. 이 세상 여자들의 무덤에 죄다 이렇게 씌어 있을 거라고요. 울화병, 심장병, 노이로제, 신경쇠약, 우울증. 그런데 왜 아무에게도 이야기하면 안 되는 거예요?"

"그건."

의사는 이 아이에게 어떻게 설명해야 할지 방법이 떠오르지 않았다. 멍하기만 했다.

"선생님. J가 무슨 죄를 지었나요? 아니면 무슨 사채를 쓴 거예요? 아니면 무슨 무서운 사건에 연루된 거예요?"

"다 아니야."

"그 남자가 J를 따라갔어요. 무슨 일이 생길 것만 같아."

"그렇진 않아."

의사는 그렇게 말했지만 불안했다. 간호사가 말했다.

"그럼? 선생님은 왜 저에게 아무 말씀도 안 해주시는 거예요. 저도 걱정하고 있는데."

"나도 내막은 잘 몰라."

"환자의 비밀이죠. 말하지 말라는 것이."

그녀가 조용히 말했다. 그녀로서는 그렇게 이해할 수밖에 없었다.

"그래. 환자의 비밀이야. 우리가 지켜줘야 하는."

"알겠어요."

"약속이다. 예진아."

"네. 선생님. J에게는 아무 일도 없겠죠? 언젠가 다시 밝은 모습으로 만나겠죠?"

"그럼."

의사는 불안했다. 그러나 그렇게밖에 말할 수 없었다.

"기뻐요."

"뭐가?"

"기다림이. 예전에는 지루하던 기다림이. 그녀를 위해 제가 기도할 수 있다는 것이. 언젠가 다시 만난다는 그 기다림이. 그리고 선생님이 제자리로 돌아오신 것도."

"그건?"

"J 이야기를 하니까 선생님은 금방 진지하게 활기를 띠셨잖아요. 그게 선생님의 본분이죠. 선생님을 찾아오는 사람들에게 선생님은 항상 최선을 다하시잖아요. 저도 그런 선생님의 모습을 늘 배우려고 해요. 제가 놀기만 하는 줄 아시죠?"

"아니."

"제가 변한 건 오늘이에요. 오늘 오빠를 진심으로 사랑한다는 걸 느꼈어요."

"왜?"

"J 때문이에요."

"왜?"

"왜, 왜. 너무 J에게만 관심을 갖는 것 아니에요?"

"그건 아니고. 네가 J. J. 하잖아."

"그건 그래요. 우리 둘 다 폭 빠진 것 같아요."

의사는 뜨끔했다. 의사는 말했다. J에 대해 빨리 더 알고 싶었다.

"왜 오빠를 사랑한다는 걸 깨달았어? J 때문에."

"사실 오빠 볼품없어요. 착하긴 하지만. 그게 불만이었어요. 미래도 불안하고요. 솔직하게 말씀드리자면 가위 든 남편이 떠들고 다닐 만한 자랑거리는 아니잖아요? 미용사의 아내. 이게 어울리는 말은 아니잖아요?"

"그건 아냐."

"그랬다고요. 그런데 J를 만나고 제가 변했어요."

"왜? 자꾸 묻게 만들잖아."

"선생님. 중요한 얘기는 뜸 들이는 거예요. 어떻게 내용만 딱 얘기할 수 있어요?"

"맞아."

"J는 어떻게 보면 세상 사람들에게 버림받았잖아요? 버림받은 부자 환자."

"그렇게 볼 수도 있지."

"그리고 저 또한 그런 사람을 무시했어요. 지기 싫어서요. 자격지심 같은 것도 있었지만. 그런데 J는 달랐어요. 따뜻하고 솔직하고 제 마음을 찌르는 무엇이 있었어요. 아. 그게 뭐지? 마땅한 단어가 없어. 선생님 제발 단어 좀 찾아주세요. 이 감정을 정확하게 알려드리고 싶어요."

간호사는 의사를 바라보았다. 그녀는 물끄러미 생각에 잠겼으나 단어를 찾지 못해 답답한 것 같았다.

"아. 빨리요."

"글쎄다. 공감?"

간호사가 큰 소리로 말했다.

"맞아요! 공감!"

의사는 깜짝 놀랐다.

"그거에요, 공감. 저는 J를 공감했어요. 우리는 너무 다른데 공감했어요. J는 돈이 많고 저는 돈이 없고, J는 학력도 빼어난 것 같고 저는 저렇지만. 선생님은 제가 고졸치고는 업무처리를 잘한다고 하셨는데 얼마나 자존심 팍팍 구겼는지 아세요? 저도 지적인 욕망이 있어요. 그리고 전문학원에서 자격증 이수한 건 왜 빼 먹으세요? 됐어요. 지나간 얘기니까. 그리고 J는 나이도 한참 언니고요. 그런데 더 중요한 건 제가 병자를 사랑한다는 이상한 감정이었어요. 제가 그녀가 되어 J를 이해하고 있는 것처럼."

그녀는 목소리를 낮춰가며 천천히 말하기 시작했다. 그녀의 얼굴에 건물의 그림자가 걸려 있었다. 반의 어둠과 반의 밝음 속에. 그러나 그녀의 얼굴은 희한한 생기로 가득 차 있었다.

"그녀가 나간 뒤 갑자기 이상한 기분이 들었어요. 그건 제가 별 것 아니라는 것이었어요. 선생님, 그런데 그 기분이 찝찝한 것이 아니라 너무 좋은 거예요. 희한하죠? 이전엔 내가 대단하다고 생각하면서 불만 투성이 예진이였는데, 내가 별 것 아니라면서 그 예진이가 너무 좋다니. 몸이 가벼워지면서 하늘로 둥둥 뜨는 기분이었어요. 이런 기분은 뭐죠? 빨리요."

"글쎄다. 고양?"

"맞아요! 고양. 그러면서 오빠가 사랑스러워졌어요. 오빠도 별 것 아닌데. 그 오빠가 사랑스럽고 같이 있고 싶어서 미칠 것 같은 기분이 들었어요. 오빠는 내 인생을 책임지는 사람이 아니라 예진이가 사랑하는 남자로 바뀐 거예요. 부족한 것까지. 저 왜 이렇게 돼버린 거죠?"

"정신이 든 거지."

"겨우 그런 말밖에 없어요?"

"잘 생각해 봐."

"그러네요. 정신이 든 거네요. 그럼 예전의 저는 약간 제정신이 아니었네요. 그럼 J가 저에게 제정신을 주고 간 거네요? 그럼 J는 제정신이네요. 명확히. 어머."

간호사는 말을 멈추었다. 두 사람은 길에 서 있었다. 다시 동네의 소음이 간간히 들렸다. 차고의 문이 열리고 닫히는 소리, 남녀가 뭐라고 주고받는 밀어들, 열었던 가게의 셔터가 내려지는 소리 등이 서로 방해하고 얽히며 공중에 날아다녔다. 의사는 얘기가 끝난 것을 안타까워했다. 긴 이야기를 들었지만 J의 소식에 대하여 더 말한 것은 없었다. 미용사는 여전히 그늘 아래에 서서 다른 쪽을 바라보고 전화를 하고 있었다. 여자 친구의 용무에 부담을 주지 않으려는 배려로 보였다. 의사는 물었다.

"J는 어디로 갔니?"

"아래로요. 꽃집에 들렀다가 경찰차를 세우고 뭐라고 했어요. 지나가는 사람들이 쳐다보고. 일부는 웃고요. 다시 돌아와서 차를 타고 갔어요. 훔쳐 본 것은 아니고요. 걱정이 돼서 신경이 쓰였어요. 하지만 꼬치꼬치 물어볼 수는 없었어요. 왜냐하면 J가 너무나 강하게 뿌리쳐서요."

"그렇구나. 미행한 남자도?"

"그쪽으로요."

"그렇구나."

"선생님. J에게 아무 일도 없겠죠? 그런 일이 벌어진다면 전 제일 소중한 사람을 잃어버린 것 같은 이상한 기분이 들 것 같아요. 몇 번 본 사람을 이렇게 깊게 생각해 본 건 처음이에요. 죄송해요. 왜 자꾸 그런 생각을 하지. 그리고 남편 분과 같이 살지 않는데요."

의사는 놀랐다. 호기심이 생겼다.

"그런 말은 누구에게 들었어?"

"어떤 여자요. 미용실에서. J는 이상한 여자로 찍혔어요. 이미 헤어졌대요."

의사는 사랑의 감정이 밀려왔다. 세상에 자기 하나뿐인 J. 그리고 가슴이 아팠다. 이상한 여자로 찍히는 것은 그녀가 의도한 것이었다. 그녀는 자신을 그렇게 보호할 수밖에 없었다. 차라리 잘 됐다. 그렇게 그녀가 살 수 있다면. 아무도 그녀의 진실을 믿지 않으면 그녀가 위험한 사람이라고 생각하지 않을 것이었다. 그리고 오늘도 누군가 J를 미행했다면, 더 분명해진 그녀의 이상한 행동을 보고 이제 미행이 의미 없는 행위라는 것을 깨달을 것 같았다. 그러면 다행이었다. 의사는 그렇게 상황이 종료

되기를 바랐다. 그리고 J와 사랑하는 가능성이 많아질 그 시간을 기다렸다. 그러나 간호사의 우려대로, 물론 간호사의 우려는 의사의 두려움과는 다른 것이었지만, 좋지 않은 일이 오늘 생길 것만 같은 공포도 밀려왔다. 이제 간호사를 남자친구에게 보내주어야 했다.

"J가 다시 병원에 온다면 모르겠지만 우리와의 인연도 끝난 것 같아. 걱정은 할 수 있지만 더 뭔가를 해줄 수는 없어. 경찰에 보호를 요청하거나 다른 조치를 취하는 건 우리 권리가 아니야. 애석하게도. 그건 보호자와 환자의 권리야. 그러니까 그녀가 잘 되기를 바라자."

"네. 별일 없기를."

그러나 별일 없기를 수없이 반복하는 그들의 말에는 별일의 공포가 이미 도사리고 있는 듯 했다.

"가 봐. 남자친구한테 미안하다."

"네. 내려가서 차 마실 거예요."

간호사는 종종걸음으로 미용사에게 걸어갔다. 둘은 무슨 이야기를 하더니 다시 팔짱을 끼고 아래로 내려갔다.

의사는 빈 골목을 바라보았다. 늦은 오후의 해는 어느 가게의 창에 붉은 노을을 수놓고 있었다. 불에 타는 듯 착각이 들었다. 외출했다 돌아오는 외제차들이 올라왔다. 강아지를 끌고 공원으로 산책하러 가는 사람이 보였다. 의사는 열기가 솟구치는 블록 위에 서서 어떻게 할 것인가 생각했다. 땀이 종아리에도 흘러내리는 것을 느낄 수 있었다. J는 어떻게 되었을까? 오늘 집으로 돌아올까? 제발 아무 일도 없기를 기도했다. 속 시원하게 J가 처한 상황을 누군가에게 이야기하고 도움을 받을 수 있으면 좋으련만 이 세상 아무도 J의 편이 되어 주지 못한다는 것을 알고 있었다. 그녀는 철저히 혼자였다. 그리고 그는 완전히 그녀 속으로 들어가 그 역시 고독한 상황, 어쩌면 비극적 운명을 맞이할 수도 있는 상황을 감내할 용기를 가지지 못했다. 그때 전화가 왔다. 그는 바지 주머니 속의 휴대전화가 전하는 진동에 까무러치도록 놀랄 뻔했다. 순간적으로 몸속에 고압 전류가 흐르는 것 같았다. 그는 전화를 보았다. 모르는 번호였다. 유선전화였고 발신지 번호는 경기도였다. 그는 말했다.

"여보세요?"

"선생님 저에요, J."

J의 목소리였다. 그녀의 목소리는 낮고 다급했다. 의사는 가슴이 철렁했다. 그리고 속에서 무엇인가 울렁였다. '사랑합니다.'라는 말이 목 위까지 솟아올랐으나 차마 그 말을 억눌러 밑으로 내려버렸다. 그래서 목이 막혔다. J의 전화는 놀라웠다. 한편으로는 J가 자신의 전화번호를 어떻게 알았을까 하는 의문이, 한편으로는 그래서 무슨 일이 생겼구나 하는 불안이 동시에 교차했다. 자신의 열정이 전해지는 것이 두려워 사랑하는 사람에게만 감정을 억누르는 숱한 바보들처럼 그는 말했다. 그리고 또 그 감정을 상대가 알기를 애원하는 바보 멍청이처럼.

"안녕하세요."

"선생님, 오래 통화하지 못해요. 고맙다는 말씀을 꼭 전하고 싶었어요. 전 사라져요."

"네?"

"멀리도 가까이도 아니에요. 어쩌면 선생님 곁에 있을지도 몰라요. 그러나 그곳은 다른 세계에요. 우리는 정말로 타인이 되는 거예요. 저는 그곳으로 가야해요."

"무슨 말씀이세요?"

"아. 선생님은 이해할 수 있어요. 저를 이해하는 유일한 분이었으니까요. 그것만으로도 행복했어요. 이 세상에 나와서 단 한 사람 어떤 유리의 반영도 없이 직시할 수 있었다는 것은 쾌활한 경험이에요. 저는 그것을 간직하고 가요."

"어디로요?"

"그가 이끄는 곳으로. 저는 그가 이끄는 곳으로 가요. 마지막 목적지에서 그를 만나야 해요."

"그는?"

"그는 그냥 그에요. 아무 인칭도 없는 그에요. 그는 고유명사에요."

"마지막으로 들르는 곳은 어디에요?"

"말할 수 없어요. 그동안 많은 일들이 벌어졌어요. 저를 보호하던 분이 살해되었고 나를 알던 피아니스트가 죽었어요. 죄송해요, 선생님께 저를 공개해서. 그러나 제가 말하지 않는다면 아무도 그 사실, 선생님이 저를 알고 있다는 사실을 모를 거예요. 그 사실! 진실이 아니에요. 진실은 각자의 구성물일 뿐이에요. 나의 진실과 너의 진실은 달라요. 추한 것이에요. 들어줘서 고마워요. 그러나 위험해요. 저를 잊어요. 참 그건 내가 할 말이 아니에요. 선생님의 기억 속에 제가 없기를 간절히 바랄 뿐이죠. 부탁이에요. 아직 아무 것도 쓰지 않았다면 진료기록에 이렇게 써요. megalomania, persecution mania, 꼭! 그럼 안녕. 이제 좀 마음이 놓여요. 사라지는 것을 받아들일 수 있어요."

찰칵하고 수화기를 놓는 소리가 들렸다. 공중전화의 둔탁한 수화기 소리였다. 의사는 급히 재통화 버튼을 눌렀으나 '받을 수 없는 번호입니다.' 하며 삐삐삐삐 하는 이상한 소리만 울렸다. 의사는 한참동안 실성한 사람처럼 서 있었다.

상황이 종료되었다. 또는 끝났다. 탄식의 눈물이 주르르 흘렀다. 술주정뱅이처럼 그 눈물이 콧물과 뒤섞여 입으로 들어갔다. 짜고 푸릇했다. 이런 결론을 얻자고 비루함을 꼭 움켜쥐고 있었나? 차라리 가공할 만한 용기로 진실에 저항하다가 죽어버렸다면 이렇게 비참하지는 않을 텐데. J는 사라졌다. 그리고 그녀가 의사에게 다시 보인다고 하더라도 진실의 체현으로서의 그녀는 더 이상 아닐 것이었다. 그것은 이미 되씹는 추억이 되었거나 양심을 흘깃거리는 내면, 또는 흠칫한 자기의 타자성에 대한 변호로서의 물질로 뇌에 저장되어 있다가 필요할 때 쓰는 화학물질, 눈물이었다. 그것을 아련한 추억이라고 한다. 지나가는 중년의 남자가 의사를 쳐다보았지만 의사는 아무 느낌이 없었다. 단지 눈물이 흐르는 눈으로, 망가진 교양에 대한 부끄러움도 없이 그 사람을 되 쳐다보고 있었다. 가슴 속이 텅 비었다. 무의미, 무의미, 가슴 쓰린 무의미. 어떤 생의 의미를 다시 채울 수 있을까?

'그래 가공할만한 용기가 필요하다. 그녀는 사라졌지만 나는 더이상 나를 방치하지 않을 것이다. 그것이 사라진 그녀에 대한 마지막 긍정이며 내가 숨 쉬는 이유다. 나는 그것이 필요하다. 두 번이나 나를 배신할 수는 없어.'

그는 자신에게 외쳤다.

그는 휴대전화의 목록을 펼쳤다. 그는 선규의 이름을 찾았다. 손가락이 떨렸다. 10년 동안 한 번도, 결혼을 할 때도 연락하지 않았던 가장 친한 친구였다. 그들이 서로를 마주 보는 순간, 서로는 비밀을 이야기하지 않을 수 없었기에. 그 답답한 무언의 절교, 또 그것을 감행하고 인내하는 강인함, 그 강인함이 부서지려고 하고 있었다. 의사는 눈을 감고 숨을 내쉬었다. 그리고 선규의 이름을 눌렀다.

"선규야. 나야. 민영."

"어?"

"기자회견 하자."

"뭘?"

"나와."

"어딜?"

선규가 딴 소리를 하는 것인지, 아주 오랜만에 걸려온 껄끄러운 우정의 전화에 대해 어떻게 반응해야 하는 것인지를 정하지 못해 당황해하는 것인지, 아니면 의사가 전화를 한다면 바로 그 문제일 거라는 것이 너무 명확해서 혼란스러워하는 것인지, 모든 것이 의사에게는 관심이 없었다. 의사는 자신의 말만 했다. 약간의 침묵이 흘렀다. 선규의 목소리가 들렸다.

"오랜만이야. 네 소식은 들었어. 그런데 무슨 기자회견을 하자는 것인지. 한다는 거야? 네가?"

"아니. 같이."

"뭘 같이 해?"

선규는 조용히 물었다. 성가신 오후의 빛이 의사를 기진맥진하게 만들었다. 그것은 따갑지도 무덥지도 않았지만 미지근한 공기를 은근히 데우며 생명의 마지막 숨통을 잘근잘근 끊어버리는 듯했다. 의사는 소리를 질렀다.

"말해야 해! 우리가 알고 있는 것을."

"뭘?"

선규는 의아해하며 물었다.

"정말 몰라? 10년 전에 우리가 봤던 것을. 해부실, 금속상자, 부검의견서."

"그게 뭘 어쨌다는 거야? 왜 갑자기 그 얘기가 나오는 거야?"

의사는 말을 멈추었다. 자신의 입으로 그 이야기를 하니 J에 대한 연민, 세상에 대한 분노, 자신의 나약함에 대한 비참함 등이 한꺼번에 밀려와 울음이 복받쳤다. 그 소리가 입으로 올라와 선규에게 전해졌다. 선규는 꺽꺽 하는 소리에 당황한 것 같았다. 긴 침묵이 흘렀다. 의사는 콧물을 빨아들였다.

"김현우, 그 사람의 딸을 만났어. 그리고 사라졌어."

"어떻게 만났는데?"

"그건 별로 중요한 일이 아니야. 사라졌어. 우리가 그녀를 사라지게 만들었어. 말해야 해. 세상 사람들에게 말해야 한다고. 우리가 그 증인이 되어야 해."

선규는 의사의 말을 이해한 것 같았다.

"민영아."

"응. 흠."

"알아들었어. 그런데."

"그런데?"

"무의미해."

"무의미? 왜? 세상에 무의미한 일은 없어. 의미는 만드는 거야."

"진정해."

"듣고 있어. 혼자라도 하겠어. 안 두려워."

"그게 아니고."

"또 어떤 무의미? 너 안 끌어들일게. 네 얘기 안 할 게. 나 혼자 미친놈 되거나 죽으면 되는 거 아냐? 이 시간 이후로 내 번호 지워. 날 알면 안 되니까."

"그걸 말이라고 해."

"통화기록은 어찌할 수 없다는 거구나. 그럼 이렇게 말해 줄게. '넌 그걸 모르는 구나. 미안해. 난 너도 그걸 아는 줄 알고 전화했지. 미안해. 내가 착각했어.' 됐니? 이건 충분한 증거가 될 거야."

선규의 목소리가 낮게 울렸다.

"민영아."

"응. 선규야. 이름 너무 자주 부르는 거 아냐? 이제 모르는 사람끼리."

"너 외국에 갔다 왔니?"

"아니 줄곧 대한민국에 있었어. 청담동에서 잘 먹고 잘 살았지. 재산도 남부럽지 않게 모았어. 부인은 교수야. 이제 그런 것이 다른 의미로 바뀔 거야. 왜?"

"지금 너 장난하는 거 아니지?"

"뭐에 대해서. 지금 빈정거린 거?"

"아니. 그건 빈정거림도 아냐. 자기 성기라도 인터넷에 올려야 표현의 자유에 대한 빈정거림 정도는 되지. 순박하게 굴지 마."

"그럼?"

"김현우."

"할 거야. 할 거라니까. 할 거야."

민영은 낮고 절실한 목소리로 말했다. 선규는 의아한 뉘앙스로 말했다.

"뭔 말인지 모르겠네. 민영아. 김현우 모르는 사람이 어디 있어? 대한민국 성인을 잡고 물어봐. 김현우 사건 모르는 사람이 어디 있어? 그건 비밀도 아니고 아무 것도 아니야. 너 그거 가지고 10년, 15년 고민했니? 그래서 진지하게 물어보는 거야. 너 외국에 살았냐고. 진짜 몰라? 그러니까 나는 네가 장난을 친다고밖에 생각할 수가 없어."

선규의 목소리가 높아졌다. 의사는 멍한 표정으로 듣고 있었다. 선규의 말을 어떻게 받아들여야 하는지 갈피를 잡지 못했다. 머리는 은근히 달아올라 뚜껑이 열릴 것 같았다. 선규의 목소리가 웅웅거렸다.

"그 사람 살해당했어. 너보다 내가 잘 알아. 그리고 다 알고 있어. 그런데 사람들은 그냥 산다고. 왜? 그건 나도 모르지. 그 사람들에게 물어봐. 왜 모른 척 하냐고. 그게 대한민국에 대한 내 의문이야. 그러니까 우리가 말하고 안하고는 아무 의미가 없어. 받아들이지 않는 사람들에게 어떤 이야기를 하냐고. 한두 명 죽었니? 그나마 김현우는 유명한 거야. 그래서 흔적이나마 모질게 남아있는 거라고."

"뭐라 그랬어?"

민영은 분노와 놀라움으로 물었다.

"뭐긴. 너 다 듣고 있잖아. 내가 헛소리 할 이유 없잖아? 내가 물어보고 싶은 건 너 갑자기 왜 그러느냐는 거야? 새삼스럽게. 아니 새삼스럽게도 아니고 진부하게. 아주 너무 너무 진부하게."

"진부해? 진부하구나. 너에게는. 그런데 나에게는 아주 충격이야. 그 여자는?"

"누구?"

"김현우의 딸. 그녀는 사라졌어. 아니 사라짐을 당했다고. 완벽하게."

"그건 당사자의 문제일 뿐이야. 사람들은 관심 없어. 그녀의 아버지가 살해되었든, 자살했든, 딸이든, 아들이든, 그가 사라졌든, 옆에 살든."

"관심 없어?"

"그래. 이건 아주 냉정한 이야기야. 왜냐하면 사람들은 그도 그녀도 아니기 때문이지."

"어떻게 그렇지?"

"너 한국을 그렇게 몰라?"

"한국, 한국 하지 마. 나도 여기서 살만큼 살았어."

"그런데 왜 모르냐고."

"그래. 난 몰라. 하지만 네 말이 사실이 아니길 바란다. 그럴 순 없어."

"바라고 안 바라고는 네 자유야. 네 의지야. 하지만 그건 사실이야. 믿을 수 없다면 사람들에게 물어 봐."

"그럼 한 가지만 물어볼게. 그때는 왜 덮어 두었지? 그 부검소견서를. 물론 나도 공범이지만. 그때는 파급력이 있었을 것 아냐. 그때도 사람들이 알았다는 거야?"

"민영아. 잘 들어 봐. 우린 어렸어."

"그래서 그럴 수밖에 없었다는 거야? 물론 나도 포함해서 말한다."

"너 참, 애 같다. 어떻게 시간이 그렇게 지났는데 아직도 그런 어처구니없는 사고방식을 가지고 살아? 병원은 어떻게 운영한 거야? 내 얘기는 거창한 게 아니야. 나를 합리화시키려는 것도 아니고."

"그럼 뭐야?"

"그때도 사람들은 알고 있었어. 그 전부터. 김현우가 죽은 순간부터."

"뭐, 뭐."

"더듬거리지 마. 이 나이에 이런 얘기 하는 거 우리밖에 없을 거야. 좋게 얘기하면 순수한 거고 상식적으로 이야기하면 쪼다야."

"그래. 그런데 그건 왜 숨겨져 있었어."

"숨겨져 있는 것이 아니라 방치된 거야. 귀찮은 것. 태우면 양심의 가책이 되는 것. 우린 그걸 가지고 비밀처럼 놀았을 뿐이야. 그래서 우리가 어렸다는 거야. 다 알아. 몰라서 비밀이 되는 것이 아니라 사람들의 계획에 의해 쓰레기처럼 은닉되는 거야."

"너무 어려워. 쉽게 얘기해."

의사는 얼이 빠졌다. 선규가 이 정도로 이야기 하는 것을 보니 그의 말은 거짓이 아닌 것 같았다. 그의 성격으로 보아 아니면 아니라고 단언하고 '그래 나 비겁해. 너 용감해.' 하면 끝이었다. 그는 힘들게 자기를 변명하며 사는 회색적 성격은 아니었다. 확실한 수구가 되거나 확실한 민주주의자였다.

"전화가 뜨겁다. 민영아. 짧게 얘기할 게. 너 괜찮은 놈이야. 다칠까봐 겁난다. 그 얘기를 하면 사람들에 의해 너만 이상해지는 거야. 민영아!"

"듣고 있어."

선규가 민영의 침묵 속에 말했다.

"광주를 봐. 광주에서 사람들이 죽은 거 그때는 몰랐니? 물론 극소수가 그것을 알리려고 저항을 했지만 다수는 알고도 침묵하는 거야. 전라도 놈들 다 죽여 버리라고 욕을 해대고 혈서를 썼잖아. 그런데 왜 갑자기 그것이 민주화운동이 되지? 20년이 지나서. 그때는 모르고 20년이 지나서 그 의미를 알았다는 거야? 그런 궤변이 어디 있어? 그때 폭동이었다면 지금도 폭동이지. 그건 사람들이 용인한 거야. 더 이상 폭동이라는 의미로 자기를 지탱할 수 없으니까 자기의 의지 속에서 의미를 바꾼 거야. 교활한 뇌지. 그걸 가능하게 하기 위해 그때 광주에서 죽은 만큼의 피가 더 뿌려지고, 김대중이 가까스로 대통령이 되고서야 마지못해 인정하는 거야. '그래 민주화운동으로 해주자. 더 이상 부정하면 반대로 우리가 고립되겠다.' 이런 거야. 모르긴 몰라도 경상도 사람들은 그 인정이 충격이었을 걸. 세상에 자존감이 그렇게 없어서 살인자 대통령 배출한 고향에 산다는 걸 자랑으로 여기다니. 대구 거지도 전라도 며느리는 싫다더라. 학살이 뭐 중요해? 합리화시키면 되는 거지. 너 그런 거 연구 안 해? 스펙트럼을 넓혀 봐. 실존의 정신구조로는 파악하지 못하는 대중의 뇌파가 흐르는 이 재밌는 메커니즘을. 사랑 때문에 너 찾아오는 사람들 지겹지도 않니? 그리고 너 사랑 잘 모르잖아. 연애도 안 해보고."

"어떻게 나를 그렇게 잘 알아?"

"나도 모르지. 나도 연애를 몰라. 모르는 놈들이 더 집착하더라. 안 해봤으니까. 이 집착도 네가 모르기 때문이야. 민영아."

선규는 낮게 민영을 불렀다. 의사를 설득하려는 노력이 묻어있었다.

"응."

"내가 하고 싶은 얘기는 광주라는 엄청난 비극이 그렇게 긴 시간 기다려 제 진실을 찾았는데 김현우는 아무 것도 아니라는 거야. 있잖아. 이건 의도적 거부야."

"그래, 거부군. 무섭군."

"아니, 파렴치야."

"아무래도. 가장 무서운 건 총이 아니라 파렴치지."

의사는 절망했다. 결국 J는 흔적 없이 사라져야 했다. 가슴 아파하는 사람도 없고 애달아 하는 사람도 없었다. 아니 그녀 혼자 격정적으로 춤추다가 숨을 고르며 서 있는데 자기들끼리 떠들거나, 무대 뒤로 사라지는데도 시선을 천정으로 올리며 샹들리에가 멋지다는 표정으로 딴청을 피우는 것이었다. 선규가 말했다.

"요즘 이런 생각을 해. 우리는 박해와 가학을 동시에 즐긴다."

"응."

의사는 조용히 대답했다. 의미의 파악에 대한 의욕도 없었다. 무슨 뜻인지 다가오지도 않았다. 민영의 용건은 끝났다. 두 사람 사이에는 더 논쟁할 것도 싸울 일도 없었다. 단지 오랜만에 통화한 친구로서 필요한 것만 말하고 끝내기 어려워 상대의 얘기를 조금 들어주는 일만 남은 것 같았다. 영화 자막이나 소설의 에필로그처럼. 나가도 되고, 안 읽어도 되지만 예의상 앉아 있거나 여운의 음미를 위해 그냥 읽어주는 것이다. 그 에필로그가 울렸다.

"요즘 무섭다는 것이. 사람들의 마음이야. 노무현은 노무현이야. 그런데 처음에 그는 촌뜨기였고 다음은 영웅이었고 다음은 개새끼였고 다음은 죽일 놈이었고 다음은 꽃을 갖다 놓고 눈물을 흘리는 무덤의 주인공이 되었어. 나는 그 사람 열혈 지지자도 반대자도 아니야. 그런데 어떻게 한 사람의 의미가 이렇게 변할 수 있지? 자기들 멋대로. 이런 의문 안 들었어? 개새끼의 장례식에 왜 수백만의 인간이 나와서 울고불고 하냐고. 그를 욕할 때는 그를 몰랐다고? 죽은 다음에 무엇을 알았는데? 불가능한 인간 아니야? 그리고 이명박은 이명박이야. 처음에 그는 구세주였고 다음은 사기꾼이고 다음은 또 무엇으로 정체를 바꿀까? 사람들에 의해. 하나님이 보내어 우리의 사기성을 시험하신 분? 그게 가장 근접한 답이야. 곧 기독교 성지가 생길 것 같아. 김대중은 간첩이었고, 그를 사형시키는 것에 국민의 대다수가 찬성했는데 갑자기 인동초로 민주주의자로 변했지. 시간이 지나면 또 무엇으로 변할까? 국립묘지에서 파내서 신안 앞바다에 수장을 시킬까? 진작 현해탄에 빠뜨렸어야 된다고. 사람들에 의해. 나는 다른 것보다 왜 사람이 이렇게 변하냐는 거지. 너도 나도 그대로 나고 너지만, 사람들에 의해 의미가 바뀌어 버린다면 글쎄 넌 그걸 견딜 수 있어? 우리의 몸은 하나이고 영혼도 하나야. 마음대로 찢을 수는 없는 거라고. 하나하나의 이미지가 진실이라고 다 말할 수는 없지만, 그들은 그것이 주관의 진실이라고 믿고 싶은 거겠지. 어느 정도는 맞는 말이야. 잔인한 변덕꾼들. 배운 자는 논리의 술수를 부리고, 무식한 것들은 우리가 뭘 알아요 하면서. 하지만 자기의 이익은 귀신같이 잘도 알더라. 내가 이렇게 말하면 가진 자의 냉소라고 반박할 걸. 난 계급이나 이념이 아니라 이성을 말하는 거야. 보편적인 이성! 너무 서양적인 말인가? 그래 성정! 이것도 어렵지? 상식이 좋겠군. 상식, 일반상식, 기초상식. 다른 것은 그 다음 문제 아냐? 자기 파업은 정당하지만 자기를 불편하게 만드는 버스나 지하철 파업에 대해서는 참을 수 없고, 비정규직은 정규직인 자신의 빵 한 조각이라도 가져가서는 안 되지만, 자신들의 해고에 대해서는 노동의 신성한 이름으로 대국민 호소를 한단 말이야. 엄밀히 말해서 이 땅에 육체노동자만 있는 건 아니잖아? 나는 용산참사가 일어나고 뉴타운 개발이 모두 취소될 줄 알았어, 내 상식으로는. 아니 취소는 아니더라도 일시 정지되고 왜 이런 일이 벌어지는지를 한번쯤 생각해 볼 줄 알았지. 서울에 수십 개의 뉴타운이 개발된다는 것은 온 서울이 파헤쳐지는 건데 그건 가능하지 않은 프로젝트야. 처음부터 표를 얻기 위한 사기야. 그런데 사람들의 광기는 그 사건 때문에 자기 뉴타운 개발이 취소될까봐 죽은 사람들을 욕하는 거야. '죽으려면 조용히들 뒤지지 왜 나에게 문제를 일으키느냐.' 나 이 얘기 내 귀로 직접 들었어. 우리가 서민이라고 말하는 시장의 아줌마가 그러더라. 가난하면 착하다는 것은 인간에 대한 환상 아니니? 며칠 동안 인간이 정말 무섭더라. 더 이상 할 말이 없어. 끝. 네가 보기에 나 치료받아야 되는 정도야?"

선규가 툭 물었다. 민영은 조용히, 천천히 말했다. 통화를 이만 끝내고 싶었다.

"아니. 냉소에도 내용은 있어. 그것도 표현의 감정이니까. 문제는 그 내용이 타당성이 있느냐 없느냐 그것인 것 같아. 내가 듣기에는 새길 만한 가치가 있어. 의미 없는 덕담보다는 나아. 그럼."

선규는 오랜만에 자신을 이해해 주는 사람을 만난 듯이 말을 이었다.

"너 말 잘했다. 오랜만에 인간대접 받아보네. 이놈의 인간들은 성격 모난 척 안하면서 굿이나 보고 떡이나 먹으려고 한단 말이야. 그 패턴의 레퍼토리가 정해져 있다."

의사는 친구, 선규의 푸념을 들어야했다. 그리고 그의 푸념이 다 냉소로 받아들여지지는 않았다. 어쩌면 자기의 경험에 비추어 볼 때 그만이 남들이 우아하게 피해가려는 진실을 말해주고 있는 것 같았다. 추한 것이 진실이었다. 의사는 허무한 생각에 눈물이 글썽했다. 의사는 말했다.

"너는 잘 살고 있어?"

"응."

너무 짧게 대답해서 이제 전화를 끊어야 할 것 같았다. 민영은 그런 선규가 어떻게 세상의 적대성에 적응하며 살고 있는가를 물은 것이었다. 그의 목소리로 보아 그는 세상에 대해 한탄하더라도 활기차게 살고 있는 듯했다. 민영은 고개를 끄덕였다.

"다행이군. 또 연락할게."

"그래."

선규는 아쉬운 듯 말했다. 민영은 전화기를 내리다가 다시 올렸다.

"더 하고 싶은 말이 있어?"

"내가 흥분했지?"

"아니. 그런 거 같아. 네 말에 공감이 간다고. 어느 정도는."

"어느 정도는? 신중하게도 말하는군. 네 표정도 보이는데. 항상 눈망울을 꿈틀거리잖아? 신중하면서 세게 당하지? 정교수 수업거부 때도 너만 안 들어갔잖아? 하하하."

선규는 재미있게 웃었다. 놀리는 느낌은 들지 않았다. 지나간 일이었다. 그의 웃음이 목소리를 경쾌하게 만들었다.

"다시 옛날로 돌아간 기분으로 말한다면, 우리가 뭘 할 수 있지? what we choose?"

"무엇을 선택할 것인가?"

"응. 시시각각 멋진 말이야. 기대와 선택이 주는 실존의 순간순간."

"그게 그렇게 멋있는 말이었어?"

"그렇다고."

"누구 말이긴 해. 그런데 뭐 그래. 하긴 가만히 있는 것도 선택이지."

"선택하도록 운명 지어진 불행한 존재."

침묵이 흘렀다. 항상 끼어드는 불청객이. 민영은 하늘을 보았다. 저녁노을이 붉게 타고 있었다. 항상 끼어드는 침묵이, 그 적막감이 때로는 불꽃같은 섬광을 주었다. 말한 그 순간에는 느끼지 못하는 것이었지만 말한 바로 그 다음에. 선규가 말했다. 침묵 뒤에는 항상 대화의 에필로그가 또 따라붙듯이.

"넌 이민 갈 생각 안 해 봤어?"

"아니."

"난 좀 생각해 봤는데. 사람 사는 곳이 다 똑같겠지? 어디 그림 같이 평온한 데가 있겠어? 평온함이 있다면 반대로 외로움이 밀려오겠지. 결국 여기서 살아야겠지. 뭔가를 하면서. 내가 냉소적이었다면 이해해. 그렇지는 않아. 그래도 무반응보다는 냉소가 낫지 않아?"

"아니. 분노로 느껴져."

"분노. 중요한 말이지. 분노가 거칠고 천한 의미로 더 격하되지 않는다면. 지금 그 의미를 바꾸는 준비가 필요해. 성찰적이고 부드럽고 끈기 있게."

선규는 말을 잘 했다. 그런데 항상 무엇이 부족한 것 같았다.

"그렇군. 잘 모르겠지만 네 말은 맞는 것 같아."

"같아?"

"응."

"네 화법은 여전히 똑 같구나. 예전의 너야. 순수야 쪼다야?"

"쪼다."

민영은 그렇게 말했다. 자조였다. 선규가 불쑥 말했다.

"Funereal ceremony mania."

"내가?"

"아니. 넌 모든 문제를 네 문제로 보냐? 세상에 대고 욕도 해봐."

"그래."

"우리들. 너, 나, 우리. 우리들의 정신병."

"분야를 바꿔보지 그래."

"야. 신체를 해부하면 영혼도 보여. 영혼은 육질에 있어."

선규는 해부학을 전공했다. 민영은 물었다.

"그래서?"

"우리는 장엄한 장례식을 원한다고. 가학적으로 친구를 죽이고 그의 장례식에서 박해받는 인간이 되는 것을 같이 즐긴다고. 그것이 우리가 빠진 종교야. 기독교."

"모르겠어."

"그냥 내 의견이야. 한국 현대사는 그렇게 반복되잖아. 마치 그런 일이 없으면 심심해서 죽을 것 같이."

"비슷한 느낌이 있긴 있어."

"또 누구를 영웅으로 만들까? 또 누구를 죽일까? 또 누구의 죽음을 방임할까?"

민영은 자기가 죽을 것 같은 느낌이 들었다. 웬일인지 자꾸 그런 이상한 생각이 드는 것이었다. 그러나 자기는 유명한 인물도 아니었다. 사람들이 관심을 가질 만한 뭐가 없었다. 선규의 목소리가 다시 그를 깨웠다.

"듣고 있니?"

"응."

"난 그 사람이 위험해 보여."

"누구?"

"요즘 갑자기 대중의 영웅이 된 사람 있잖아."

"아. 그래. 그 사람."

민영은 그 사람이 생각났다. 신문을 잘 보지는 않지만 다른 용무로 인터넷을 검색하다가도 메인화면에 그의 기사가 수시로 떠 있어서 자연스럽게 알아야만 하는 인물이었다. 그에 대한 대중의 지지는 광적이었다. 원칙, 상식, 공정성이 그를 표현하는 키워드였다. 별 충격이 없는 단어였다. 역설적으로 대중이 그 하찮음을 얼마나 원하는지, 그 하찮음이 얼마나 메말라 있는지를 보여주고 있었다. 세계 어느 나라에서 그런 키워드가 대중의 마음을 때릴 수 있을까? 서글픈 일이었다. 민영은 그 원칙, 상식, 공정성이 통하면 좋겠다고 생각했다. 선규의 목소리가 냉소보다는 걱정으로 치우쳐서 들려왔다.

"그 사람이 뭘 해줄까? 말은 원칙의 사회, 상식의 사회, 공정성의 사회, 이런 거지만 사람들이 원하는 것은 쉽게 얘기해서 자기의 자본주의적 이득 아냐? 내 땅 값, 내 집 값, 나의 성공, 내 자식만의 성공. 친구를 좀 괴롭히면 어떠냐? 죽는 학생이 병신이지. 대부분의 부모가 그렇게 아이를 키운다고. 이것을 우아하게 돌려 말한 것 아냐? 여기에 그가 생각하는 공공선의 윤리의식이란 그들에겐 없어. 난 한국에서 그 누구도 이 대중의 욕구를 충족시킬 수 없다고 생각해. 너무 탁하게 변색되어 있어. 민주주의가 뭔지도 잘 모르고 독재가 뭔지도 잘 몰라. 금전적 이득이 되면 민주주의이고 금전적 손해가 되면 공산주의야. 그러니까 노무현도 공산주의자가 돼. 집값을 떨어뜨리려고 했으니까. 집 없는 자들에게 좋은 일인데도, 부동산경기가 침체되면 가난한 사람들의 일자리는 없어지고, 부자들의 소비가 줄어들면 빈자는 더 살기 힘들어진다는 논리에 금방 돌아섰잖아. 부화뇌동하며 쌍욕을 해댔잖아. 그 개새끼가 자기 인생 말아먹었다고. 눈에 핏발 세우고 욕하는 거 못 들었니? 그가 죽었을 때, '잘 뒈졌다'는 주정꾼들의 소리가 삼천리 방방곡곡에 메아리쳤잖아. 부자들보다 더 극악하게. 자기 친구에게. 하지만 빈자의 복지정책 대부분은 노무현의 작품이야. 그는 할 만큼 했어. 내 말이 틀렸니?"

"부정 안 해."

"긍정 좀 하면 안 되냐? 오랜만에."

"긍정해."

"됐다. 절 받기 싫다. 그러니까 나는 그 사람이 과연 무슨 수로 이들을 다룰까? 이게 걱정이야. 만약 대통령이 된다면. 만약에, 만약에."

선규는 말끝을 흐렸다. 그는 좀 다른 영역에서 자신의 삶을 주시하고 있는 것 같았다. 이상적인 인간상을 그리워하는 것도 같았다. 인간의 심성에 비겁함도 교활함도 없는 상태, 모든 것이 태평하여 선악의 구분도 없는 상태, 무릉도원이나 현자들의 세상. 그래서 그의 말은 현실을 넘어 허공에 맴도는 넋두리처럼 들리기도 했고, 그렇게 멀리 떨어져 보면서 비수를 날리기에 순간순간 더 잔인한 진실을 비춰주기도 했다. 그는 기득권자이자 비평가였다. 왜냐하면 항상 떨어져서 사물을 관찰하는 눈의 힘이 안에서 싸우는 눈보다 객관적이고 날카롭기 때문이었다. 그러나 떨어져 관찰할 수 있는 권리, 너저분한 삶에서 떨어져 그 너저분함을 아주 정밀하게 관찰할 수 있는 능력은 엘리트주의의 산물이었다. 그것은 세상에서는 더 바라지 않아도 되는 욕망, 독립적으로 충분한 자기 재생산의 능력, 그것을 기반으로 이제 자신의 견해가 이 세상에서 가장 선명한 메시지로 사람들에게 각인되어 자기를 바라보게 만드는 것만이 그의 유일한 욕망이 된, 근사한 현시의 포장지였다. 들을 때, 읽을 때, 볼 때도 재미없지만 지나고 나면 더 속은 것 같은 그 말, 그 활자, 그 이미지가 난해한 세계를 규명해준다면 얼마나 좋을까? 꿈틀거리며 뒤틀리는 삶을 감히 한 단면의 독특한 주관을 가지고 객관이라고 제시하려 하다니. 거기에는 재미있는 논리는 있으되 속함과 참여가 없었다. 환자에게 들어가거나 그의 놀이에 참여하지 않으면 그나 그녀의 구체성, 특이성을 알지 못하고 항상 떨어진 자리에서 신비로운 미소를 띠며 같은 병명, 개념을 부여하는 것 외에 방법이 없었다. 당신은 이런 사람입니다. 선규가 말한 대로 변색된 의식이 문제라면 의식이 변색되었다라고 자기가 발견한 것을 말하는 것이 아니라 왜 의식이 변색되었는가의 문제였다. 민영과 선규는 비슷한 이야기를 다른 시선으로 해석했다. 선규가 한 발짝 거리를 두고 사물의 앞면 뒷면 옆면 밑면을 집요하게 둘러보는 것과 달리 민영은 그 아름다움에 감응하여 폭 빠져서 몰입되고 마는 것이었다. 민영은 듣고 있었다. 상대가 다 말하기 전까지 대화를 중단하지 못하는 것은 그의 성품이었다.

"그래서 말리고 싶어. 그 사람의 내막은 잘 모르겠지만 지금까지 살아온 행적과 외견이 착하고 원칙적으로만 보이던데. 종당에는 원한의 분풀이로 그를 죽일 수도 있을 걸. 왜냐하면 그들이 원하는 그것을 그는 해주지 못할 거니까. 물론 반대세력에 의해 죽어가는 것을 구경하며 즐길 수도 있고. 이 사람이 말하는 것과 대중의 욕망은 다른 거야. 그게 이상한 지점에서 만나고 있는 거라고. 그 사람은 그걸 알아야 해. 그 사람 주변에 이런 것 얘기해 줄 사람 없나? 그렇게 되지 않는다고 장담할 수 있어? 내 말이 다 맞지도 않지만 완전히 부정도 못하겠지?"

민영은 긍정도 부정도 하지 못했다. 그러나 그답지 않게 다소 도전적으로 물었다.

"그럼 정치는 누가 해?"

"계략이 가능한 자."

"계략?"

"좋은 의미로. 천한 사기를 말하는 것이 아니야. 그런 의미에서 나는 김대중이 다시 필요하다고 생각해."

"그럴 수는 없잖아. 그는 무덤에 있어."

"그런 사람. 정치 구단. 대중을 다룰 줄 아는 사람. 친구의 환상을 심어주는 것이 아니라 분명한 거리를 두는 사람. 친구처럼 대해주다가 노무현이 죽은 거 아냐? 아무도 친구의 의미를 모르는데. 친구? 친구가 어디 있어? 경쟁의 대상이지. 친구 보증 서 주고 집 날리는 친구가 천지인데. 우리가 그리스시대에 살고 있어? 그런 고전적이고 이상적인 개

넘 여긴 없어. 이 사람도 착해 보이니까 친구처럼 지내자고 하면 대중이 기어오르겠지."

"그런데 난 대통령이 국민 위에 군림하는 시대는 아니라고 생각해. 필요한 것이라면 그렇게 만들어야지. 좋은 친구란 무엇을 말하는 것인지 서로 알도록 해야지. 상호존중과 상생이 무엇인지. 그런 사회를 만들어야 하는 거 아냐?"

"그건 네 생각이고. 너처럼 순한 사람만 있는 거 아냐. 특히 한국의 99프로를 조심해야 해. 더 조심해야 하는 것은 50프로 이하. 더 조심해야 하는 것은 20프로 이하. 더 조심해야 하는 것은 10프로 이하. 우리가 빠진 함정이 있어. 사회의 불평등 구조와 가난한 자의 심리를 혼동하는 거야. 불평등 구조를 해소하는 것은 맞지만 그렇다고 가난한 자들이 도덕성을 가지고 있다고 판단하면 안 돼. 내려갈수록 더 엉망이야. 그들은 최고 망나니야. 통치의 대상이거나, 다루어져야 하거나, 게임을 해야 하는 인간들이란 말이지. 그래야 우리가 행복해질 수 있어. 그걸 할 수 있는 사람이 정치를 해야 해. 그들에 의해 죽음을 당하지 않고. 정치는 원칙과 상식, 공정성의 영역이 아니야."

"그럼 어떤 영역이야?"

"사기의 영역."

"사기?"

"어떤 것이 사기를 사기로 이기느냐의 영역이지."

"너무 꼬지 마."

"들어 봐. 김대중이 김정일에게 쌀 퍼주고 노벨평화상 받은 것이 사기의 백미야. 사기는 분명한데 할 말 없게 만드는 사기지. 우리 쌀을 왜 주었냐고 하면 들이댈 것이 있잖아. 전쟁 없고 상 받고 경제협력하고 얼마나 좋아. 젊은이들 피가 서해바다를 붉게 물들이는 것보다는 천만 배 낫잖아. 배는 꼴리지만 사기의 명분이 있잖아. 물론 나는 김대중 지지자도 반대자도 아니지만 그가 정치 구단이라는 것은 인정해. 그러나 그 착한 지금 사람은 국민을 속였다는 죄책감으로 스스로 대통령직을 내놓을 것 같은데."

"그래."

"그러면 이런 시나리오가 가능해. 그가 대통령이 되었다. 전폭적인 지지를 받는다. 반대자들의 공격이 천천히 시작된다. 그는 업무를 제대로 수행할 수 없다. 지지의 대가가 나에게 오지 않는다. 실망한다. 반대자들에 의한 게이트가 터진다. 털면 다 나와. 사람들이 계집애처럼 팩 돌아선다. 그를 같이 공격하기 시작한다. 그는 고립된다. 사람들은 더 부화뇌동한다. 여인들은 장례식에서 흘릴 눈물을 미리 준비한다. 남자들은 만장을 만들 대나무를 쌓아놓고 그가 죽기만을 기다린다. 다가올 또 한 번의 페스티벌을 위해."

"그만 하자."

그만 들어줘도 예의에 어긋나지 않을 정도의 시간은 지난 것 같았다. 다시 침묵이 흘렀다. 선규가 자기의 말을 끝맺고 인사를 하기까지는 기다려야 했다. 냉소는 그의 세상에 대한 감정이었을 뿐 내용은 그 사람에 대한 애정이었다. 그랬다. 선규도 말을 뱉고 난 후 그런 기분을 자신이 스스로 느끼고 있는 것 같았다. 그래서 이 침묵이 더 길었다. 의사는 느꼈다. 이번에는 반대로 느꼈다. 그와 세상을 보는 시선과 기질이 너무 다른 데도 참 비슷한 구석이 간혹 느껴진다는 것이었다. 그래서 그들은 친구였다. 평정된 상태의 목소리가 들려왔다.

"그만 할게. 오랜만에 들어줄 상대가 너였어. 그래도 의대 다니며 비슷한 생각을 했던 친구였으니까. 한 귀로 듣고 한 귀로 흘려라. 답답해서. 왜 주변에 행복하다고 말하는 사람이 없지? 우리 그냥 저냥 먹고는 사는 축이잖아."

"아주 잘 사는 편이지."

"그래 누가 못 산대? 고지식한 척 좀 하지 마."

"그럴게."

"넌 잘 지내지? 참. 잘 지내지 못해서 전화한 거지. 잊어. 그 말밖에 못하겠다. 잘 살겠지. 그 여자한테는 가슴 아픈 일이지만. 어쩌다가 하필 네가 그런 상황에 빠졌는지. 상황도 임자가 있다더니 제일 심각하게 고민할 자에게 심란한 상황이 날아갔군."

"그래. 언제 술 한 잔 하자."

"그래."

민영은 전화를 끊었다. 선규의 이름 아래에 찍힌 경기도의 어느 전화번호를 다시 보았으나 부질없는 짓임을 알고 전화를 주머니에 넣었다.

의사는 하늘을 보았다. 다 알았구나. 거부하는구나. 나는 왜 거부하지 못하는 거지? 모두가 거부하는 것을. 아버지. 저 좀 보세요. 어떻게 말씀 하시겠어요? 저는 감출 수 없어요. 그 여자를 사랑해요. 나마저 거부할 수는 없어요. 아버지, 어떤 말씀을 해주시겠어요? 정말 괴로워요. 이렇게 말씀해주시면 안 돼요? 민영아. 그녀를 버리지 마라. 서쪽으로 기운 태양은 말이 없었다. 민영은 눈물을 흘렸다. 그 눈물은 세상이 한 여자에게 주는 잔혹함에 대한 분노였다. 이럴 수는 없어. 이건 아니야. 그는 결심했다. 저항하기로. 그리고 깨달았다. J가 말한 것, 위험하다는 것이, 안다는 것이 위험한 것이 아니라 저항하는 인자를 가진 자가 위험하다는 것임을. 그녀는 맑고 투명한 눈으로 그것을 간파하고 있었음을. 동지를 만들어야 한다. 그것에 저항하는 인자를 가진 동지를. 내가 없더라도. 만약에. 영원히 그녀를 지키기 위해서는. 의사는 아래로 급히 내려갔다. 다리에 힘이 없었다. 그러나 머리는 맑고 텅 비었다.

의사는 큰 길의 카페를 찾았다. 간호사가 보였다. 그녀는 미용사와 마주보고 앉아 그의 손금 점을 치고 있었다. 의사는 망설였다. 그러다가 그 위험한 생각을 실행하기로 결심했다. 그는 간호사에게는 숨긴 J의 비밀을 말하려고 작정했다. 지금은 아니더라도 언젠가는 그것이 필요할 때를 대비하여 누군가에게, 자기의 세대가 아닌 자에게 그것을 전해 놓아야 한다는 절박한 생각이 들었다. 만약 그 비밀의 생명이 자기의 어딘가에서 끝나버린다면 자신을 도저히 용서할 수 없을 것 같은 생각이 들었다. 의사는 가슴이 뭉클했다. 코끝이 찡해졌다. 해야 한다. 그것이 자기가 태어나고, 자라고, 공부하고, 사랑했던 이 터전에 대한 답례라고 생각했다. 비록 자신의 미약한 힘으로는 어찌할 수 없는 것이지만 그 진실은 영원히 지속되어야만 하는 생명의 근원 같은 것임을 느꼈다. 그리고 그 비밀의 계승을 책임질 적임자가 바로 눈앞에 있는 자신의 철부지 직원, 간호사라는 생각이 들었다. 그는 그녀를 보고 있었다. 그녀가 자기를 쳐다볼 것 같았다. 정말 눈이 마주쳤다. 그녀가 급히 나왔다.

"선생님, 아직 안 가셨어요?"

"응."

"왜요? 왜 그러세요? 선생님. 저 슬퍼요."

"가는 길이야."

"다행이야."

"예진아."

그는 그녀의 이름을 불렀다.

"깜짝이야. 갑자기 이름은."

"이건 예를 들어서 하는 말이야. 예라는 말이 뭔지 알지?"

"네. 예를 든다면."

"하지만 예를 통해서 다른 문제의 핵심을 파악할 수 있지?"

"그래요."

"만약에, 이 말이 지금 사실이라는 말은 아니야. 예를 들어서 나 이민영이 죽는다면."

"네?"

간호사는 소리를 질렀다. 갑자기 양손을 들고 사래를 쳤다. 그녀는 의사를 의아한 눈동자로 똑바로 쳐다보았다.

"예라고 그랬잖아."

"그래도 너무 무서워요. 그런 예는 싫어요, 선생님. 너무 이상해요. 선생님 얼굴에 검은 그늘도 너무 무서워요. 땀 좀 보세요."

그녀는 살짝 어깨를 찔끔거렸다.

"난 언젠가 죽어. 별 일이 없으면 너보다는 먼저 죽을 거야. 그렇지?"

"그건 그래요. 저희가 평균적으로 산다면 선생님은 한 15년 먼저. 아니 여자가 오래 사니까 그보다 더 먼저. 그만 하세요. 결혼하는 저에게."

"들어봐."

"그렇지만."

"김현우의 딸에 관한 얘기야."

"네? 루머잖아요."

"아니. 다른 이야기가 있어."

"어떤?"

"그러니까 내가 죽으면 너는 그걸 알게 될 거야."

"어떻게요?"

"내가 죽으면."

"지금은 왜 안 돼요?"

"지금은 네 눈에 보이지 않아. 어디에도. 내가 말해도 너는 그걸 수용할 수 없어."

"왜요?"

"지금은 네가 그것을 받아들일 준비가 되어있지 않아. 감당할 수 없어."

"무슨 이야기인지 도통 모르겠어요."

"그러니까 예를 들어 내가 죽으면 너는 그걸 알게 될 거야. 약속하지?"

"당연히 안다는 거예요?"

"아니. 지금 내 말을 잊지 말라고. 그러면 너는 알 거라고. 지금의 예를 잊지 않는다면 그때 너는 다가오는 문제의 핵심에 도달할 수 있어."

그녀가 고개를 숙이고 눈동자를 굴리다가 물었다.

"혹시 J와 관련이 있어요? 그것만이라도 힌트를 주시면 안 돼요?"

"있어."

"알았어요. 기억할게요. J의 것이라면. 저는 J를 좋아하니까."

그녀는 천천히 말끝을 흐렸다.

"내가 죽으면 너는 J의 김현우를 안다."

"네."

예진은 고개를 끄덕였다. 그녀의 눈동자는 당황스러웠지만 그 말에 뭔가 의미심장한 것이 있다는 것은 눈치 채고 있었다. 의사는 카페 안을 보았다.

"내가 한 말 아무에게도 하면 안 된다. J."

"오빠도요?"

"그래."

"하지만 오빠를 속일 수는 없어요. 사랑하는 사람에게 비밀을 갖고 싶지 않아요."

"하나쯤은 있어도 돼. 다른 남자 만난 것은 괜찮고?"

"그래요. 말 안 할게요."

"그럼 가봐. 남자친구 목 빠지겠다. 빨리 꺼진 불을 지펴야지."

"네. 선생님. 무슨 일 있는 건 아니죠? 정말 예라는 거죠? 만약에."

"응."

"그럼 내일 병원에서 뵐게요."

"그래, 잘 가."

간호사는 목례를 하고 남자친구가 기다리는 카페로 걸어갔다. 그녀가 의사를 한 번 보았다. 의사는 미소를 던졌다. 그녀는 고개를 끄덕이고 안으로 들어갔다. 의사는 다시 위로 올라왔다.

해는 건물에 가려져 보이지 않았다. 멀리 고층건물의 전면유리를 검붉게 태우고 있었다. 유리가 일그러져서 울퉁불퉁하게 튀어나온 것 같았다. 아무 생각도 나지 않았다. 10년 전의 시간에 있는 것인지, 지금의 시간에 있는 것인지, 그도 저도 아니면 먼 미래의 시간에서 지금을 바라보고 있는 것인지. 그러나 몽롱한 의식 속에서도 미소가 번졌다. 종결된 것이 아니라 바로 지금 자신의 인생이 시작되는 것 같았다. 이제 내딛는 순간부터 새 인생의 발걸음이 시작되는 듯했다. 그는 10년 전보다 더 먼 유년의 과거 속으로 들어갔다. 초등학교 때, 학교에서 일찍 돌아와 낮잠을 자다가 일어나 보니 저녁이었다. 그는 아침이 된 줄 알고 가방을 들고 학교로 갔다. 학교 가는 길에는 아무도 없었다. 그는 왜 아무도 없을까? 의문을 품지 않았다. 그는 아침이기 때문에 학교에 가는 것이었다. 학교에 도착하니 운동장에 아무도 없었다. 그는 교실로 들어갔다. 아무도 등교하지 않았다. 그는 친구들이 늦는다고 생각했다. 그는 밖이 어두워져서야 저녁이 되었음을 알고 다시 집으로 왔다. 이렇게 의문 없는 상태였다. 세상이 자기의식에 의해 평정된 상태. 이렇게 자기만의 독립된 시간을 향유할 때가 있었다. 그럴수록 멋진 인생이 펼쳐졌다. 그는 돌아오는 길에 서쪽 하늘에 물든 노을을 보며 그 노을이 도시의 소란 속에 있는 것이 아니라, 자기 마음속에만 있는 유일한 것으로 느꼈다. 그는 그런 시간으로 들어갔다. 두 갈래 길에 서서 남이 가지 않은 길을 굳이 찾을 필요는 없었다. 그것은 눈에 보이는 구분된 것 속에서 하나를 선택하는 것이 아니라, 남들과 섞여 있는 한 곳에서 자신만의 길을 찾는 것이었다. 한 곳에는 분명히 시간과 공간의 입체성이 있었으니까. 그는 그의 루트를 찾아갔다. 민영은 ㄱ빌라로 올라왔다. '월광'이 울렸다. 그것은 그 자신만의 음악이었다. 그는 남들이 듣지 않는 음악을 들으며 길을 걸어가고 있었다. 그 음악은 그의 선에서만 들렸다. 우리 삶이 무지개라면 그는 그 한 선, 청명한 푸르른 길을 선택하여 걸어가고 있었다. 그가 가는 그곳은 그의 집이었다.

그는 빌라의 정문을 걸어 들어갔다. 수위는 그를 보고 아무 것도 물어보지 않았다. 민영을 기억하고 있는 것 같았다. 민영은 그가 왜 아무 말도 하지 않는가에 대하여 의문을 품지 않았다. 민영은 첫 번째 광장을 돌아 두 번째 광장에 도달했다. 등나무의 보라색 꽃은 검은 색으로 변해 있었다. 대기에 빛이 얼마 남아있지 않았다. 그래도 하얀 나무 의자는 적은 빛으로도 아직 그 희미한 색을 드러내며 저녁의 시간을 마지막까지 붙잡고 있었다. 쓸쓸하고 신비한 기운이 느껴졌다. 군데군데 불이 켜진 집이 보였다. 의사는 A동의 출입구로 다가갔다. 그는 머리에 남아있는 이미지, Z 모양을 눌렀다. 문이 열렸다. 그는 안으로 들어갔다. 두 층의 대리석 계단을 오르니 J의 집이었다. 302호였다. 꽃바구니는 그대로 출입문 옆에 놓여 있었다. 싱싱한 기운이 시들고 몇 개의 꽃잎은 바구니에 떨어져 있었다. 의사는 카드를 보았다. 'J에게. J가.' 그는 꽃바구니를 들었다. 그리고 번호를 눌렀다. 이번에는 머리에 남아있는 이미지, 끝이 올라간 J였다. 문이 열렸다. 그는 안으로 들어갔다.

그는 신발을 벗고 마루를 걸었다. 먼저 바구니의 꽃을 꺼내 욕실로 들어갔다. 그는 대야에 물을 받아 일단 꽃을 담가놓고 밖으로 나왔다. 물을 빨아들이고 다시 싱싱함을 되찾을 것 같았다. 그는 서재로 들어갔다. 자리에 앉으니 읽던 책이 보였다. '빛 보다 빠른 입자'였다. 그는 책을 덮었다. 왜냐하면 그 책은 읽을 필요가 없었다. 빛보다 빠른 입자는 존재하기 때문이었다. 그리고 다시 얼마 후에는 빛보다 빠른 입자보다 더 빠른 입자가 또 발견될 것이기 때문이었다. 그리고 그런 물질이 발견되건 말건 자기의 관심사가 아니었다. 그는 온 시간을 몸에 담아두고 살고 있기 때문이었다. 그때 초인종이 울렸다. 그는 서재를 나와 출입구로 걸어갔다. 그는 문을 열었다. 누군가 서 있었다. 한 낯선 여인이 초조한 눈망울을 굴리며 그를 보았다.

"여기가."

그 여인은 집을 잘못 찾은 것처럼 아래층과 위층 쪽을 번갈아보았다.

J는 메모에 적힌 곳으로 갔다. 처음 와 보는 낯선 곳이었다. 눈이 가물거렸다. J는 실눈으로 도로표지판을 보며 천천히 차를 몰았다. 저녁이 되어 울긋불긋한 불빛이 아른거렸다. 그 빛이 그녀의 눈을 방해했다. 주소가 나타났다. 98. J는 뒤를 보았다. 따라오는 차는 없었다. 길에서 그녀를 주시하는 사람도 없었다. 꽤 큰 건물이었다. 그녀는 다시 한 번 메모를 보았다. 암호대로 읽으니 98이 분명했다. J는 그 건물의 마당으로 들어갔다. 다시 밑으로 들어가는 지하가 보였다. 그녀는 차를 안전하게 숨기기 위해 지하로 내려갔다. 어두웠다. 차를 세우니 피로가 몰려왔다. 쓰러져 자고 싶었다. 그녀는 이를 악물고 몸을 일으켰다. 그리고 천천히 건물 내부로 통하는 계단을 올랐다. 오를 때마다 하나의 문들이 나타났다. J는 메모의 주소를 보았다. 뒤죽박죽 혼란스럽게 쓰인 정보에서 해독의 규칙을 따라 집의 호수를 입에 뇌었다. 그녀는 위를 보았다. 그 호수가 보였다. 그를 만나는 것이다. 그녀는 생각했다. '그는 누구일까? 나는 어디로 가는 것일까?' 다른 세계로 가는 것이다. 지금

까지 몸담았던 세계에서 만났던 사람들과의 추억이 생각났다. 이모라는 여자, 이모부라는 남자, 성재, K, 은수, 지원, 건우, 의사, 간호사, 미용사, 위층에서 피아노 치던 아이, 그리고 강변에서 자기를 구해준 남자. 그녀를 보호했던 사람들, 사랑했던 사람들, 그녀가 떠난 사람, 그녀를 배신하고 떠난 사람, 그녀가 죽게 한 사람, 잠시나마 우정을 나누었던 사람들, 이제 그 모든 사람들과 이별을 고하고 길에서 만나더라도 영원히 타인이 되는 것이었다. 그녀에게 아픔을 남겨준 사람도 있었지만 그녀가 아픔을 준 사람도 있었다. J는 모두를 용서하고, 모두에게 용서를 구했다. 그 세계의 삶이란 원래 그런 것이었다. 최선을 다해 살았다고 생각하니 후회는 없었다. 그녀는 아래를 보며 말했다. 고마웠습니다. 아련한 마음에 눈물이 흘렀다. J는 눈물을 닦았다. J는 몸을 돌려 자신을 인도할 그를 만나기 위해 문으로 다가갔다. 초인종을 누르려니 지난 시간에 대한 안타까움이 다시 밀려왔다. 손이 떨렸다. 하나의 투명한 막을 통과하여 그녀의 손이 다른 세계로 이동했다. 그녀는 초인종을 눌렀다. 가슴이 두근거렸다. 문이 열렸다. 그, 남자가 나왔다. 그는 말했다.

"기다렸습니다. 들어오시죠. 빨리."

J는 불안한 표정으로 주변을 두리번거렸다.

"들어오시죠. 빨리."

그는 그녀를 안으로 천천히 끌어 당겼다.

J였다. 그녀는 이마에 피를 흘리고 있었다. 얼굴은 지쳐 있었고 한 쪽 가슴을 한 손으로 움켜쥐고 있었다. 부딪친 충격에 가슴이 옥죄는 듯. J는 비틀거리며 안으로 들어왔다. 그는 밖을 살피고 문을 닫았다. 그는 그녀를 안았다. 그리고 얼른 손수건으로 그녀의 이마에 가늘게 흐르는 피를 닦았다. 그녀의 얼굴은 초췌했으나 여전히 피부는 맑았고 퀭한 눈빛은 고혹적이었다. 얇은 입술은 투명한 분홍빛이었으며 아주 작은 틈을 벌리고 있었다. 그 틈새는 남자를 유혹했다. 그 안에서 새어나오는 숨결 소리가 새근거렸다. 이윽고 그녀는 안도의 숨을 내쉬었다.

"늦어서 죄송해요. 사고가 났어요."

"괜찮아요."

"많이 기다리셨어요?"

"아뇨."

그는 그녀를 부축하고 안방으로 들어갔다. 한 손으로 방문을 당겼으나 방문은 반쯤 닫히고 반쯤 열렸다. 문 틈 사이로 그들이 보였다. 그는 그녀를 침대에 눕혔다. 어스름한 어둠 속에 간당간당 남은 마지막 저녁 하늘의 빛이 보랏빛 커튼을 투과하여 그들의 몸을 보여주었다. 그가 말했다.

"쉬어요."

"네."

"불쌍한 J."

"난 불쌍하지 않아요."

"당신에게 보답하겠어요."

"뭘요."

"지금까지의 외로움, 고통, 나의 외면의 답례를."

"어떻게요? 하지만 난 다 잊었어요."

"그냥 잊으면 너무 부당해요. 불쌍한 J."

"왜요?"

"저항한다는 것이 쾌락을 반납하는 것을 의미하지는 않아요. 보란 듯이 즐겁게."

"그러면요."

"외로움이 용기로 바뀔 거예요."

"어떻게요?"

"경험해보면 알 수 있어요."

"그게 뭐죠?"

"환희를, 희열을."

"그것이 어떤 거예요?"

"당신의 감각을 열고, 당신의 구속된 몸이 그 감각에 의해 사라지는 희열을, 환희를. 그걸 내가 당신께 주겠어요. 그러면 당신은 고통스럽게 잊는 것이 아니라 쾌락의 환희 속으로 사라지며 잊는다는 것이 무엇인지도 모르겠죠."

"그렇다면 좋겠어요. 그게 뭔지 모르겠지만."

"할 수 있어요. 그렇게 될 거에요."

"아."

그녀는 낮은 신음소리를 내며 눈을 감았다. 그 눈은 감은 듯 떠 있었으며 얇은 입술 사이로 새어나오는 숨은 몸의 냄새와 감각의 진동을 전해왔다. 그는 그녀의 입술에 자신의 입술을 포개고 그녀가 용인하는 가는 틈 사이로 혀를 깊게 밀어 넣었다. J는 꿈틀거리며 몸을 떨었다.

"아."

그는 그녀의 혀를 탐닉하며 그녀의 옷을 하나씩 벗겼다. 가슴과 음모가 드러난 그녀는 몸을 새우처럼 뒤로 꺾었다. 그도 옷을 벗었다. 그의 어깨와 등, 엉덩이를 차례로 내려오며 쓰다듬는 J의 손은 우아하고 감각적이었다. 두 알몸은 밀착되어 한 덩이의 실루엣을 만들었다. 그들의 움직임은 격정적이지 않았으나, 격정보다 더한 격정, 미세한 움직임 속에서 전율하면서, 상대의 혀가 닿는 몸의 어느 지점에서 한 번도 경험하지 못했던 공포감에 소리를 지르면서, 다가올 감각의 폭발을 준비했다. 사방으로 조각조각 흩어질 신체의 해체를. 어디가 머리이고, 어디가 성기이며, 어디가 앞이고, 어디가 뒤인지, 어디가 아래고, 어디가 위인지, 엉긴 두 개의 몸은 두 개의 몸 사이에 공간이 존재하지 않는 상태, 밀착과 전진, 후퇴와 전진을 반복하며 끝끝내 서로의 속으로 들어가 산화하기를 열망했다. 그리고 한 정점에서 두 몸은 경련을 일으켰고, 잠시 눈을 감고 그대로 있다가, 파편처럼 아래로 내려 앉았다.

시간이 지나갔다.

그들은 옷을 입었다. J는 기운을 되찾았다. 몸살을 앓고 땀을 흠뻑 흘린 듯한 평화가 찾아왔다. 행복해보였다. 고통과 외로움을 상쇄한 쾌락이 그녀를 회생으로 이끌었다. 은밀한 감각이 열렸으니 생기는 당연했다. 엄중함 속에서도 희미한 미소가 번졌다. 그도 마찬가지였다. 극치의 경험은 자잘한 경험 수백만 개와도 비교할 수 없을 정도로 월등히 고귀했다. 그는 낙천적 용기를 가슴에 품었다. 만족스럽고 두렵지도 않은 그녀와의 미래. 당장 무슨 일이 일어난다 해도 전혀 후회 없는 삶. 뿌듯한 마음. 그는 그녀의 손을 잡아 일으켰다.

"어디로 가는 거죠?"

"그곳으로."

"그래요. 그곳으로."

그들은 거실을 조용히 걸었다. 출입문을 열고 나왔다. 문이 닫히는 틈 사이로 실내가 언뜻 비쳤다. 그녀는 아쉬운 듯 살짝 돌아보았다.

"안녕."

그들은 계단을 내려갔다. 두 개의 층을 내려왔다. 그녀가 말했다.

"피아노 소리는 들리지 않아요."

"네."

"공간은 몇 겹인가요?"

"셀 수 없이."

"그렇군요. 우리는 어느 공간으로 가나요?"

"이미 가고 있어요."

"네."

그녀가 낮게 대답했다. 그들은 지하차고로 내려갔다. 입구에 닿으니 문이 자동으로 열렸다. 차고는 그가 생각한 것보다 넓었다. 동굴 속의 서늘함마저 느껴졌다. J의 차가 서 있었다. 범퍼의 옆면과 차문의 옆구리가 찌그러져 있었다. 그들은 차고 안으로 들어갔다. 동시에 빌라의 입구를 통해 층계를 걸어 올라가는 사람들의 구두소리를 들었다. 그 소리는 조용했지만 빠르고 긴박했다. J는 불안한 눈망울을 굴렸다. 그리고 차고의 문이 자동으로 닫혔다. 다시 빛이 차단된 동굴은 어둠에 묻혔다. 벽에 붙은 아주 작고 희미한 촛불 모양의 전등 하나가 간신히 윤곽을 드러내주고 있었다. J는 말했다.

"누가 올라갔어요. 그들인 것 같아요."

"그들?"

"네. 저를 보호하던 분을 죽였어요. 그 분은 저를 죽이려던 자를 죽였고, 그 자는 피아니스를 쐈어요. 모두 한꺼번에 일어난 일이에요. 그리고 그 분은 죽기 전에 마지막으로 암호를 주었어요. 그곳에서 그를 만나라고. 그곳은 의아했어요. 하지만 그 분이 지시하는 곳으로 올 수밖에 없었어요. 그리고 그가 당신인 줄은 생각지도 못했어요. 그들이 왔어요."

"아, 우리를 보지 못했습니다."

"다행이에요."

"이제 당신이 떠난 줄 알 겁니다."

"그렇다면 좋겠어요."

"저 차인가요?"

민영은 물었다. 어둠 속에 차 한 대가 서 있었다. J가 말했다.

"불을 켤게요."

"아뇨."

민영은 스위치로 옮겨간 J의 손을 잡았다. J는 민영에게 열쇠를 건네주었다. 민영은 차문을 열고 J를 옆자리에 태웠다. 민영은 벽에 붙은 OUT 단추를 눌렀다. 녹색으로 빛나는 버튼이었다. 차고의 셔터가 천천히 위로 올라가기 시작했다. 그 시간은 아주 더뎠다. 셔터가 3분의 1쯤 올라갔다. 두 남자의 다리가 보였다. 민영은 STOP 단추를 눌렀다. 그것은 붉은 버튼이었다. 셔터가 정지했다. 빛이 어두운 차고 속으로 희미하게 들어왔다. 밤을 잃은 도시의 불빛이었다. 어둠에 들이닥친 희미한 빛은 상대적으로 광명처럼 빛났다. J는 차 밖으로 나왔다. 그녀는 민영 옆에 손을 잡고 섰다. 밖에서 남자들의 목소리가 들렸다. 그들은 이우식과 최종현이었다. 덩치 작은 자, 최종현의 가는 목소리가 들렸다.

"섰네."

"돌아갈까? 어차피 J는 떠났어. 집에 없잖아."

"그래. J가 우리 앞에 나타나지 않은 건 다행이야. 마지막 양심은 보존할 수 있으니까."

"우리는 최선을 다했고."

"하지만 우리는 여기에 섰잖아. 마지막 의심을 품고. 여전히 J가 아니기를 바라고는 있지만 임무를 방기하고 돌아갈 수는 없어. 난 어르신이 마지막까지 최선을 다했냐고 물었을 때 그렇다고 한 점 부끄럼 없이 대답하고 싶어. 하늘을 우러러 보며. 그것 또한 양심에 관련된 일이니까. 그리고 내 아들에게 떳떳한 아버지로 남고 싶어."

가는 목소리는 신경질적으로 들렸다. 곧이어 저음이 울렸다.

"그래. 마지막 말은 최고평점인걸. 나는 사랑스런 딸년에게 그리운 아버지로 남고 싶어. 언젠가 그 년이 다른 사내에게 폭 빠져도."

그들은 서로 손을 살짝 마주쳤다.

"들어가 보자고."

그리고 탄창을 장전하는 소리가 철컥, 하고 들렸다. 셔터 밑으로 다가오는 발이 보였다. 다리의 그림자가 동굴 안으로 길게 기어들어왔다. 민영과 J는 흠칫 놀랐다. 그들은 천천히 뒤로 물러났다. 몇 걸음 물러서니 등에 벽이 닿았다. 서늘한 기운이 척추로 스며들었다. 추웠다. 민영과 J는 몸을 떨었다. 민영은 해부실의 경험을 기억했다. 두 사람은 손을 꼭 마주 쥐었다. 상대의 땀이 뜨겁게 느껴졌다. 그리고 그 땀에 의해서 한 손이 물컹하며 빠져나갔다. 민영의 손이었다. 그 손에 어떤 차갑고 딱딱한 것이 부딪쳤다. 감촉이 전해졌다. 민영은 그것을 손으로 만졌다. 금속의 상자였다. 정체가 불분명해서 안이 비어 있는지 아주 살짝 쳐보았다. 통, 소리가 동굴에 울렸다. 밖에서 몸을 구부리고 얼굴을 밑으로 들이밀던 그들이 행동을 멈추었다. 형체는 실루엣이었다. 그들의 목소리가 울렸다.

"뭐야?"

"난 아니야."

"안에서 난 거지?"

"응."

그들은 한 발을 옆으로 들이밀었다. 얼굴이 안으로 들어왔다. 그 앞에 총을 든 손이 보였다. 그들 앞은 J의 차가 가로막고 있었다. J가 말했다.

"어떻게 해요?"

"가만."

민영은 손으로 금속상자를 만졌다. 크기는 쌀을 담는 뒤주 정도 되었다. 청소용구를 담아두거나 비상용 수리도구를 담아두는 것으로 보였으나 그것이 왜 거기에 있는지는 알 수 없었다. 민영은 앞 모서리를 만졌다. 손잡이의 감촉이 느껴졌다. 민영은 뚜껑을 위로 젖혔다. 문이 열렸다. 문을 조심스럽게 벽에 걸친 민영은 안에다 손을 넣어 보았다. 안은 비어있었다. 민영은 낮게 속삭였다.

"일단 들어가요."

"네."

"자."

민영은 J의 몸을 부축했다. J는 잠시 행동을 멈췄다. 주머니에서 총을 꺼내 민영의 손에 쥐어주었다. 그녀는 속삭였다.

"그 분이 줬어요. 최후의 순간에 이 총을 사용하라고 했어요."

"아닙니다. 그 최후는 아닙니다."

"그럼?"

"한 발을 넣어요. 그리고 한 발을 다시 넣고 앉아요."

"네."

J는 한 발을 들어 상자 안에 집어넣고 다시 균형을 잡으며 한 발을 넣었다. 그리고 앉았다.

"고개를 숙여요."

"네."

J는 고개를 숙였다. 머리가 상자 아래로 내려갔다. 민영은 J를 따라 한 발을 넣고 다시 한 발을 들어 올려 균형을 잡았다. 그리고 조심스럽게 앉았다. 그는 한 손으로 벽에 걸친 문을 잡아 천천히 아래로 내렸다. 그리고 머리를 숙이며 뚜껑이 표면에 닿을 때까지, 소리를 내지 않으려고 안간힘을 썼다. 조용히 상자가 밀폐되었다. 칠흑의 어둠이었다. 민영이 말했다.

"됐어요."

"네."

밖에서 소리가 들렸다. 그들은 낮은 포복자세로 안으로 들어와 바지에 묻은 흙을 조심스럽게 터는 듯했다. 민영은 J의 손을 잡았다. 밖의 목소리가 작게 들렸다.

"J 차 맞지?"

"맞아."

"여긴 없네. 다시 올라간 걸까? 그 새 밖으로 나갔나?"

"소리는 없었잖아."

"우리가 못 들었을 수도 있지."

"못 들었을 수도 있다고? 자네는 그랬으면 하고 바라는 것 같군. J를 좋아해?"

타박하는 자는 가는 목소리의 소유자였다.

"아, 아니야. J는 없다고. 없잖아? 자네 눈에도 안 보이잖아."

"그래. 다 끝났군. 우리의 임무도. 우리 양심의 고통도. 아 상쾌해."

"가자고. 빨리. 벽에서라도 J가 나온다면 어떻게 하려고 그래?"

"그래."

민영은 J의 손에 힘을 꼭 주었다. J의 입에서 이제 살았다는 안도의 숨이 가늘게 새어나왔다. 그 와중에도 J의 냄새는 그를 매혹시켰다. J의 냄새는 항상 유혹적이었으나 그 냄새가 일반 화장품 냄새가 아니라 자연의 것이어서, 야성의 냄새에 흥분하는 후각을 잃어버린 남자들은 J를 열등하게 보았지만 민영은 그녀 특유의 몸 냄새에서 발정을 느꼈다. 그 냄새가 다시 그의 감각의 문을 열고 있었다. 초원의 사랑. 윤리, 도덕, 양심, 욕망에도 방해받지 않으며 아무 불순물이 섞이지 않은, 순수한 행복 그 자체의 감정으로서의 절대적 행복.

'저들이 나가면 나는 J와 그곳으로 갈 것이다.'

민영은 아련했다. 그와 관계를 맺었던 사람들은 자신의 삶을 알아서 정리할 것이라고 생각했다. 그렇게 생각하니 자신이 중요하게 생각했던 삶의 덕목은 그들을 존중해서가 아니라, 솔직하게도 자기 삶을 거기에 안착

시키기 위한 자기의 규율, 일반성에서 빌려와 자기가 자기를 교육한 것이었다는 생각이 들었다.

'아내는 다른 남자를 만날 것이다. 만나지 않는다면 그녀가 원하지 않을 뿐이다. 아이들은 결핍 하나쯤 가지고 죽지는 않을 것이다. 뻥 뚫린 구멍 하나쯤 가슴에 품고 사는 것이 생이다. 남편과 아버지는 내 욕망이지, 그들의 요구가 아니다. 사람들은 그 위치보다 더 좋은 것이 있다면 그것을 버릴 것이다. 아직 그 위치에 있다면 현재로서는 그것이 가장 좋거나, 적당히 좋거나, 그것에서 안정을 느끼는 것이지, 다른 것보다 그것이 우월해서는 아니다. 공평무사한 평가를 바라는 허위가 또 어디 있을까? 내가 집으로 돌아간다면 J를 사랑하지 않을 때이다. 결코 그 가치가 우월해서가 아니라 그때는 돌아가는 것이 유리하다고 생각할 뿐이다. 그러니 회개할 필요도 없다. 극악무도한 욕을 달게 삼키자. 그 욕은 이렇게 달콤하다. 만약 모든 인간이 남편과 아버지로서의 역할을 포기한다면, 나는 반대로 남편과 아버지로 돌아갈 것이다. 그들은 언제나 평균치에 도달하기 위해 발악하니까. 아. 모든 것에서 벗어난 건 희한한 세계군.'

그는 어둠 속에서 J를 바라보았다. 눈동자조차 보이지 않았으나 그는 그녀의 이미지를 이미 갖고 있었다. 온 암흑천지에 그녀의 얼굴만이 크게 그려졌다. 그는 생각했다.

'내가 J를 이토록 원하는 것은 왜일까? 사랑이라는 흔한 말이 아니라 육체적, 정신적으로 영원히 갖고 싶은 제어 안 되는 심정은 왜일까? 그녀가 아름다워서일까? 아니면 그녀의 역사를 내가 동의해서일까? 어느 것이 먼저일까? 만약 둘 중에 하나만이라면 나는 J를 이렇게나 그리워할까? 만약 J가 아름다워서 사랑에 빠졌는데, J가 내가 증오해야만 하는 살인자의 딸이라면, 나는 그녀를 사랑할 수 있을까? 그렇다고 그녀를 사랑하지 않는 것은 내 의식의 기만일까? 왜 역사까지 나는 사랑에 포함시키려 하는 것일까? 그러나, 그러나 한 가지 분명한 것은 있어. 아름다움에는 피가 포함된다는 거야. 그것은 피의 외현! 피의 성분의 외화! 미인. 미스 필리핀, 독재자 마르코스의 아내이자 살인자의 딸 이멜다를 봐. 그녀의 미에 모두 압도당했지. 아름답다고 했지. 보석 달린 구두가 오천 켤레, 금실로 짠 드레스는 천 벌. 프랑스제 최고급 화장품. 그러나 그 여자의 아름다움에는 얼마나 탐욕이 넘치고 눈은 얼마나 독살스러운가. 얼마나 간악한 흉계가 눈매에 배어 있으며 음흉한 색정이 입술에 넘실거리는가. 난 알아. 맑은 향기가 나는 피와 탁한 악취가 나는 피. 붉은색은 같지만 성분은 달라. 썩은 살을 포장한 여인과 투명한 살을 가진 여인. 냄새가 그것을 구별해 줘. 몸의 향기, 고귀한 맛. 눈도 중요하지만 후각과 미각은 더 중요해. 눈, 눈을 찌르자. 그런데 왜 양심의 눈만 찌르지?'

 민영은 어둠 속에서 J를 안았다. 얼굴이 마주 닿았다. 공포와 환희의 전율이 일었다. 밖에서 가는 목소리가 들렸다.

"그런데."

"왜?"

민영은 움찔했다. '그런데'는 금속상자를 보고 하는 말인 것 같았다. 금속의 두께를 뚫고 그들의 시선이 느껴졌다. 그리고 다가오는 발소리가 들렸다. J의 심장이 고동치는 울림이 민영의 가슴으로 전해졌다. J는 권총을 민영의 손에 바짝 쥐어주었다. 민영은 총을 다부지게 잡았다. 그리고 소리가 나지 않게 손을 비틀어 총을 위로 올렸다. 가는 목소리가 들렸다.

"저건 뭘까?"

"응."

"열어 봐야 돼. 그래야 우리의 임무는 끝이야. 사실 처음부터 마음에 걸렸어. 뭔가 끝이 상큼하지 않은 느낌이야. 아무래도 왜 저건 열어보지 않았는가 하는 양심의 소리가 두고두고 괴롭힐 것 같아서."

"그래. 나도 그렇게 생각했어. 찝찝해."

"예쁜 여자를 죽이는 건 아쉽지만 그보다 더 중요한 건 우리 마음의 의무야."

"그래, 열어보자."

그들이 다가오는 구둣발 소리가 저벅저벅 들렸다. 총을 쥔 민영의 손이 바르르 떨렸다. 그는 속삭였다.

"J."

"네."

두 사람은 어떻게 될지 모르는 상황을 염두하고 마지막으로 입술을 핥았다. 그리고 다시 신경을 긁는 가는 목소리가 들렸다.

"잠깐."

"왜 그래?"

"J가 이 안에 있다면 정말로 죽일 수 있어?"

"모르겠어. 없기를 바랄 뿐이야. 임무를 다 해야 하면서 또 없기를 바랄 뿐이지. 미치겠어."

"그래도 우리는 그녀를 위해 싸워왔잖아? 그 양심은 어떡해?"

"어르신은 자기 양심을 떡처럼 잘도 주무르는군. 어떻게 이렇게 할 수 있지?"

"그게 정치야. 사람들은 그를 너무 좋아해."

"그들의 눈은 썩었고 우리 눈은 복종의 쾌감에 눈물을 흘려. 남자의 의리는 나처럼 거구도 어린이처럼 착하게 만드는군. 심경이 복잡해. 울고 싶다고."

"하지만 열어보지 않을 수는 없어. 우리는 그의 지시대로 움직이는 충복이야."

"J가 있으면 어떡해? 그때 어떻게 해야 하냐고. 우리는 선택을 해야 해. 죽이면 그 고통을 이겨야 하고 죽이지 않으면 양심에 금이 가. 난 못 하겠어."

침묵이 흘렀다. 민영과 J는 숨을 죽이고 있었다. 땀이 금속 바닥에 떨어졌다. 그 소리가 크게 울리는 듯 했다. 둘은 흠칫했다. 밖에서 소리가 들렸다. 라이터 불을 켜는 소리였다. 민영은 해부실의 조명을 생각했다. 누군가의 손이 금속상자를 밖에서 만지고 있었다. 다시 가는 목소리가 들렸다.

"좋은 생각이 났어."

"얘기해."

"이게 뭔지 알아?"

"쇠 박스."

"변압기 통이야."

"그래?"

"봐. 여기 빨간 번개표시가 보이지? 선은 저리로 연결되어 있어."

"뭐지?"

"셔터를 올리는 힘이야. 순간 고압을 시켜주는 거지."

그리고 금속상자의 고리를 철컥하고 거는 소리가 들렸다. 민영과 J는 소름이 끼쳤다. 철판이 더 눌리면서 먼지가 떨어졌다. 완벽히 밀폐된 것이었다. 뭘 하려는 걸까? 그들은 서로의 숨결만으로 이렇게 무언의 대화를 나누었다. 다시 가는 목소리가 들렸다.

"스위치를 올려!"

"뭐하는 거야?"

민영과 J는 숨을 죽였다. 총은 들었으나 밖으로 쏠 수는 없었다. 그리고 그들이 무엇을 하려는지 아직 정확히 파악이 안 되었다.

"전류를 통과시키는 거야."

"끔찍해."

"왜? J가 저기에 있어? 있는 것처럼 가정하고 놀라는군."

"아니. 몰라."

"그럼 열어볼 테야?"

"아니. 열고 싶지 않아."

"있는지 없는지 몰라. 우리는 열어보고 싶지 않아. 하지만 우리는 의심의 마지막까지 확인은 해야 해. 그것이 우리가 처한 상황이라고. 제기랄. 임무, 떳떳한 아빠, 양심."

"그래서 전류를 통과시키자는 거야?"

"그래. 그럼 우리 일은 완벽하게 한 거잖아? 저기에 J가 있는지 없는지 모르니까 우리가 고의로 누구를 죽인 것도 아니고. 만약 있다면 말이야. 없기를 바라지만. 없다면 끝난 일이고."

"그렇군."

"어때 쾌청하지?"

"응. 찜찜한 기분이 아주 맑아지는 걸."

"그럼 스위치를 올리고 셔터가 올라가면 우리는 저 밖으로 나가자고. 그럼 됐지?"

"자기. 최고의 아이디어야. 어떻게 그런 생각을 했어?"

"어떻게?"

"혹시?"

다시 침묵이 흘렀다. 아이디어를 떠 올린 가는 목소리의 사내는 그것을 말해야 하는지 말아야 하는지 고민하는 것 같았다. 그가 침을 삼키는 소리가 들렸다. J와 민영은 눈을 감았다. 미세한 공기의 진동으로 어둠 속에서 서로 상대의 떨림을 지각했다. 그 자가 말했다.

"사실은."

"사실은?"

"김근태를 전기로 고문한 자 있지?"

"이근안 목사?"

"응. 그 사람 수기에 이렇게 씌어 있더라고. ㄱ일보에서 읽은 거야. 김근태가 빨갱이라고 자백했더라면 그렇게까지 전기고문을 할 필요가 없었다고. 자기는 김근태가 빨갱이가 아니라고 했기 때문에 고문을 했데. 그는 김근태가 아니라 빨갱이 김근태에게 자백을 받을 목적으로 전기 고문을 했다는 거야. 그것은 김근태가 부정한 것이기에 어떤 죄책감도 들지 않았다는 거야. 그는 그것이 예술이었다고 했어. 김근태의 껍데기를 벗기고 김근태를 본래의 김근태로 돌려주는 것이라고 했어. 그러나 실제로 타는 것은 김근태의 몸이잖아? 김근태는 살려달라고 비명을 질렀지만 자기는 빨갱이라고 말하지는 않았대. 당연하지. 그는 빨갱이만을 지졌으니까. 그는 거기서 짜릿한 쾌감을 동반하는 이상한 희열을 느꼈대."

"무슨?"

"예수의 모습."

"응?"

"고통을 당하며 죽는 예수의 얼굴."

"아."

"부활의 믿음. 악의 극한에서 예수를 발견한 거지. 그래서 그는 김근태의 마지막 고통에 도취되어 눈물을 흘렸대. 그리고 목사가 된 거야. 그 자의 영성체험은 사람들에게 많은 감명을 줘. 특히 애국적 기독교 청년들에게는."

"아."

탄식한 자, 그의 저음이 이어서 들렸다.

"그게 J와 무슨 관련이 있지?"

"J는 없어. 김근태처럼."

"그게 무슨 말이야?"

"없잖아. 없잖아. 아무 소리도 들리지 않잖아."

"그녀가 침묵한다면."

"침묵은 그녀의 자유야. 나에게는 들리지 않아. 그녀는 없어."

"그래서 그녀가 없다고 생각하고 스위치를 올리겠다는 거야?"

"없잖아. 없잖아. 없다고 생각하는 것이 아니라 없잖아. 비명소리가 울린다면 그녀가 자초한 일이야. 그녀는 스스로 존재를 부정했으니까. 이건 자기를 보호해주었던 우리들에 대한 예의가 아냐. 있다면 말해!"

그는 금속상자를 향해 고래고래 소리를 질렀다. 칠판을 긁는 소름끼치는 소리였다. 대리석 벽이 메아리를 두 겹 세 겹으로 울렸다. 그 소리가 두 사람, J와 민영의 귀에 울렸다. 저음이 들렸다.

"자네 흥분했어. 괴로워하고 있다고."

"왜 내가 이런 고통에 시달려야 해? 왜?"

"진정해."

"올릴 거야! 그녀가 없다면 영혼을 태우고, 그녀가 있다면 몸을 태울 거야!"

"침착해. 더 큰 괴로움이 몰려와."

"싫어. J가 싫어! 나도 싫다고! 괴로워! 사랑하는 J. J를 죽이고 차라리 확실한 보수가 될 거야. 다시 시작할 거야! 순수하고 창백하게."

"안 돼! 괴로우면 수리해서 쓰자고. 걸레도 빨면 깨끗하잖아."

"빨면 뭐해? 마음에 얼룩이 있는데!"

서로 상대의 몸을 잡고 버둥대는 소리가 들렸다. 넘어지며 우당탕거리는 소리도 들렸다. 잠시 후 완력으로 제지했던 자가 상대를 풀어주는 소리가 들렸다. 덩치 큰 자가 작은 자를 제압한 것 같았다. 덩치 큰 자가 말했다.

"울지 말게. 자네가 옳아. 올리자고. 뭘 두려워 해? 우리가 판단하지 말고 하느님께 맡기자고. 그 분이 회개하라고 하시면 회개의 삶을 살고 그 분이 칭찬을 하시면 기쁨의 눈물을 흘리자고. 편해지지 않아?"

"그래. 우리가 뭐라고 발버둥치는 거야? 그 분에게 맡기면 돼. 머리가 맑아지는 것 같아. 나약한 우리는 그 분이 인도하는 곳으로 걷는 거야. 나는 가시밭길이라도 달게 맨발로 걸을 거야. 자네는?"

"나도. 굳은살을 잘라내고 걷겠네. 일어나게. 같이 올리세."

체구가 작은 자가 바닥에서 천천히 일어나는 소리가 들렸다. 그들은 서두르지 않고 경건하게 행동하는 것 같았다. J가 담담히 말했다.

"끝이에요."

"소리를 지를까요?"

"부질없어요. 저들은 자신을 정화하는 의식을 치렀을 뿐이에요. 이것이 결론이에요. 우리는 이제 어떤 것으로 용기를 얻을 수 있을까요? 결국 또 자신을 죽이는 용기밖에 가질 수가 없어요. 죽이는 용기, 죽는 용기. 아, 항상 끔찍한 대비야. 어떻게 해요? 당신은 살고 싶어요?"

"네."

"솔직히 당신도 죽일 거예요."

"알고 있어요."

"내가 쏘아 줘요? 당신이 할래요? 결정해요. 쏜 사람은 또 자기를 쏘아야 해요."

"같이."

"그건 안돼요. 총알이 하나의 머리를 관통하고 난 다음, 다음에 관통하는 사람은 쉽게 죽지 않을 수도 있어요. 그러면 추한 꼴을 당해요. 의식이 없는 상태에서 저들이 내려다보며 웃는 얼굴을 봐야 해요. 그러니까 결정해요. 저들은 손을 잡고 기도를 하고 있어요."

주기도문 소리가 작게 울렸다. '용서하소서' '인도하소서' '어린 양' 하는 소리가 들렸다. 민영은 말했다.

"내가 할게요. 남자니까."

"남자라서 할 필요는 없어요."

"그것보다."

"그것보다?"

"편안해요."

"왜요?"

"이 어둠이 그 어둠과 같다고 느껴요."

"무슨 어둠이에요?"

"당신이 병원에서 나가고 난 후, 난 당신과 사랑에 빠졌어요. 물론 당신은 아름다웠지만 당신은 나를 어느 시간으로 끌고 갔지요."

"어느 시간?"

"당신 아버지를 만났던 순간이요."

"어떻게요? 아버지는 당신이 아주 어렸을 때 돌아가셨을 텐데."

"살해의 순간. 그 순간에 대한 기록."

"무슨 말인지 모르겠어요."

"그것이 의대 해부실에 있었어요. 이런 상자 안에. 잊으려 했지요. 잊었다고 생각했지요. 그것 없이 살 수 있다고 생각했지요. 그런데."

"그런데."

"당신이 나타났어요."

"잘못했어요."

"아니에요. 전 행복했어요. 그리고 이 상자는 그 상자 속이라는 느낌이 들어요. 정말 무서운 곳이라는 생각을 했는데 당신과 같이 있으니 좋아요."

"좋아요?"

"네."

"어린 아이 같아요. 아이는 그렇게만 표현해요. 저들은 너무 복잡해요. 기도가 끝나가요. 무슨 기도를 했을까요? 지금 저들이 말하는 아버지란 누구일까요?"

"관심 갖지 말아요. 관심을 주면 더 흥분해서 날뛰니까."

"그래요. 최고의 말이에요."

민영은 총을 J의 머리에 겨누었다. J가 말했다.

"허밍을 해줘요."

"어떤 노래를?"

"알람브라 궁전의 추억. 언젠가 그곳에 있는 꿈을 꾸었어요. 돌기둥에 머리를 대고. 시간은 정지되어 있었어요. 영원히. 그곳에 있으면 좋겠어요. 의연하게 죽여요."

민영은 허밍을 했다.

"루루 루루루-. 루루 루루루우-. 루루루루루-."

민영의 소리는 작았으나 그들의 우주에 깊게 메아리쳤다. 영겁의 시간을 안고 선 돌기둥의 표면에 반짝이는 햇빛처럼 투명하고, 그 사이를 흐르며 방랑자의 얼굴을 만지는 바람처럼 유유했다. 민영은 방아쇠를 당겼다. 탕, 소리가 나고 무엇인가 민영의 얼굴에 튀어 올랐다. 그녀의 피와 뇌의 조각이었다. 민영은 다시 자기의 머리에 대고 한 방을 쏘았다. 그들은 서로의 구멍 뚫린 머리를 마주 대었다. 피가 흘렀다. 그 피는 서로 섞여 상자를 적시며 아래로 흘렀다. 이우식과 최종현은 총소리를 들고 상자를 바라보았다. 그들은 천천히 걸음을 옮겨 저벅저벅 다가갔다. 최종현이 소스라치며 멈칫했다.

"너무 다가가지 마. 피가 나오고 있어."

그들은 뒤로 물러섰다. 금속상자의 밑면에서 피가 새어나오고 있었다. 최종현은 이우식의 품에 안겼다.

"가자고."

"그래."

"떳떳이 서서 고개 들고 나가자고."

최종현은 스위치를 급히 올렸다. 셔터가 굉음을 내며 올라갔다. 동시에 상자 안에 고압전류가 흘렀다. 불꽃이 튀었다. 그리고 살이 타는 냄새가 났다. 최종현은 고운 얼굴을 찡그렸다.

"지독한 것들."

"가자고."

"쟤들은 스스로를 너무 잘 죽인단 말이야."

피는 뱀처럼 꾸불거리며 바닥의 불규칙한 작은 골을 타고 흘렀다.

"혀를 날름거리고 지랄이군. 동정이라도 받으려고. 대신 이걸 받아라. 퉤. 너도 뱉어."

"응. 퉤."

그들은 침을 뱉고 허리를 똑바로 편 채 셔터 아래를 걸어 밖으로 나갔다.

피는 바닥을 천천히 적셨다. 그러나 이우식과 최종현이 뱉은 오물은 피해갔다. 민영의 피와 J의 피는 섞였다. 그 피는 하나의 피가 되었고 그 안에는 두 개의 성향이 있었다. 그들은 대화를 나누었다. 그러나 이미 한 사람의 목소리였다. 그리고 중성이었다. 그(그녀)는 슬프지 않게 육감적으로 불특정한 누군가에게 말했다.

"이 희극은 언제 끝날까요? 왜 죽는 것에 익숙해져버린 걸까요? 왜 죽임을 당하는 것에 익숙해져버린 걸까요? 왜 죽이는 용기는 잃어 버렸나요? 복수는 왜 천한 것이 되었나요? 아무에게도 남아있지 않아요. 두려움에 대한 두려움. 무엇이 우리를 이곳으로 이끌었나요? 왜 수난을 자랑스러워하는 거죠? 우아한 저항이란 없어요. 천배는 하지 마세요. 형식은 불교인데 내용은 죄지은 기독교인 같아요. 제발, 동정을 바라는 눈빛은 집어치워요. 지리멸렬해. 저들이 웃어요. 구경꾼도 지쳤어요. 차라리 즐겁게 놀아요. 쾌락으로 용기를 만들어요. 새들만 날아가는 게 아니거든요. 단식하지 마세요. 힘 없이 뭘 한다고 그러세요. 분신은 저항이 아니라 자기 파괴의 극치에요. 산 사람들 정말 부담스러워요. 제 친구도 대학교 때 그렇게 죽었거든요. 그렇지만 그것을 찬미할 수는 없어요. 이해하시겠지요? 그래서 티베트가 해방이 된다면 얼마나 좋아요? 차라리 공안을 한 명 죽여야죠. 그러나 그건 지고한 가치는 아니에요. 그러나 진정한 용기가 없다면 용기를 왜곡하지는 말아요. 수난이 용기는 아니에요. 왜 우리가 죄인인가요? 그런 종교 믿지 마요. 진정한 용기는 사악한 적을 죽이는 용맹함이죠. 힘! 당신의 엄청난 지혜, 당신의 불같은 체력, 당신의 즐거운 사랑, 요긴한 깊은 철학, 뼈를 깎는 학문의 고통, 생의 예술, 강인한 한 명 한 명과 포효하는 파도, 터닝의 순간에 이 죽음이 마지막이기를. 간절히! 장례식 기다리지 마세요. 당신들에게 행복이 찾아오기를! 올 거예요! 안 온다고 앉아서 비평하지 마세요. 안 오면 어때요? 당신이 고귀하고 우렁찬 인간이 되어 당신을 닮은 아이를 낳고 살다 가면 후회는 없잖아요. 그래도 당신이 웃으며 오는 것이 좋다고 해달라면 말해줄게요. 와요! 그것은 와요!"

〈끝〉